독경
讀經

허담 新무협 판타지 소설
FANTASTIC ORIENTAL HEROES

독경 9

허담 新무협 판타지 소설

초판 1쇄 찍은 날 § 2012년 3월 9일
초판 1쇄 펴낸 날 § 2012년 3월 16일

지은이 § 허담
펴낸이 § 서경석

편집부장 § 권태완
편집책임 § 어정원

펴낸곳 § 도서출판 청어람
등록번호 § 제1081-1-89호
등록일자 § 1999. 5. 31
어람번호 § 제2-2208호

주소 § 경기도 부천시 원미구 심곡2동 163-2 서경B/D 3F (우) 420-822
전화 § 032-656-4452팩스 § 032-656-4453
http://www.chungeoram.com
E-mail § chungeoram@chungeoram.com

ⓒ 허담, 2011

ISBN 978-89-251-2797-2 04810
ISBN 978-89-251-2582-4 (세트)

독경 壽經

만 가지의 독 중 가장 무서운 독은 심독(心毒)이라

심독을 다루는 자 천하를 얻게 되리라.

9

도산검림(刀山劍林)

FANTASTIC ORIENTAL HEROES

허담 新무협 판타지 소설

청어람
도서출판

第一章

고수 。

　한 자루 검이 살아 있는 뱀처럼 요동친다. 순간 검이 수십 개로 늘어나는 듯싶더니 갑자기 한 점을 향해 빗살처럼 모여들었다.

　창!

　사람의 혼을 깨우는 격돌음이 터져 나왔다.

　턱!

　"음!"

　강초가 신음성을 흘렸다. 닥쳐드는 검을 막아낸 그의 신형이 삼사 장 뒤로 물러나 벽에 등을 대고 있었다.

　"누구냐?"

　강초가 무거운 목소리로 물었다. 그러나 검의 주인, 허소산은 아무런 대꾸없이 이번에는 검을 횡으로 그었다.

웅!

쩌릿한 파공음이 일어나더니 강초 앞의 공간이 허소산의 검에 의해 반으로 갈린 듯한 착시를 일으켰다.

"웃!"

천하제일, 절대무적을 자부하는 강초의 입에서 다급성이 흘러나왔다. 그러나 강초 역시 절대고수. 그의 신형이 번개처럼 솟구치더니 허소산이 갈라놓은 공간의 위쪽으로 구름을 타듯 올라섰다.

팟!

그 순간 다시 공기 갈리는 소리가 나더니 허소산의 검이 기이하게 변초를 일으키며 이번에는 수직으로 공간을 갈랐다.

"음!"

다시 강초의 입에서 침음성이 일어났다. 그의 신형이 살짝 좌측으로 기울어졌다.

서걱!

강초의 팔뚝을 타고 올라간 허소산의 검이 아슬아슬하게 강초의 어깨 어림 옷자락을 잘랐다.

콰릉!

전광석화처럼 일어난 허소산의 두 차례 초식이 뒤늦게 강초 뒤의 벽면을 관통하며 천둥치는 소리가 터져 나왔다.

쿠쿠쿵!

허소산의 검에 갈린 벽이 산이 허물어지듯 무너졌다. 그 뒤쪽으로 투명한 햇살이 눈부시게 밀려들어왔다.

팡!

그때 몸을 피하는 강초를 향해 허소산이 다시 장력을 떨쳐 냈다. 그러자 이번에는 강초도 지지 않고 장력을 내뿜었다.

콰릉!

다시 한 번 장내에 천둥 같은 격돌음이 일어났다.

"음!"

그리고 또다시 흘러나오는 강초의 침음성, 그 소리가 미처 사람들의 귀에 들리기도 전에 강초의 신형이 허물어진 벽을 뚫고 햇살 아래로 물러났다. 그런 강초를 향해 다시 허소산이 몸을 날렸다.

파파팟!

마치 먹이를 노리는 매처럼 허공으로 솟구친 허소산이 마당 에 가벼운 발자국을 남기며 물러나는 강초를 향해 돌진했다. 허소산의 검에 의해 순식간에 만들어진 강전 같은 검기들은 순식간에 강초의 머리 위로 떨어져 내렸다.

"헛!"

순간 강초가 강력한 진기를 끌어올려 몸의 중심을 잡은 후, 바닥 깊이 두 발을 박아 넣으며 그 힘을 의지해 하늘을 들어 올 리는 기세로 검을 사선으로 들어올렸다.

카카캉!

벽력 터지는 소리가 연이어 일어났다. 강초의 머리 위에서 순식간에 서너 번의 번개가 일어났다 사라졌다.

스슥!

순간 허소산의 신형이 거짓말처럼 강초로부터 오장여 거리를 두고 물러났다. 강초는 검을 머리 위로 치켜든 자세 그대로 돌이 되어버린 것처럼 서 있었는데, 그의 다리는 무릎까지 땅속으로 박혀 들어가 있었다.

허소산이 검을 어깨 위로 가볍게 움직인 후 다시 앞으로 가져와 석상으로 변해버린 강초를 겨누었다. 그리고는 서슴없이 강초를 향해 다가가기 시작했다. 강초는 허소산이 다가옴에도 불구하고 특별한 움직임을 보이지 않았다. 마치 허소산의 검 아래 머리를 늘인 사람처럼.

한순간 허소산의 검이 움직였다. 그의 검이 순식간에 강초의 목젖 앞에 다가섰다. 강초는 여전히 움직임이 없었다.

"아직도 만재방이 그대의 말 한마디에 움직여야 한다고 생각하시오?"

허소산이 물었다. 그러자 강초가 그제야 눈에 생기를 담고는 이 기괴한 젊은 고수를 응시하며 물었다.

"넌… 누구냐?"

"만재방의 식구요. 다시 묻겠소. 아직도 만재방의 당신의 말에 따라야 한다고 생각하시오?"

"고려의 백성이라면 황실의 명을 따르는 것은 당연한 일이다."

"고려의 백성이라……. 맞소. 우린 모두 고려의 백성이지. 그러나 황실이 곧 고려는 아니오."

"감히… 그런 불충한 말을……!"

"고려가 서기 전에도 수많은 왕조가 해동의 주인을 자처했지. 그러나 그 어떤 왕조도 영원하지는 않았소. 그 이유는 결국 백성이 그들을 버렸기 때문이지. 왜 백성들이 그 많은 왕조를 버렸다고 생각하오?"

허소산이 물었다. 그러자 강초가 볼을 한차례 씰룩일 뿐, 쉽게 답을 하지 못했다.

"황실이 더 이상 백성의 뜻을 받아들이지 못할 때 백성은 결국 왕조를 버리게 되오. 당신… 고려 왕조를 무너뜨리고 싶은 거요?"

"그게 무슨 소리냐?"

"당신이 지금 추룡사라는 이름으로 하고 있는 짓거리가 얼마나 위험한 일인지 알고 있소?"

"물론 이 일은 무척 위험한 일이지. 언제나 목숨을 걸고 행해야 하는 일이니까. 그러나 추룡사의 삶은 선택한 순간부터 목숨 같은 것은 이미 내 머릿속에서 사라졌다."

강초의 말에 허소산이 고개를 저었다.

"내 말을 잘못 알아들으셨구려. 내가 위험하다고 한 것은 당신의 목숨이 아니오. 위험한 것은 고려 황실이지."

"추룡사는 고려 황실을 위해 존재한다. 추룡사가 황실을 위험에 빠뜨리는 일은 없다!"

강초가 단호하게 말했다. 그러자 허소산이 싸늘하게 말했다.

"그럼 이건 어떻소, 오늘 당신이 행한 이 무도한 행동에 기분이 상한 내가 내일 배를 타고 개경으로 들어가 고려 황족을 모두 몰살해 버리는 것은. 그래도 그대가 고려 황실에 해가 되지 않는 거요?"

"이… 자가……?"

강초가 뜻밖의 말에 놀라 허소산을 바라봤다.

"못할 것 같소? 가뜩이나 우린 벽란도에서 고려 조정의 핍박으로 멸문까지 한 사람들이오. 그런 마당에 당신의 그 알량한 권세놀음을 받아줄 아량이 남아 있을 것 같소?"

"……!"

워낙 강렬한 허소산의 기세에 강초는 말문을 닫았다.

"더군다나 난 천하제일 절대무적이라는 당신조차도 감당할 수 없는 고수, 내 검에 황실의 피를 묻히는 것이 불가능할 것 같소?"

"정녕… 바다를 건너겠다는 것이냐?"

강초가 동공 깊은 곳에서 은은한 두려움을 드러내며 물었다. 그는 허소산의 눈빛에서 이 젊은 고수가 정말 바다를 건너 개경으로 갈 수도 있겠다는 생각을 하게 된 것이다. 그리고 이미 허소산의 무공을 경험했으므로 이자가 은밀히 개경의 황궁에 스며든다면 그 살검을 막아내는 것이 결코 쉽지 않음도 알고 있었다.

"내가 바다를 건너고 안 건너고는 오직 당신의 행동에 달려 있소."

"내게 원하는 것이 뭐냐?"

어느새 요구하는 자와 요구를 들어줘야 하는 자의 처지가 변해 있었다. 허소산은 이 상황에 만족했는지 슬쩍 검을 거둬들였다. 그러자 강초는 자신을 옭아매고 있던 무형의 그물이 한순간에 사라지는 것을 느꼈다.

"당신에게 세 가지 부탁이 있소."

허소산이 말했다. 부탁이라 말했지만 협박에 다름 아니라는 것은 강초가 더 잘 알고 있었다. 그리고 그 부탁이라는 말을 먼저 꺼낸 것은 오늘 만재방주를 상대하던 그 자신이었다는 것도 떠올렸다.

"요구하는 것이 뭐냐?"

"첫째는 방주께 무례한 것을 사과하시오."

순간 강초의 표정이 차갑게 변했다. 추룡사로 살아오면서, 아니 천하제일 절대무적의 검객으로 살아오면서 그는 단 한 번도 누군가에게 사과라는 것을 해본 일이 없었던 것이다.

"두 번째는 무엇이냐?"

"두 번째는… 만재방이 고려로 돌아가는 일을 방해하지 말 것, 그리고 고려에서 행할 과거에 대한 작은 복수에 관여치 마시오."

"그 복수가 황실로 향한다면 관여치 않을 수 없다."

"한두 명은 상할 수도 있을 거요."

"그건… 용납하기 어렵다."

"황실이 멸족하는 것보다는 낫지 않겠소?"

또다시 이어진 허소산의 협박에 강초가 다시 침묵에 빠졌다. 그러나 허소산은 강초의 반응에 상관없이 다시 말을 이었다.

"세 번째 부탁은 당신에게도 이득이 되는 일이오."

허소산의 말에 강초의 눈빛이 번뜩였다.

"무엇인가?"

"그대들이 항주에서 하고자 하는 일을 제대로 하자는 것이오."

"김류와 야율거공을 상대하는 일말인가?"

"그렇소."

"그들이… 만재방과 관련이 있나?"

"후후, 천하가 넓다 하나 상계는 좁소."

"천하 상권을 손에 넣기 위해선 그들과의 경쟁을 피할 수 없다는 말이군. 그래서 우리 칼을 빌어 그들을 친다? 차도살인인가?"

"그 와중에 그대들도 만재방의 도움을 얻을 수 있을 테니 상부상조일 거요. 그리고 그들과의 싸움을 온전히 추룡사에 맡기지도 않을 터이고……."

허소산의 말에 강초가 고개를 끄덕였다.

"개 중 가장 마음에 드는 부탁이군."

"선택은 그대의 몫이오."

허소산이 자신이 할 말은 다했다는 듯 한 걸음 뒤로 물러섰다. 그러자 강초가 제법 오랫동안 생각에 잠겼다. 그러다가 문득 허소산에게 물었다.

"만재방을 어찌 믿지?"

강초의 말에 허소산이 한줄기 미소를 베어 물었다.

"믿을 필요없소. 서로의 필요에 의해 맺어지는 관계이니 서로에 대한 신뢰 따위가 무슨 소용 있겠소. 그저 이 일들이 서로에게 이득이 된다는 것, 그 하나가 믿음이라면 믿음이랄까."

"후후, 상인다운 말이군."

"우리 또한 당신을 믿을 수 없소. 특히 고려에서의 일은… 당신도 우리를 살필 테지만 만재방의 눈도 당신들을 주시하고 있을 거요."

"추룡사는… 바람과 같지. 쫓을 수 있는 조직이 아니다."

"세상에 완벽한 것이란 없소. 천하제일 절대무적이라는 당신이 오늘 이곳에서 패할 것이라 누가 생각이나 했겠소."

허소산의 말에 강초의 얼굴이 살짝 꿈틀거렸다. 손해는 보았지만 여전히 허소산에 대한 승부욕이 남아 있는 듯 보였다. 그러나 강초는 오랜 세월동안 추룡사를 이끌며 고려 황실을 보호해 온 자였다. 일의 선후와 경중을 판단하는 일에 능숙한 그였으니 다시 허소산과 검을 겨룰 인물이 아니었다.

"좋다. 그 세 가지 조건 받아들이지. 그전에 한 가지만 묻고 싶군."

"말해보시오."

"그대는… 만재방과 어떤 사이인가?"

강초의 질문에 허소산이 잠시 침묵을 지켰다. 그리고는 잠시 후 덤덤하게 대답했다.

"가족이오."

"가족?"

"그렇소. 난 만재방의 가족이오."

허소산의 대답에 멀찍이 떨어져 있던 전조명의 얼굴에 빙그레 미소가 드리워졌다.

*   *   *

쿠우웅!

멀리 뭍의 산봉우리가 아스라이 바라보이는 바다 한가운데에서 강력한 충돌음이 일어났다.

"모두 수장시켜 버렷!"

날카로운 외침이 충돌음과 함께 터져 나왔다. 세 척의 배가한 척의 상선을 공격하고 있었다. 공격을 하는 배 중 두 척은앞뒤에서 상선을 들이받은 상태였는데 기이한 것은 그 충돌에도 불구하고 상선이 부수어지지 않고 제 모습을 유지하고 있다는 것이었다.

"월선하라!"

조금 떨어진 곳에서 공격선들을 지휘하고 있던 장년의 사내가 호령을 하자 상선과 맞닿은 두 척의 배에서 수십 명의 사내가 도검을 휘두르며 상선으로 돌진했다. 그런데 그때였다.

파파팟!

갑자기 상선 안쪽에서 매서운 강전들이 쏟아져 나오기 시작했다.

"악!"

"피햇!"

상선에 오르려던 자들이 갑작스런 화살 공격에 당혹하며 우왕좌왕하기 시작했다. 그러자 상선에서 불쑥 한 명의 노고수가 검을 들고 뛰쳐나오며 소리쳤다.

"모두 베라. 한 놈도 살려 보내지 마라. 오늘 놈들에게 감히 풍월령의 배를 공격한 대가가 어떤 것인지 똑똑히 보여주라!"

노고수의 말이 끝나기 전에 그의 뒤를 따라 수십 명의 사람의 모습을 드러냈다. 배 안쪽에서 뛰쳐나온 사람들의 모습은 각양각색이었다. 노인과 청년, 남자와 여자가 뒤섞인 그들은 무서운 기세로 월선을 시도하려던 자들을 베어 넘기며 오히려 상대편 배를 향해 돌진했다.

"악!"

"사, 살려… 욱!"

상선에서 뛰쳐나온 자들의 무공은 무섭기 그지없었다. 그들의 손에 들린 도검이 한 번씩 휘저어질 때마다 상선을 공격하던 자들이 바다 속으로 떨어져 내렸다.

"함정이다. 물러난다!"

조금 떨어진 곳에서 공격을 지휘하던 장년의 사내가 급하게 명을 내렸다. 그러자 이미 상선과 뒤엉킨 두 척의 배를 놓아두고 사내를 태운 배가 서서히 뒤로 밀려나기 시작했다.

"놈!"

그런데 후퇴하던 배가 상선과 십여 장 이상 거리를 벌렸다 싶은 순간 문득 가장 먼저 반격을 시작했던 노인이 훌쩍 배에서 날아오르며 노성을 발했다.

허공으로 떠오는 노고수가 새처럼 바다 위를 날기 시작했다. 그리고는 단숨에 허공을 가로질러 물러나는 배의 선미 쪽에 아슬아슬하게 착지했다.

"놈을 죽여랏!"

놀라운 신법으로 배에 오른 노고수를 보며 장년의 사내가 악을 쓰듯 명을 내렸다. 그러자 서너 명의 무사가 노고수를 향해 달려들었다.

"하루살이 같은 것들!"

자신을 향해 덤벼드는 무사들을 보며 노고수의 눈빛이 번쩍이더니 한순간 그의 검이 시퍼런 검기를 만들어내기 시작했다.

차창!

날카로운 소성이 울려 퍼졌다.

"웃!"

"악!"

노고수를 향해 다가들던 무사들의 입에서 다급성과 비명 소리가 뒤섞여 흘러나왔다. 순식간에 노고수의 검기에 휘감긴 그들의 병기가 주인들의 손을 떠나 허공으로 날아갔다. 뒤이어 시뻘건 선혈이 배 위에 흩뿌려졌다.

"이… 놈……!"

중년 사내가 노고수를 노려보며 이를 갈더니 무거운 중도를 휘두르며 달려들었다.

"흥!"

중년 사내의 공격을 받은 노고수가 코웃음을 흘려내더니 빙글 신형을 돌리며 태산처럼 떨어져 내리는 중년 사내의 도를 걷어냈다.

차앙!

맑은 마찰음과 함께 중년 사내의 도가 중심을 잃고 휘청거렸다.

팟!

다음 순간 노고수의 검이 중년 사내의 목을 노렸다.

"엇!"

중년 사내가 다급성을 토해내며 재빨리 갑판 위로 몸을 굴렸다.

파파팟!

볼품없이 몸을 굴려 검을 피하는 그의 뒤를 따라 노고수의 검기가 박혀들었다.

"모두 나서랏! 놈은 하나다!"

겨우 몸을 굴려 노고수의 공격을 피한 중년 사내가 배 안에 있는 수하들을 보며 소리쳤다. 그러자 노고수의 무공에 질려 뒤로 물러났던 무사들이 일제히 함성을 지르며 노고수를 향해 달려들었다. 중년 사내 역시 수하들과 함께 섞여 노고수를 향해 도를 뿌려 댔다.

차차창!

순식간에 배 안이 도검의 충돌음으로 소란해졌다. 노고수의 검기가 수시로 솟구쳐 올라 적들의 도검을 허공으로 날려 보냈다. 피가 분수처럼 터져 나오고 노고수를 공격하는 무사들이 속절없이 쓰러져 갔다.

그러나 한 손이 열 손을 당할 수 없는 것이 세상의 이치, 중년 사내를 따르는 무사들의 주검이 십여 구에 이르렀을 때 드디어 노고수 역시 허벅지에 일 검을 허용했다.

팟!

노고수의 다리에서 피가 솟구치자 중년 사내를 비롯한 배 위 무사들의 사기가 오르기 시작했다, 사기는 곧 살기로 변해 무사들은 상대의 목줄을 끊기 위해 자신의 목숨을 내걸기 시작했다.

위기일발, 노고수가 아무리 대단한 무공을 지니고 있다고 해도 이젠 그 목숨을 위태로운 지경에 이르러 있었다. 그럴수록 노고수의 검은 빠르고 강하게 움직였지만, 그 검이 만들어 내는 검기는 점점 그 길이가 줄어들었고, 형형하던 광채도 엷어지고 있었다.

"놈, 죽어랏!"

노고수의 약세를 본 중년 사내가 무겁게 도를 내려쳤다.

캉!

노고수의 검이 번개처럼 움직여 중년 사내의 도를 막아냈다.

"죽엇!"

그 순간 노고수의 옆구리를 향해 다섯 개의 검이 동시에 밀려들어 왔다. 순간 노고수가 검으로 중년 사내의 도를 막은 채 빙글 몸을 회전시켜 닥쳐드는 검들을 피해냈다.

삭!

그러나 한 번의 움직임으로 다섯 개의 검을 모두 피해낼 수는 없는 일, 다시 노고수의 옆구리에 길게 검상이 만들어졌다.

"음!"

노고수의 입에서 한마디 침음성이 흘러나왔다.

"늙은이 이제 저승으로 갈 시간이다."

비틀거리며 뒤로 물러나는 노고수를 향해 중년 사내가 시퍼런 도신을 밀어 넣었다. 살기로 번들거리는 도신이 금세라도 노고수의 심장에 박혀들 것처럼 밀려왔다. 그런데 그 순간 갑자기 한 줄기 빛이 두 사람 사이로 파고들어 강렬한 파열음과 함께 중년 사내의 도를 튕겨냈다.

깡!

"엇!"

자신의 도를 쳐낸 힘에 놀란 중년 사내가 자신도 모르게 뒤로 물러났다. 그리고는 재빨리 신형을 돌려 섬광의 주인을 찾았다. 그러자 중년 사내의 눈에 하늘에서 내려온 선녀 같은 모습으로 허공을 날아 배 위에 내려서는 한 명의 여고수가 들어왔다.

"홀로 이들을 상대하려 하다니 무모하군요."

여인이 부상을 입은 노고수를 보며 말했다.

"이따위 해적 놈들……!"

노고수가 노기를 드러내며 말했다.

"이들이 어디 단순한 해적인가요? 이들은 영웅맹의 사람들이에요! 가볍게 볼 자들이 아니란 말이지요."

"그래봤자 결국 해적으로 살아온 놈들이오."

노고수가 고집을 꺾지 않았다. 그러자 여인이 가볍게 고개를 젓고는 중년 사내를 보며 말했다.

"도검을 내려놓아라. 목숨은 부지하게 해 줄 터이니."

여인의 말에 중년 사내가 싸늘한 미소를 지으며 대답했다.

"흐흐, 그대야말로 검을 버리는 것이 어떻겠는가? 그대처럼 아름다운 여인은 내 생전 처음 보는군. 내 품에 안긴다면 평생을 호의호식하게 해주마."

"그 말로 그대의 운명은 결정되었다."

여인이 싸늘하게 말했다. 그 한기에 중년 사내가 흠칫 몸을 떨었다. 그리고는 재빨리 물었다.

"도대체 너희들은 누구냐?"

"우리가 누군지도 모르고 공격을 했단 말이냐?"

"그야……."

중년 사내가 말꼬리를 흐렸다.

"너희들은 해천방의 무리겠지? 물론 영웅맹의 명을 받고 우리릴 공격한 것일 테고."

"함정을 판 것이군."

중년 사내가 침중하게 말했다.

"후후, 참으로 어리석은 자들 아닌가? 몇 번이고 같은 수법에 당할 것이라고 생각한 것이냐?"

여인의 비웃음에 중년 사내의 얼굴이 붉게 달아올랐다. 그러나 중년 사내는 여인의 기세에 밀려 그 분노를 밖으로 표출하지 못했다. 그런데 그때 다시 몇 사람이 배 안으로 날아들었다.

"어찌 되었나요?"

배 안으로 날아든 사람들을 보며 여인이 물었다. 그러자 그중 초로의 인물이 대답했다.

"저쪽의 상황은 모두 끝났습니다."

"그럼 이 배만 남은 것이군요."

"아예 수장을 시켜버리지요."

"아니에요. 대야께서 몇 명은 데리고 오라 하시더군요. 그러니 아예 이 배를 가지고 가지요."

"하하, 그것 참 통쾌한 일이군요. 아마 영웅맹 놈들이 이 배가 우리 풍월령의 수중으로 들어가는 것을 보면 무척 심기가 상할 겁니다."

"그런데… 저자가 아직 무릎을 꿇지 않는군요."

여인의 말에 초로의 고수가 중년 사내를 빤히 바라보다 입을 열었다.

"넌 해천방의 황대충이구나?"

노인의 말에 중년 사내가 놀란 눈으로 노인을 보며 물었다.

"날… 어찌?"

"후후 그 유명한 해천방 십이해신 중 한 사람을 내가 어찌 모를까?"

"당신은 누구요?"

"나? 내 이름은 들어봤을 게다. 난 묘문이라 한다. 사람들은 날 금천육옹이라 하지."

"금천육옹 묘문……! 역시 함정이었군."

"물론 너희들이 본 장의 배를 계속해서 공격하고 있는데 어찌 대책을 세우지 않겠느냐? 자, 이제 상황이 불리한 줄 알았을 테니 검을 버리거라."

"호호, 이제 보니 나 황대충에 대해 잘 알지 못하는군."

"물론 내가 해적 나부랭이에 대해 자세히 알 수는 없지."

"나 황대충은 목숨을 버릴지언정 무릎을 꿇는 사람이 아니다. 날 데리고 가는 방법은 오직 하나, 내 시신을 가지고 가는 것뿐이다."

"아무래도 말로는 어렵겠습니다."

묘문이 여인을 보며 말했다. 그러자 여인이 가볍게 고개를 끄덕이는 듯싶더니 한순간 사람들의 시야에서 사라졌다.

"헉!"

다음 순간 황대충의 입에서 다급성이 터져 나왔다.

창!

무의식중에 들어 올린 그의 도가 크게 흔들리며 황대충이 이삼 장 뒤로 밀려났다. 그런 황대충을 향해 어느 틈에 모습을 드러낸 여인이 검을 찔러냈다.

"이 계집이?"

아름다운 외모와 달리 매서운 손속에 화가 난 황대충이 노성을 토해내며 다가드는 여인을 향해 도를 휘둘렀다.

우웅!

황대충의 모든 공력이 실린 도가 강력한 도풍을 일으켰다. 순간 여인이 살짝 검을 틀었다. 그러자 마치 여인의 검이 자석이라도 된 듯 황대충의 도가 여인의 검으로 끌려갔다.

"엇!"

여인의 기이한 검초에 놀란 황대충이 당혹한 음성을 발하며 재빨리 도를 회수하려 했다. 순간 여인의 왼손이 움직임이 자유롭지 못한 황대충의 도신을 번개처럼 쳐냈다.

깡!

날카로운 파열음이 일어났다. 그리고 장내의 모든 사람들이 놀랄 일이 벌어졌다. 무거운 황대충의 중도가 여인의 손에 의해 반으로 잘려나간 것이었다.

본래 싸움을 하다보면 종종 검이 부러져 나가는 경우가 있기는 하다. 본시 검은 얇은 몸체를 가진 것이 대부분이라 강력한 공력을 지닌 고수의 손에 부러지는 것이 크게 놀랍지 않은 병기다.

그러나 도(刀)는 다르다. 도는 그 자체가 중병에 속하는 병기라 만들어지는 과정에서 수십 번의 담금질로 단련된 강한 쇠를 사용하고, 그 두께 또한 보통 사람의 힘으로는 부러뜨릴 수 없는 병기였다. 특히나 황대충 같은 고수가 사용하는 도라면 필시 강철을 사용했을 터였다. 그런 도를 맨손으로 부러뜨릴 수 있는 고수가 과연 천하에 몇 명이나 존재할까. 그런데 여인은 너무도 간단하게 황대충의 도를 분질러 버리고 있었다.

"으음……."

황대충이 반 토막이 된 도를 들고 주춤주춤 뒤로 물러나며 침음성을 발했다. 그는 그제서야 이 여인이 자신이 도저히 감당할 수 없는 고수라는 것을 깨달았던 것이다.

"당신은… 누구요?"

겨우 정신을 차린 황대충이 여인을 보며 물었다. 그러나 여인의 대답 대신 그녀의 검이 무서운 속도로 움직였다.

창!

다시 날카로운 소성이 일었다. 그리고 다음 순간 그나마 반 토막인 채로 남아 있던 황대충의 도가 그의 손을 떠나 허공으로 날아갔다. 황대충 같은 고수가 도를 손에서 놓칠 까닭은 없지만, 워낙 당황한 터에 그만 여인의 검초에 대응을 하지 못했던 것이다.

팟!

황대충의 손에서 도를 완전히 제거한 여인이 혼령처럼 황대충을 향해 다가들었다.

"잇!"

순간 황대충이 여인을 향해 묵직한 일권을 뻗어냈다.

웅!

당황하기는 했지만 여전히 황대충에게는 막강한 공력이 남아 있어 그가 뻗어낸 일권이 무거운 파공음을 일으켰다. 순간 여인이 살짝 몸을 틀어 황대충의 주먹을 흘려 보내더니 교묘하게 검을 밀어 황대충의 팔을 밖으로 밀어냈다. 그리고는 재빨리 빈 황대충의 겨드랑이 밑을 왼손으로 찍었다.

"큭!"

황대충의 입에서 나직한 신음성이 흘러나왔다. 그러더니 마치 녹아내리는 눈사람처럼 갑판 위에 그대로 허물어져 내렸다. 그러면서도 여전히 정신은 멀쩡해서 너부러진 상태로도 믿을 수 없다는 듯 여인을 바라보고 있었다.

"그만 돌아가죠."

단 몇 수에 황대충을 제압한 여인이 무감정한 목소리로 말을 하고는 훌쩍 신형을 날려 상선 쪽으로 이동했다. 그 모습을 보고 있던 묘문이 고개를 저으며 말했다.

"과연, 소문이 사실이었군요."

그러자 홀로 해천방의 고수들을 상대하다 부상을 입은 노인이 말했다.

"그게 말이오. 봉황문주의 무공이 대야를 능가할 거란 소문이 있더니…… 과연 그 말이 그냥 나온 말이 아니구려."

"천하제일을 논해도 될 것 같습니다."

"허허, 우리 육왕의 무공이면 강호무림 누구에게도 양보할 리 없다고 생각했거늘……. 최근 들어 왜 이리 고수가 많아지는가."

노인은 탄식을 흘렸다.

"그럼에도 불구하고 실 노사를 비롯한 육왕께서는 여전히 강호의 절대고수들이시지요."

"그렇지가 않소. 소대형님이라면 모를까. 나 실가는 이제 무공에 대해 자신이 없구려. 한갓 해적 놈들에게 부상을 당하지 않나……."

실가라면 육왕탑의 육왕 중 세 번째로 꼽히는 고수다. 그런 자의 의기소침은 앞서 해천방의 황대충을 상대한 봉황문주의 무공이 얼마나 놀라운 것이었나를 말해주는 점이었다.

어쨌든 바다 위의 싸움을 그렇게 끝났다. 풍월령에서 세운 계책대로 금천장의 배를 대해에서 공격하던 해천방 배들 중 두 척은 물귀신이 되었고, 나머지 한 척은 황대충을 실은 채 항주로 향하기 시작했다.

＊　　　＊　　　＊

"절대무적이라는 그를 굴복시켰으니 소산, 너의 무공을 당할 자는 이제 천하에 없겠구나."

허산왕이 기꺼운 표정으로 허소산을 보며 말했다. 강초는 허소산이 내건 조건을 모두 수락한 후에야 창룡곡 만재방의 장원을 벗어날 수 있었다.

"세상에는 드러나지 않은 고수가 많아요."

허소산이 고개를 저으며 말했다.

"아니다. 내 지금껏 백두를 떠난 이후 여러 고수들을 보았지만 만재사신 어른들을 홀로 상대하는 자를 본 적이 없다. 그런데 그런 자를 네가 굴복시켰으니…… 내 생각에는 널 상대할 고수는 없을 것 같구나."

보통의 경우 허소산의 말에 고집을 피우지 않는 허산왕이었지만 이 문제에 대해서는 양보할 생각이 없는 모양이었다. 그러자 문득 원보가 입을 열었다.

"다른 건 몰라도 소산에 견줄 만한 고수가 한 명 있기는 하오. 물론 소산에 비할 수 있을지는 모르겠지만……."

"아니, 소산을 상대할 고수가 있단 말이오?"

허산왕이 놀란 눈으로 원보를 바라봤다. 그러자 원보가 어두운 표정으로 말했다.

"그렇소. 그런 사람이 있소."

"그게 도대체 누구요? 설마 야율거공이나 김류를 두고 하는 말씀이오?"

"그들은 아니오. 물론 그들 역시 강자이기는 하나 역시 소산에 비하면 한 수 부족한 자들이라고 할 수 있소. 무공에 관해서는……."

"그럼 누가 있어 소산과 같은 무위를 자랑한단 말이오?"

허산왕이 믿을 수 없다는 듯 물었다. 그러자 원보가 나직한 목소리로 대답했다.

"봉황문주, 그녀라면 얼추 소산의 상대가 될 거요. 뭐, 결국에는 소산을 감당하지 못하겠지만……."

"봉황문주… 라면……!"

익히 봉황문주와 원보 사이의 악연을 알고 있는 허산왕이다. 그런 봉황문주가 거론되자 자연스레 허산왕이 말이 조심스러워졌다.

"봉황문에 대대로 전해지는 지화보결과 내게서 가져간 천환심결이라면… 그녀의 무공이 어느 경지에 이르렀는지 감히 추측할 수조차 없소. 소산."

문득 원보가 허소산을 불렀다.

"예, 어르신."

허소산이 조용히 대답했다.

"노파심에서 하는 말이다만 만약의 경우라도 봉황문주를 상대할 상황이 된다면 조심해야 한다. 네가 방심할 수 있는 상대가 아니다."

"알겠습니다."

허소산이 담담하게 대답했다.

"네 무공이 나조차도 가늠할 수 없는 경지에 이르러 있다는 것은 알고 있다. 넌 아마도 세인들이 볼 수 없는 세계를 탐하고 있겠지. 하지만 봉황문주는 그런 너조차도 조심해야 하는 사람이다. 그녀의 무공이 너에 비해 부족할지라도 한

치의 방심이 승부를 바꿀 수 있는 경지에 있음은 분명하니⋯⋯. 그런 면에서는 강초를 상대한 경험이 네게 도움이 되겠구나."

원보가 여전히 침울한 표정으로 말했다. 그러자 허소산이 걱정스럽게 물었다.

"그럼에도 기회가 되면 결국 어르신은 그분을 상대하실 거지요?"

허소산의 물음에 원보가 희미한 미소를 지어 보였다. 알 수 없는 쓸쓸함이 그의 얼굴을 스치고 지나갔다.

"운명이 이끈다면⋯⋯."

원보가 뒤늦게 고개를 끄덕여 대답했다.

"월도로 봉황문주를 상대할 수 있나요?"

허소산이 다시 물었다. 그러자 원보가 고개를 저었다.

"모르겠다. 월도가 신묘한 도법임에는 분명하지만 지화보결과 천환심결을 수련한 그녀를 상대할 수 있을 지는⋯⋯. 그러나 죽지는 않겠지. 설마⋯⋯."

원보가 뭔가를 더 말하려다가 입을 닫았다. 그러자 허소산이 나직하게 말했다.

"어르신도⋯ 조심하세요."

"나야 상관없다. 봉황문주의 손에 죽는다면 그 또한 복수겠지."

"그게 무슨 말이에요?"

"난 그녀를 안다. 그녀는 아마도 날 배신한 이후 살아 있는

게 지옥이었을 것이다. 하물며 그녀의 손에 내가 죽는다면 그녀는 평생 동안 그 지옥 같은 삶을 이어가야 하겠지. 그보다 더한 복수가 있겠느냐?'

원보가 미소까지 지으며 말했다. 그러자 허산왕이 고개를 저으며 말했다.

"참으로 참혹한 말씀을 하시오."

"사는 게 본래 참혹한 것 아니오?"

원보의 물음에 허산왕이 고개를 저었다.

"한 생각만 바꾸면 지옥이 천당이 된다지 않소."

"그러면 나도 얼마나 좋겠소. 휴, 하지만 내겐 그럴 만한 자질이 없소."

원보가 한숨을 내쉬었다. 원보의 우울함에 장내가 급격하게 침울해졌다. 그런데 그때 문득 방문이 열리면서 감천홍이 들어왔다.

"그들이 왔습니다."

"오, 도착했는가?"

우울하던 장내의 분위기가 급변했다.

"지금 막 포구로 들어오고 있습니다."

"그렇다면 나가 봐야겠군."

원보가 마침 잘되었다는 표정으로 자리에서 일어났다. 그러자 허소산과 허산왕도 급히 원보를 따라 나섰다.

세 척의 배가 유유히 두 개의 절벽 사이로 흐르는 해류를 타고 창룡곡의 포구로 들어오고 있었다. 그중 한 척은 허소산 등의 눈에 익은 배였다.

해궁, 적화궁의 움직이는 본거지인 배, 해궁이 가장 앞에 있었다. 그리고 그 뒤쪽으로 구룡문의 배가 용(龍)이 새겨진 깃발을 휘날리며 따르고 있었고, 해궁과 구룡문의 배에 비해 작은 규모에 별반 특이한 점이 없는 배 한 척이 가장 뒤에서 창룡곡으로 들어서고 있었다.

"과연 남황성까지 왔군요."

세 척이 배를 보며 허소산이 말했다. 그러자 원보가 고개를 끄덕였다.

"그렇구나. 하긴 그들도 어쩔 수 없었을 것이다. 영웅맹과 풍월령의 틈바구니에서 홀로 생존하기란 결코 쉬운 일이 아니니……."

그때 문득 뒤쪽에서 만재방주 전욱과 만재사신이 모습을 나타냈다.

"나와 있었느냐?"

전욱이 허소산에게 말을 건넸다.

"그들을 장원 안에서 기다릴 수는 없지요."

"하긴, 천하의 팔황이 아닌가. 마중을 하는 것이 당연한 이치지. 그럼 가볼까?"

"그러시지요."

"네가 앞장을 서야지?"

"제가요?"

허소산이 놀란 표정으로 고개를 저었다. 그러자 전욱이 미소를 지으며 말했다.

"지금은 소산이 아니라 파금검이 아니더냐? 하하하!"

第二章

생사련

독경
獨經

　며칠간 창룡곡이 들썩였다. 그도 그럴 것이 천하 팔황 중 네 곳이나 창룡곡 만재방의 장원에 모여들었기 때문이다. 처음 그들의 행사는 강호에 널리 알려지지 않았지만, 소문이란 것이 하루 이틀 지나면 결국 날개를 달고 천리를 날아가기 때문에 며칠이 지나지 않아 창룡곡의 일은 세상에 널리 알려지게 되었다.

　더불어 하나의 이름이 그 소문에 묻어 강호로 퍼져나갔다. 생사련이라는 조금은 섬뜩한 이름으로 강호팔황 네 곳이 힘을 모았다는 소문은 강호인들의 관심을 끌기에 충분했다.

　영웅맹과 풍월령의 출현으로 강호에 또 다른 절대세가 들어서기는 어렵다는 것이 강호의 중론이었지만 세간의 예측을 벗어나 팔황의 절반에 이르는 문파들이 하나로 모였으니 강호의 관심이 없을 수 없었다.

더군다나 생사련에는 구룡문과 남황문, 적화궁과 오산금림 말고도 당금 무림천하에서 가장 빠르게 명성을 얻어가고 있는 파금검이라는 절대고수도 참여한다고 하니 사람들의 시선은 이제 영웅맹이나 풍월령이 아니라 생사련을 주목하고 있었다.

그러나 사람들의 기대와 달리 생사련은 무림의 패권에는 관심이 없다는 사실을 처음부터 밝혔다. 그들은 오직 자신들의 생존을 위해 연대를 한 것이지, 무림제패와 같은 큰 야망을 위해 모인 것이 아니라는 것이다.

그리고 그 사실을 증명이라도 하듯 생사련의 창룡곡 회합은 삼일 만에 조용히 막을 내리고 이후에는 모두 창룡곡을 떠나 자신들의 문파로 되돌아갔던 것이다.

그러나 사람들은 생사련에 대해 의심의 눈초리를 거둘 수 없었다. 강호란 음모와 귀계가 난무하는 곳, 생사련이 사람들의 눈을 속이고 어느 한곳에서 그 힘을 키우고 있을 수도 있다는 의심은 그들이 만재방을 떠난 이후에도 줄곧 이어지고 있었다.

그런데 생사련이 그렇게 강호의 이목을 집중시키고 있는 와중에 생사련의 소식을 덮어 버리는 일들이 항주 주변에서 벌어지고 있었다. 그건 생사련 출현 이전에 강호이대 절대세로 불리던 영웅맹과 풍월령의 충돌이었다.

두 세력의 충돌은 애초에 바다에서부터 시작되었다. 풍월령의 재정적 후원자로 알려진 금천장의 상선을 영웅맹에 속한 해천방의 배들이 공격하면서 시작된 양쪽의 싸움은 초기에는 풍월령의 함정에 해천방이 빠져들면서 풍월령에 유리한 쪽으로 전개되는가 싶었다.

그러나 일단 바다에서 풍월령에게 일격을 당한 영웅맹의 반격도 무서웠다. 그들은 바다에서의 싸움을 중지하고 대륙으로 이어지는 금천장의 상로를 막기 시작했다. 특히 장강을 타고 올라 사천까지 이어지는 상로는 완전히 영웅맹에 의해 지배되고 있었기에 금천장의 상행은 단 한 달 사이에 급격하게 위축되기 시작했다.

그리하여 강호엔 결국 양파가 서로의 존망을 건 건곤일척이 승부를 내고야 말거라는 소문이 돌기 시작했다. 전운은 그렇게 생사련이 아니라 풍월령과 영웅맹 사이에서 일어나고 있었다.

허소산을 비롯한 일단의 사람들이 저녁노을을 마주보며 걸음을 옮기고 있었다. 아름다운 저녁 풍경에 비해 일행의 분위기는 조금 무거운 편이었다.

일행은 모두 이십여 명 정도였는데 허소산과 원보, 허산왕을 비롯해 만재사신의 하모극과 임후, 그리고 창룡곡에 만재방이 터를 잡은 후 외부출입을 하지 않던 망산오선 중 이세교와 윤웅전까지 포함되어 있었다.

그런데 절대의 고수들이 조용하게 움직이고 있던 와중에 불쑥 일행 앞에 설도우가 모습을 드러냈다. 그의 뒤쪽으로 몇 명의 오산금림 고수들이 따르고 있었다.

"경주!"

설도우가 허소산 앞으로 다가와 가볍게 고개를 숙였다. 허소산의 만류에도 불구하고 허소산에 대한 설도우의 예는 변함이 없었다.

"오셨군요. 풍월령 쪽의 상황은 어떤가요?"

"이미 풍월령의 고수들이 세 척의 배에 나눠 타고 장강을 거슬러 오르기 시작했습니다."

"음… 역시 떠났군요."

"이대로 상로가 막혀서는 금천장이 견딜 수 없으니 어쩔 수 없었을 겁니다. 금천장이 견디지 못하면 풍월령도 무너지지요."

"영웅맹은 어떤가요?"

"방금 전 일단의 고수들이 광조산을 떠났다는 소식이 왔습니다."

그러자 곁에서 원보가 입을 열었다.

"일단 서둘러 서쪽으로 이동하자꾸나. 가다보면 적화궁에서 소식이 오겠지."

원보의 말에 허소산이 고개를 끄덕였다.

"그렇죠. 모두 서둘러야겠습니다."

허소산의 말에 일행이 이젠 어둑해진 숲길을 속도를 높여 빠르게 전진하기 시작했다.

창룡곡을 떠난 지 오일, 허소산 일행은 여전히 장강을 거슬러 오르고 있었다. 적화궁의 능력은 대단해서 일행이 필요로하는 순간 장강변의 포구에 배를 준비해 주었다.

일행이 배를 택한 것은 육로를 따라 이동하는 영웅맹의 고수들보다 강을 거슬러 오르는 풍월령의 배를 따르는 것이 유리할 것이란 판단 때문이었다. 장강을 오르내리는 배는 깨알처럼 많으니 의심을 받을 일이 없었다.

푸드득!

문득 배의 앞머리에 서서 멀리 강을 거슬러 오르고 있는 풍월령의 배를 살피고 있던 허소산의 눈앞에 한 마리 전서구가내려앉았다. 그러자 허소산보다 먼저 원보가 손을 뻗어 전서구를 들어 들었다.

"보자…… . 석인협? 이런 곳이 있었나?"

원보가 고개를 갸웃했다. 그러자 중원의 길에 밝은 만재방의 제이대행수 유옹비가 대답했다.

"석인협이라며 제가 알고 있습니다."

"어떤 곳이오?"

"무창과 하루거리에 있는 곳인데 물살이 험해 보통의 경우상선들이 가지 않는 곳입니다."

"그렇소? 그럼 이상하군. 왜 영웅맹의 고수들이 그 석인협으로 모이는 것일까? 분명 풍월령이 석인협으로 갈 거라 판단했기에 그리 움직일 터인데……."

원보가 고개를 갸웃했다. 그러자 문득 허산왕이 입을 열었다.

"어쩌면……."

"무슨 짐작 가는 것이라도 있소?"

원보가 허산왕을 보며 물었다.

"혹 이전부터 그 석인협에 영웅맹의 고수들이 나가 있지 않았소?"

허산왕의 물음에 이번에는 설도우가 대답했다.

"그렇소이다. 석인협은 영웅맹이 장강의 상로를 지배하기 위해 고수들을 내보낸 거점 중 하나요."

"아, 정말 대담하군."

허산왕이 탄복을 했다.

"도대체 무슨 생각을 하시는 거요?"

원보가 호기심을 감추지 못하고 물었다. 그러자 허산왕이 차분한 목소리로 대답했다.

"본시 맹수를 사냥할 때 그 둥지를 직접 찾아들어갈 때가 있습니다. 길목을 지키는 것이 우선이기는 하지만 가끔은 호랑이굴을 직접 찾기도 하지요. 풍월령은 단지 사천까지 상로를 뚫고 가기 위해 나선 것이 아닌 듯하오. 그들은… 아예 장강변의 영웅맹 거점들을 공격할 생각인 모양이오."

"그럼 저 배들이 결국 석인협으로 갈 거란 말이오?"

원보가 놀란 표정으로 물었다.

"그렇지 않다면 그들을 따라 움직이는 영웅맹 고수들이 석인협으로 갈 리가 없지 않소?"

"하지만 아직은 저들의 행로가 석인협으로 향한 것은 아닌데 어찌 영웅맹에서 그렇게 판단을……. 음, 설마 풍월령에 영웅맹의 간자가 있는 것인가?"

원보가 고개를 갸웃했다.

"야율거공이라면 충분히 그럴 수 있지요."

허소산이 대답했다.

"그렇긴 하지. 하지만 그래도 정말 저들이 석인협을 치려는 거라면 그건 풍월령에서도 수뇌들만이 알고 있는 사실일 터인데… 풍월령에서 은밀히 야율거공의 돕는 자가 보통 인물은 아니라는 말이군. 하여간에 야율거공 그자는 계략의 달인이야."

원보가 고개를 저었다.

"우린 어쩔 거냐?"

허산왕에 허소산에게 물었다.

"일단 석인협의 싸움이 어떻게 진행되는지 보고 결정하지요. 만약 야율거공이나 김류… 혹은 목인봉이 나타난다면 그들을 그곳에서 상대할 수도 있겠지요."

"누가 먼저냐?"

"그야 당연히 김류지요. 영웅맹은… 나중에라도 손 쓸 방법이 있어요."

"어떻게?"

허산왕의 질문에 허소산이 빙그레 미소를 지을 뿐 대답을

하지 않았다. 그러나 그 웃음 속에서 허산왕은 영웅맹에 대한
허소산의 자신감을 읽을 수 있었다.

                    *   *   *

  바다처럼 넓은 장강을 거슬러 오르다보면 수많은 지류들을
만나게 된다. 그중 북쪽으로 이어지는 지류 한 곳에 사람들이
배를 몰아 들어가기 꺼리는 협곡이 하나 있다. 험한 절벽들이
장승처럼 서 있어서 그 이름조차 석인협, 그러나 정작 무서운
것은 그 절벽들이 아니라 그 아래 흐르는 급류였다.
  석인협은 보통의 배로는 절대 거슬러 오를 수 없는 빠른 급
류에 종종 상선들의 난파를 당하는 곳이기도 했다. 그럼에도
그곳을 찾는 상선이 아주 없지는 않았다. 왜냐하면 석인협을
통과하면 돌아가는 길에 비해 열흘길을 줄일 수 있기 때문이
었다. 덕분에 튼튼한 배를 가진 표국들이나 상가들은 종종 석
인협을 거슬러 오르는 모험을 시도하기도 했던 것이다.
  그런데 얼마 전부터 그런 모험을 택하는 상가나 표국들도
등장하지 않았다. 석인협의 절벽이 더 험해지고 강물이 더 거
칠어졌기 때문은 아니었다. 이유는 단 하나 그 길을 장악한 강
호의 한 세력 때문이었다.
  영웅맹이 석인협에 고수들을 내보낸 것은 개파대전이 시작
되기 전부터였다. 석인협은 장강에서 하북으로 올라가는 요충
일뿐더러 장강 자체를 통제하기에도 좋은 장소였기에 영웅맹

으로서는 놓칠 수 없는 요지였던 것이다.

석인협에 나와 있는 영웅맹의 고수들은 강과 이어진 기슭에 진채를 구축하고 다섯 척의 중선을 가지고 물길을 통제하고 있었다. 워낙 요지라 그 책임자 또한 제법 이름난 고수로서 영웅맹 십이의단 중 제칠단주를 맡고 있는 제갈숙이 석인협과 인근 물길을 통제하고 있었다.

제갈숙은 본시 강호에 그 명성이 널리 알려진 인물은 아니나 그를 알고 있는 사람들은 그가 제갈가의 전통에 가장 잘 부합하는 인물이라고 평했다. 날카로운 직관력과 신중한 행보는 제갈가의 가주 제갈초가 어려운 일이 있을 때마다 그를 불러 일을 맡길 정도로 뛰어난 능력을 지닌 사람이었다.

제갈숙은 그의 명성대로 일단 석인협의 책임자가 되자 도처의 요충지에 망루를 세우고 방책을 만들어 석인협을 한순간에 난공불락의 요새로 만들었다.

뿌우우!

오늘도 장강의 푸른 물결을 굽어보며 서 있는 석인협 영웅맹의 수채에 갑자기 길게 뿔피리 소리가 들려왔다. 그러자 어디에 숨어 있었는지 수십 명의 무사가 뛰어나와 수채 바로 앞에 떠 있는 배에 올랐다.

뿔피리 소리가 울린 지 채 일각이 지나지 않아 다섯 척의 배 중 세 척이 서서히 장강으로 밀려나오기 시작했다. 그런데 그렇게 세 척의 배가 장강으로 나오기를 기다렸다는 듯 장강의 중심에서 상류를 향해 물길을 거슬러 오르던 배 세 척이 갑자기 방향을 틀어 석인협에서 출발한 영웅맹의 배를 향해 다가가기 시작했다.

양쪽의 배가 이십여 장 거리로 가까워졌을 때 문득 장강을 거슬러 오르던 배 위에서 하나의 깃발이 올랐다. 푸른 깃발 위에는 황금색 글씨로 풍월이라는 글이 새겨져 있었다. 이는 최근 영웅맹과 함께 강호이대세력으로 떠오른 풍월령의 깃발이었다.

"배를 멈추시오!"

풍월령의 배가 접근하자 영웅맹의 배 위에서 강맹한 목소리가 흘러나왔다. 그러자 풍월령의 배들이 의외로 전진을 멈췄다.

"어느 곳의 배요?"

이미 풍월령의 깃발이 걸렸음에도 영웅맹의 배 위에서 정체를 묻는 목소리가 흘러나왔다. 그러자 풍월령의 배 위에서 한 줄기 대답이 흘러나왔다.

"우린 풍월령의 사람들이오."

"풍월령의 배였구려. 그런데 이쪽으로 가면 석인협이 나오는데 석인협에는 어쩐 일이시오?"

"장강에 배를 띄워 천하를 왕래하는 것은 각자의 사정이 있게 마련이오. 그 사정을 당신들에게 말할 이유는 없지 않겠소?"

"음… 물론 그렇긴 하오만……. 말씀하시는 분은 뉘시오?"

"난 소사공이라 하오!"

소사공은 육왕탑의 탑주다. 풍월령에서 단단히 준비를 하고 나왔을 거라고는 예상했지만 육왕탑의 탑주가 직접 모습을 드러내리라고는 예상하지 못했는지 영웅맹 배 위의 사내가 잠시 침묵을 지켰다.

"더 할 말이 없다면 길을 여시오. 장강이 영웅맹의 것은 아니지 않소?"

소사공의 차가운 목소리가 흘러나왔다. 그러자 문득 지금까지와는 다른 목소리가 영웅맹의 배 위에서 들려왔다.

"육왕탑의 탑주께서는 잠시 제 말을 들어주시기 바라오."

순간 소사공의 안광이 번쩍였다. 그의 시선이 영웅맹의 배 위에 나타난 갸름한 인상의 오십대 사내에게로 향했다. 그리고는 잠시 후 입을 열었다.

"영웅맹이 석인협에 뛰어난 모사 한 명을 파견했다고 들었는데 그대가 바로 그 사람인 모양이구려."

"부족하나마 석인곡의 영웅맹 형제들을 지휘하고 있는 제갈숙이오. 탑주를 뵙게 되어 영광이오."

사실 강호의 명성으로 보자면 제갈숙은 육왕탑주 소사공에 비할 바가 아니었다. 그러나 그럼에도 불구하고 제갈숙은 소사공을 전혀 두려워하지 않는 듯 보였다.

"풍월령과 영웅맹이 서로 안부나 묻고 있을 사이는 아니고… 그만 길을 여시오."

"죄송하지만 더 이상 석인협으로의 접근을 허락할 수는 없소."

제갈숙이 차갑게 말했다. 순간 소사공의 눈에 노기가 서렸다.

"석인협이 영웅맹의 것이라도 된다는 말이오?"

"본시 강호란 먼저 터를 잡는 사람이 그 주인이 되는 법이 아니오? 풍월령이 해문산에 자리를 잡았기에 해문산이 풍월령의 터가 된 것처럼 말이오. 노사께선 만약 영웅맹의 고수들이 해문산에 들어가 풍월령의 거처를 지나가겠다면 순순히 허락하시겠소?"

교묘한 논리로 제갈숙이 소사공의 질문에 답을 했다. 강에 주인이 있다는 것은 말도 되지 않는 일이지만 제갈숙의 교묘한 논리에 소사공이 마땅히 대응할 말을 찾지 못했다. 그러나 그도 잠시, 소사공이 한 줄기 비웃음을 흘리며 말했다.

"강호의 소문에 제갈숙 그대의 계교가 천하제일이라 하더니 과연 말재주가 좋구려. 하지만⋯ 어찌 천하의 물길에 주인이 있겠소. 그러니 궤변은 그만 늘어놓고 길을 여시오. 계속 길을 막겠다면 부득불 무력을 쓸 수밖에 없소."

소사공의 말에 제갈숙이 한 줄기 미소를 지으며 대답했다.

"나 역시 육왕탑의 육왕들께서 대화로 일을 해결하는 분들이 아니라는 것은 들어 알고 있소. 그런데 그 소문이 사실이었구려. 만나자마자 도검을 들겠다고 협박을 하시니⋯⋯."

"제갈숙! 너의 교언을 들어주는 것은 여기까지다. 길을 열라!"

소사공이 더 이상 시간을 끌지 않겠다는 듯 소리쳤다. 그러자 제갈숙 역시 차갑게 대답했다.

"능력이 있다면 스스로 길을 열어보라!"

제갈숙의 차가운 응대에 소사공의 얼굴이 딱딱하게 굳어졌다. 그러더니 한순간 뒤를 돌아보며 소리쳤다.

"전진하라!"

소사공의 명이 떨어지자 풍월령의 배들이 일제히 영웅맹의 배를 향해 돌진하기 시작했다. 그러자 제갈숙의 차가운 목소리가 터져 나왔다.

"쏴라!"

제갈숙의 명이 떨어지자 영웅맹의 배에서 소나기 같은 화살이 쏟아져 나오기 시작했다.

퍼퍼퍽!

순식간에 풍월령의 배가 고슴도치처럼 변했다. 갑판은 삽시간에 화살들로 빼곡히 들어차, 발 디딜 틈도 없어 보였다. 그러나 이미 이런 식의 공격을 예상하고 있었던지 풍월령의 고수 중 화살에 맞아 상한 사람은 단 한 명도 없었다.

"들이받아!"

그 와중에 소사공의 명이 다시 떨어져 내렸다. 그러자 풍월령의 배들이 망설이지 않고 영웅맹의 배들을 들이받기 시작했다.

쿠쿵!

애초에 충선을 대비했는지 양측의 배는 강력한 충돌에도 불구하고 크게 부서지거나 상하지 않았다. 대신 충돌에 의한 충격으로 배들이 심하게 요동쳤다.

"물러나라!"

한순간 해일처럼 밀려드는 풍월령 배들의 공세를 감당하기 어렵다고 판단했는지 제갈숙이 의외로 퇴각 명령을 내렸다. 그러자 영웅맹의 배들이 서둘러 방향을 틀어 석인협 쪽으로 물러가기 시작했다.

"추격하라!"

다시 소사공의 명이 이어졌고, 풍월령의 배들이 물러나는 영웅맹의 배들을 쫓기 시작했다.

"싱거운데?"

멀리서 양쪽의 싸움을 지켜보고 있던 원보가 심드렁하게 말했다.

"그러게 말이오. 영웅맹이 저렇게 쉽게 물러날 줄은 몰랐구려."

허산왕도 고개를 갸웃하며 말했다. 그러자 허소산이 대답했다.

"함정일 수도 있지요."

"함정?"

"이미 영웅맹의 고수들이 육로를 통해 석인협에 도착했잖아요."

"그렇지."

허산왕이 고개를 끄덕였다.

"그렇다면 영웅맹 입장에선 적들을 자신들의 진채 깊숙이 끌어들이는 것이 유리하지요."

"음… 맞는 말이기는 하다만 만약의 경우 풍월령의 배에 대단한 고수들이 타고 있다면 오히려 어려워질 수도 있지 않겠느냐? 물 위에서 막으면 적어도 진채를 지킬 수는 있을 터인데……."

"영웅맹에도 뛰어난 고수들이 준비되어 있다는 말이겠지요."

"음, 이건 정말 볼 만하겠군. 그런데 이렇게 배를 타고 저들을 따라가도 될까?"

허산왕의 말에 허소산이 고개를 저었다.

"그건 위험하지요. 우린 석인협 서쪽 숲으로 배를 대고 육로를 통해 이동하도록 해요."

허소산의 말대로 일행을 태운 배는 장강을 좀 더 거슬러 올라가 서쪽 숲에 배를 댔다. 그리고는 서둘러 하선을 마치고 이내 숲 속으로 사라졌다.

강 위에서 벌어진 영웅맹과 풍월령의 추격전은 그리 오래 이어지지 않았다. 장강이 바다처럼 넓다고 해도 결국 육지에 난 강일뿐이니 언제까지 추격전이 이어질 수는 없었다.

둥둥둥!

길게 이어지는 북소리가 영웅맹의 석인협 수채에서 울려나왔다. 그러자 도주하던 세 척의 배가 수채 안으로 들어올 수 있도록 강 중심 쪽으로 나 있던 거대한 수채의 문이 열렸다.

영웅맹의 배들이 쏜살같이 물 위를 달려 수채 안으로 들어왔다. 그러자 다시 북소리가 울리고 수채의 문이 급하게 닫히기 시작했다. 그런데 다음 순간 거의 닫혀가는 수채의 문을 추격하던 풍월령의 배들이 그대로 들이박았다.

쿠쿠쿵!

마치 지진이라도 난 것 같은 굉음이 일어나며 커다란 통나무를 엮어 만든 수채의 문이 무너져 내리기 시작했다. 더불어 문과 연결되어 있던 수채의 구조물들도 서서히 균열을 일으키더니 급기야 물속으로 떨어져 내리기 시작했다.

단번에 수채의 문을 파괴한 풍월령의 배들이 일제히 수채 안으로 진입해 들어갔다. 그러자 수채 곳곳에서 강전들이 날아들기 시작했다.

퍼퍼퍽!

이미 벌집이 되어 있던 풍월령의 배가 다시 화살 세례를 받았다. 그러나 풍월령의 배 어디에서도 비명 소리가 흘러나오지 않았다. 풍월령의 고수들은 이미 수상전을 예상해 화살 공격을 방비할 만반의 준비를 하고 있었던 것이 분명했다.

소낙비처럼 내리는 화살들은 모두 갑판 위를 덮은 판자와 사선으로 세워진 방패에 꽂혔다. 풍월령의 고수들은 그 뒤에 몸을 숨긴 채 수채 안으로 온전하게 들어왔다. 이대로라면 풍월령에 의한 석인협 영웅맹 수채의 점령은 시간문제로 보였다. 그런데 그때였다.

둥둥둥!

갑자기 석인협의 절벽 중간쯤에서 거대한 북소리가 터져 나오기 시작했다. 그러자 절벽에 가려져 있던 상류 쪽에서 다섯 척의 배가 빠르게 석인협의 거친 물살을 타고 내려와 영웅맹 수채 바깥쪽에 포진하기 시작했다.

"뭐지?"

어느새 바람처럼 산길을 타고 이동해 영웅맹의 수채가 한눈에 내려다 보이는 지점에 도착한 허소산 일행 중에서 의문의 목소리가 흘러나왔다. 원보였다.

"아무래도 영웅맹에서 함정을 판 모양이오. 음… 석인협에 나와 있는 제갈숙이라는 자가 계교에 능하다고 하더니 적을 완전히 섬멸할 목적으로 수채 안으로 끌어들인 것 같소."

설도우가 차분하게 전장의 상황을 살피며 말했다. 과연 설도우의 말처럼 수채 바깥쪽을 에워싼 다섯 척의 배로 인해 풍월령 세 척의 배는 완전히 수채 안에 고립된 지경이 되어 있었다.

"그렇다면 이제야 제대로 된 싸움을 볼 수 있겠군요."

원보가 말했다.

"아마도 그럴 거요. 저 지경이라면 결국 양쪽은 생사결을 다툴 수밖에 없을 테니까. 한쪽이 전멸을 하기 전에는 끝나지 않을 싸움이오."

설도우가 대답했다. 그때 허소산이 입을 열었다.

"가까이 가봐야겠어요. 모두 얼굴을 가리세요."

허소산의 말에 일행이 검은 천으로 얼굴을 가렸다. 직후 허소산이 훌쩍 몸을 날려 영웅맹의 수채쪽으로 전진하기 시작했다.

"하하하! 본채에 온 것을 환영하오."

어느새 비 오듯 내리던 화살 비는 그쳐 있었다. 대신 수채의 가장 높은 망루에 올라선 제갈숙의 목소리가 풍월령 고수들을 배 안에서 나오게 만들었다.

"제갈숙, 제법 재주를 부렸구나."

소사공이 제갈숙을 보며 비웃듯 소리쳤다.

"난 풍월령의 고수분들께서 이렇게 지모가 모자랄 줄은 생각도 못했소이다. 어떻게 이렇게 간단한 수법에 당하시오? 병법에서 도주하는 적을 쫓는 것이 가장 위험하단 것을 배우지 못했소? 더군다나 이곳은 본 맹의 수채이거늘……."

제갈숙이 경멸하는 듯한 표정으로 소리쳤다. 그러자 소사공역시 한 줄기 비웃음을 흘리며 소리쳤다.

"제갈숙, 넌 하나만 알고 둘은 모르는구나."

"하하하, 함정에 걸린 사냥감 처지에 날 가르치려는 것이오? 좋소. 탑주의 가르침이라면 이 제갈숙이 경청하여 들으리다."

제갈숙이 여유있는 표정으로 대답했다. 그러는 사이 수채 곳곳에서 영웅맹의 고수들이 모습을 드러냈다. 근 일백여 명에 이르는 영웅맹의 고수가 단단하게 포위망을 구축하기 시작했다. 그리고 그중 일부는 망루에 올라 제갈숙 곁으로 다가섰다.

그런데 영웅맹 고수들의 분주한 움직임에도 불구하고 소사공을 비롯한 풍월령 고수들은 별반 동요를 하지 않았다. 대신소사공이 제갈숙의 말을 받아 차갑게 입을 열었다.

"너희들이 이곳에 간교한 함정을 만들었을 거란 걸 예상하지 못한 것은 아니다."

"아니 그런데 어찌 함정에 빠지셨소?"

"후후후 가끔은 일부러 상대의 함정에 빠져줄 때도 있지."

소사공의 말에 제갈숙이 표정이 잠시 경직되었다가 이내 다시 여유를 되찾았다.

"본시 위기에 처한 자의 허세는 이해해 줄 수 있는 법이오. 하지만 현실을 직시하시오. 그대들은 헤어날 수 없는 그물에 들어왔소. 이 석인협에는 애초에 있던 영웅맹의 형제들만 있는 것이 아니오. 이미 어제 광조산에서 나온 맹의 고수들이 합류를 한 상태란 말이오. 그대들의 능력으로는 결코 이 그물을 빠져나갈 수 없으니 순순히 항복하시오. 그대들이 항복을 한다면 목숨을 건질 수는 있을 거요."

제갈숙이 침착하게 풍월령의 고수들에게 항복을 권했다. 광조산에서 온 고수들이 합류했다는 말에 잠시 긴장하는 듯했던 소사공은 그러나 제갈숙의 말이 끝날 때 즈음에는 다시 호기를 회복하고는 즉시 제갈숙을 향해 소리쳤다.

"후후후, 광조산의 고수들까지 함께 있다니 더욱 잘 되었구나. 이번 출행의 목적은 최대한 영웅맹에 타격을 주는 것이었는데, 광조산 본산의 고수들까지 제거할 수 있다면 우리로서야 마다할 이유가 없지. 나도 한 가지 제안을 하마. 지금 당장 도검을 버리고 항복하라. 배는 넓고 풍월령에는 너희들을 먹일 충분한 양식이 있다."

소사공의 말에 제갈숙이 호탕한 웃음을 터뜨렸다.

"하하하! 육왕탑의 육왕들이 성정이 급하다더니 정녕 앞뒤 사정을 분간할 줄 모르는구려. 좋소. 기왕에 이렇게 된 것 서로 실력을 겨뤄볼 밖에! 모두 나서라!"

제갈숙의 명이 떨어지자 갑자기 수채 곳곳에 서 있던 영웅맹의 고수들 중 일부가 손에 철궁들을 들고 앞으로 나섰다.

"화살 공격이 소용없다는 걸 이미 알았을 터인데?"

소사공이 다시 활을 쓰려는 영웅맹의 고수들을 보며 비웃듯 말했다. 그러자 제갈숙이 대답했다.

"화살은 막을 수 있어도 불은 막을 수 없을 것이오. 선물을 줘라!"

제갈숙의 명이 떨어지는 순간 영웅맹 고수들이 검은 주머니들을 풍월령의 배를 향해 던졌다.

퍼퍽!

수십 개의 검은 물체들이 풍월령의 배 곳곳에 떨어져 내렸다.

"이건!"

순간 풍월령의 배 안에서 당황스런 목소리가 흘러나왔다.

"그건 아주 질 좋은 기름이오. 불이 잘 붙을 터이니 그대들을 무척 따듯하게 해줄 거요. 이번에는 화전(火箭)을 선물해 드려라!"

제갈숙의 목소리가 다시 들려왔다. 그러자 이번에는 영웅맹 고수들이 일제히 불화살을 날리기 시작했다.

퍼퍼퍽!

유성이 떨어지듯 떨어져 내린 불화살들이 풍월령의 배에 꽂혀들었다, 앞서와 마찬가지로 배에 타고 있던 자들 중 상한 사람은 없었다. 그러나 그보다 더 위험한 일이 벌어졌다.

화르륵!

이미 배를 적신 기름에 불화살이 꽂히자 풍월령의 배가 순식간에 화염에 휩싸이기 시작했다.

"하하하, 불귀신이 되고 싶지 않으면 어서 배에서 나와 항복하시오."

타오르는 배들을 보며 제갈숙이 득의한 표정으로 소리쳤다. 그러자 불길 속에서 소사공의 목소리가 들려왔다.

"오냐. 기왕에 이곳에 올 때는 배 안에 머물 생각이 아니었다. 그러나 제갈숙! 넌 계산을 잘못했어. 네가 이 싸움을 유리하게 이끌려 했다면 넌 반드시 우릴 배 안에 머물게 했어야 했다. 넌 오늘 이곳에 온 풍월령의 사람들이 어떤 사람들인지 모

른다. 모두 배를 버린다. 놈들을 한 놈도 살려두지 않는다. 수채를 불태워라!'

소사공의 명이 떨어지자 화염에 휩싸인 세 척의 배에 타고 있던 풍월령 고수들이 수채를 향해 돌진하기 시작했다.

"어어!"

"피햇!"

다급한 외침이 터져 나오는가 싶더니 이내 풍월령의 배들이 수채의 건물들을 들이받기 시작했다.

쿠쿠쿵! 쾅!

워낙 튼튼하게 만들어진 배라서 그런지 불에 타면서도 풍월령의 배들은 영웅맹의 수채 깊숙이 박혀들어 화염을 수채로 옮겨 붙게 만들었다. 그러자 영웅맹의 수채가 한순간에 화마의 지옥으로 변했다.

"아악!"

"악!"

화마가 휩쓸기 시작한 영웅맹의 수채에서 사람들의 비명 소리가 터져 나오기 시작했다. 세 척의 풍월령 배에서 번쩍이는 도검의 광채가 흘러나오는가 싶더니 이내 수십 명의 사람들이 허공을 치솟아 올라 배를 벗어났다.

그렇게 배를 벗어난 풍월령의 고수들은 거침없이 영웅맹의 무사들을 향해 살수를 전개했다. 그러자 누가 누구를 함정에 빠뜨렸는지 모를 상황이 전개됐다.

풍월령의 배들을 끌어들인 영웅맹 수채의 무사들이 오히려 당황해 메뚜기 떼처럼 불과 적을 피해 사방으로 몸을 날렸다. 그러는 사이 풍월령의 고수 한 명이 빠른 속도로 제갈숙이 올라 있는 망루를 향해 돌진했다. 그리고는 벼락처럼 망루를 받치고 있는 십여개의 기둥을 향해 검을 휘둘렀다.

그그궁!

놀랍게도 사내의 검은 망루의 기둥 다섯 개를 한 번에 잘라냈다. 망루가 그 충격을 이기지 못하고 한쪽으로 기울어지며 무너지기 시작했다.

"모두 이선으로 물러나라!"

엉겹결에 기세를 완전히 제압당한 제갈숙이 무너지는 망루 위에서 급히 명을 내렸다. 그러자 사방으로 흩어졌던 영웅맹의 무사들이 일제히 수채를 벗어나 숲 쪽으로 후퇴하기 시작했다.

그 와중에도 풍월령 고수들의 살수는 멈추지 않아 후퇴하는 영웅맹 고수들 몇이 다시 죽임을 당했다. 풍월령 고수들이 도주하는 적을 급하게 추격하지는 않았다. 그들은 불타는 배에서 뛰어 내린 사람들이라고는 믿을 수 없을 만큼 침착하게 도주하는 적을 향해 진격했다.

대형이랄 것은 없지만 서로의 간격을 흩뜨리지 않았고, 그렇다고 피를 본 자의 흥분 같은 것도 느껴지지 않는 움직임이었다.

"대단한 자들이다."

함정에 빠지고도 단번에 장내의 주도권을 차지하는 풍월령 고수들을 보며 얼굴을 가린 원보가 입을 열었다. 그러자 설도우가 나직하게 응대했다.

"김류 그자가 이번에는 단단히 마음을 먹은 모양이오. 도검을 쓰는 모습들이 다르오. 풍월령의 최고의 고수들을 보낸 것이 분명한 것 같소."

"그리되면 결국 이 싸움은 풍월령의 승리로 끝나겠군요."

허산왕이 말했다

"저대로라면 그럴 가능성이 크다고 할 수 있소. 물론 광조산에서 나온 영웅맹의 고수들도 뛰어나긴 하겠지만 아마도 야율거공은 김류가 이토록 강한 자들을 내보냈을 거라고는 생각하지 못했을 거요."

설도우의 대답을 들은 허산왕이 고개를 끄덕이며 허소산을 돌아봤다.

"어찌할 생각이냐?"

그러자 허소산이 대답했다.

"풍월령이 이겨서는 안 되지요. 양패구상이 최선이에요. 누가 뭐래도 우리의 제일 적은 김류이니……."

"그럼 영웅맹을 도와줘야 한다는 거냐?"

"약간의 힘을 보태야할지도 모르겠어요."

"썩 내키지 않는 걸?"

"저도 야율거공을 좋아하지는 않지만 어쩔 수 없지요. 김류가 이 싸움에서 승리하면 만재방이 과거의 원한을 씻고 고려로 돌아가는 것이 더 어려워질 테니까요."

"하여간 야율거공, 그자는 운도 좋지."

원보가 한쪽에서 투덜거렸다.

"일단 싸움을 좀 더 지켜보기로 하죠. 혹 우리가 예상치 못한 일이 벌어질 수도 있으니……."

허소산의 말에 일행이 조심스럽게 움직여 영웅맹의 고수들이 후퇴한 숲 쪽으로 이동했다.

석인협의 절벽 아래에는 강을 끼고 길게 숲이 이어져 있었다. 숲은 넓지 않았지만 인적이 드문 곳이라 수백 년 자란 나무들이 하늘을 가린 깊고 험한 숲이었다.

그 숲으로 이십여 장 전진한 곳에서 또 다른 방책을 세운 영웅맹의 고수들이 풍월령의 고수들을 기다리고 있었다. 그런데 그들의 표정에서는 수채에서 패퇴한 자들이라고는 볼 수 없는 자신감이 엿보였다.

방책 앞에 늘어선 영웅맹 고수들의 기세에 그들을 추격해 숲으로 들어온 풍월령 고수들의 걸음이 자연스럽게 멈춰졌다.

"이쯤이면 도검을 버리고 항복하는 것이 어떤가?"

소사공이 방책 앞에 서 있는 제갈숙을 보며 말했다. 그러자 제갈숙이 한 줄기 미소를 지으며 대답했다.

"미안하게도 우린 그럴 마음이 없소. 그보다… 내 탑주께 고수 몇 분을 소개해 드리겠소."

갑작스런 제갈숙의 말에 소사공이 눈을 가늘게 떴다.

"지금이 서로 통성명이나 하고 있을 때라고 보는가?"

"하하하, 물론 시기가 이상한 것은 사실이지만 탑주께도 이분들을 소개받은 것은 무척 즐거운 일일 것이오."

그러자 소사공이 살짝 눈살을 찌푸리더니 고개를 끄덕였다. 그러자 제갈숙이 고개를 돌려 방책 안쪽에 서 있는 몇몇 사람을 불렀다.

"잠시 나와 주시지요."

제갈숙의 말에 방책 안에서 초로의 인물 십여 명이 모습을 드러냈다. 그런데 그들이 방책을 나서는 순간 장내의 분위기가 일변했다. 열 명의 노고수들이 흘려내는 기세가 단숨에 장내를 압도했기 때문이었다. 그런 노고수들의 등장을 보고 있던 소사공의 얼굴에도 긴장감이 감돌았다.

노고수들이 방책을 나와 제갈숙 곁에 서자 제갈숙이 여유 있는 표정으로 입을 열었다.

"이분들은 어제 광조산 영웅맹에서 막 도착하셨소이다. 혹 탑주께선 이분들 중 안면이 계신분이 계시오?"

제갈숙의 말에 소사공이 눈을 가늘게 뜨고 열 명의 고수들을 살폈다. 그러다가 한순간 나직한 탄식을 흘려냈다.

"당천용! 음… 위 장문인도 계시는군."

과연 소사공의 말대로 영웅맹의 노고수들 중에는 영웅맹 개파대전에서 모습을 보였던 몇몇 고수들이 눈에 띄었다. 그중에서도 종남장문인 위춘추가 모습을 드러낸 것은 의외라고 할 수 있었다. 본시 절대삼문과 사천맹의 문주들이 직접 강호행을 하는 것은 극히 드문 일이기 때문이었다.

그러나 소사공 등을 더욱 경계시킨 것은 무창의 송산 오릉에 모습을 나타낸 당천용의 등장이었다. 당시 당천용은 허소산에게 크게 당해 쉽게 회복하지 못할 부상을 입었었지만 지금은 당시의 부상이 모두 회복된 듯 보였다. 부상에서 회복한 온전한 당천용이 무림인들에게 주는 위협감은 다른 무인들과는 차원이 달랐다. 사람들은 그의 무공이 아니라 그의 독을 두려워했고 당천용은 당문 최고의 독인이었다.

"어찌 두 분만 눈에 들어오시는 것이오. 여기 절대삼문의 장로분들도 계시지 않소이까? 이분은 모두가 다 아시는 남궁황 노사시고 이쪽은 남궁묘 어른이시오. 그리고 상관세가의 제일검으로 이름 높으신 상관검 노사와 본가의 어른이신 제갈상 어른도 계시오. 자, 이쯤 되어도 우리가 도검을 버려야 한다고 생각하오?"

제갈숙이 여유있는 표정으로 물었다. 그러자 소사공이 잠시 방책 앞에 늘어선 영웅맹의 고수들을 바라보다 조금 차가워진 목소리로 대답했다.

"정말 대단한 고수들이 모였군. 영웅맹의 준비가 허술치 않다는 것은 인정하오. 그러나… 그럼에도 그대들은 도검을 버리는 것이 좋겠소."

순간 제갈숙의 안광이 차가워졌다.

"대체 풍월령에 어떤 대단한 고수가 있기에 감히 이분들을 상대로 항복을 권하는 것이오?"

"지금 이곳에는 나 소사공조차도 감당할 수 없는 절대고수 두 분이 왕림해 계시오. 그대들이 제법 준비를 했다고는 하나 이분들을 감당할 수는 없을 거요."

"흥, 도대체 어떤 고수분들이기에 감히 사천맹과 절대삼문의 문주와 장로님들을 무시할 수 있단 말이오? 설혹 호천대야가 이 자리에 있다고 해도 이분들을 무시할 수는 없소."

"믿지 못하겠다면 어쩔 수 없지. 결국 서로의 힘을 겨뤄보는 수밖에……."

소사공이 고개를 끄덕였다. 그런데 그때 문득 풍월령의 고수들 중에서 삼십대 후반의 중년 사내가 앞으로 나서며 입을 열었다.

"내 한 가지 제안을 하리다."

사람들의 시선이 일제히 사내에게로 향했다. 모두의 주목을 받으며 소사공 옆으로 다가선 사내, 그는 목인몽이었다.

第三章

혈림(血林)

목인몽의 등장에 놀란 것은 영웅맹의 고수들보다 숲에서 장내의 상황을 지켜보고 있던 허소산 일행이었다. 풍월령에서 예상보다 강한 고수들을 보냈을 거란 예상은 하고 있었지만 목인몽이 왔을 거라고는 미처 생각지 못했었던 것이다.

"그대는 누군가?"

중년이라고는 하나 장내의 고수들에 비해 한참 어려보이는 목인몽이기에 자연스레 제갈숙이 하대를 했다. 그러자 목인몽 대신 소사공이 얼른 입을 열었다.

"이분은 풍월령의 제이령주시오."

"제이령주? 풍월령의 영주가 호천대야 한 사람이 아니었단 말이오?"

제갈숙이 놀란 표정으로 물었다.

"풍월령에는 세 분의 령주가 계시오. 이분은 그중 이령주시오. 그러니 예를 지키시오."

"흠… 그렇구려. 오늘 풍월령에 대해 새로운 사실을 또 하나 알게 되었구려. 그러나 예를 지키고 안 지키고는 내 마음 아니겠소? 그대들의 제이령주가 얼마나 대단한 사람인지는 모르겠으나 령주의 지위야 풍월령 내부의 신분이고 지금으로서는 강호의 경험이 그리 많아보이지도 않는데 어찌 호천대야와 같은 대우를 할 수 있겠소?"

제갈숙이 일부러 목인몽의 심기를 흔들 요량으로 빈정거렸다. 그러나 목인몽은 그런 빈정거림이 동요하지 않았다. 물론 그의 눈에 한 줄기 한기가 스치고 지나가긴 했다.

"저자의 말이 맞소. 탑주께서는 저자의 행동에 너무 동요치 마시오."

오히려 목인몽이 노기를 흘려내는 소사공을 진정시켰다. 그리고는 제갈숙을 보며 말했다.

"그대가 날 어떻게 대하든 상관없다. 나 역시 그대들을 안중에 두고 있지 않으니까. 난 그저 그대들에게 두 가지 길 중 하나를 선택하라고 말하고 싶을 뿐이다."

"두 가지 길?"

"그렇다."

"그게 무엇이냐?"

"아, 내가 말을 잘못했군. 길은 모두 세 개가 있다. 그 하나는 지금이라도 도검을 버리고 항복을 하는 것, 그것이 그대들이 선택할 수 있는 상책이다. 두 번째는 비무로써 이 싸움의 승패를 결정하는 것, 이 또한 수하들을 상하게 하지 않는 좋은 방법이기는 하나 비무에 나선 자의 목숨은 보장할 수는 없다. 그러니 이는 중책이라 할 수 있을 것이다. 그리고 나머지 하나는 하책으로서 이 자리에서 그대들 모두가 죽는 것이다. 내 장담하건대 수하들을 싸움으로 내몬다면 오늘 이곳에서 살아 돌아갈 자는 없을 것이다."

목인몽의 경고에 제갈숙의 동공이 흔들렸다. 제갈숙은 현명한 자다. 그가 이 석인협의 책임자로 정해진 데는 그럴 만한 이유가 있었다. 그런 제갈숙이 목인몽의 능력을 읽어내지 못했을 리 없었다.

제갈숙이 한동안 침묵을 지키며 목인몽을 노려봤다. 그러다 문득 시선을 들어 목인몽을 바라보며 말했다.

"이 일은 나 혼자 결정할 수 있는 일이 아니다. 잠시 시간을 달라."

"그러지. 그러나 난 지루함을 참지 못하는 사람이니 오래 걸리지 않았으면 좋겠군."

목인몽의 말에 제갈숙이 대답도 하지 않고 그의 주위에 늘어선 영웅맹의 고수들에게 눈길을 보냈다. 그러자 위춘추를 비롯한 영웅맹의 고수들이 제갈숙을 따라 방책 사이로 사라졌다.

"그들이 어떤 결과를 내놓을까?"

문득 원보가 중얼거렸다. 그러자 허소산이 대답했다.

"비무를 선택할 거예요."

"왜 그렇게 생각하느냐?"

"항복을 할 수는 없는 문제고… 전면전을 벌이는 것은 비무의 결과를 보고 선택해도 늦지 않으니까요. 손해볼 것이 없죠."

"아하, 그렇군. 생각해 보면 간단한 문제군. 그런데 비무를 한다면 그럼 누가 저 목인몽을 상대하지?"

"영웅맹에 숨은 고수가 있기 전에는 어렵겠지요. 이미 개파 대전에서 그의 무공이 영웅맹의 수뇌들을 능가한다는 것인 드러났으니까요."

"그럼 비무의 결과는 이미 정해진 건가?"

"그렇다고 봐야지요."

허소산이 고개를 끄덕였다. 그런데 그때 방책 안으로 들어갔던 제갈숙이 다시 방책을 벗어나 목인몽 앞에 섰다.

"그대의 제안을 받아들이기로 했소."

"항복을 하겠단 말인가?"

목인몽이 능청스럽게 물었다.

"비무를 승낙하겠단 말이오."

제갈숙이 차갑게 응대했다.

"하하하, 좋아. 역시 영웅맹의 고수들은 용기가 있군. 그럼… 그대가 먼저 나설 텐가?"

"비무를 한다 해도 서로 약속을 정해야 하지 않겠소?"

"그렇지 모든 일에는 규칙이 필요하니까. 뭐, 복잡할 것은 없다. 영웅맹에서 그 누구라도 날 꺾으면 된다."

"그대 홀로 비무에 나서겠다는 거요?"

"그렇다. 오직 나만 이기면 돼."

목인몽이 도도한 기색을 말했다. 그러자 제갈숙이 재빨리 소사공을 보며 물었다.

"탑주, 이 비무 방식에 동의하시오?"

제갈숙의 물음에 소사공이 슬쩍 목인몽을 바라보고는 고개를 끄덕였다.

"이령주께서 그리 결정을 하셨으니 우린 따르겠소."

"좋소. 후회 마시오."

"그대들 중에 이령주님의 무공을 감당할 사람이 있다고 믿지 않소."

소사공이 확신하듯 말하자 제갈숙이 다시 한 번 목인몽을 바라보고는 훌쩍 뒤로 물러나며 소리쳤다.

"상관 노사! 부탁합니다."

순간 제갈숙과 교차하면 한 명의 노고수가 방책을 날아 넘어 목인몽 앞에 섰다.

"상관검이라 하오. 한 수 겨뤄봅시다."

상관검은 다른 영웅맹의 고수들에 비해 괄괄한 면이 엿보였다. 또한 그에게선 자신의 신분에 대한 고귀함 같은 것은 찾아보기 힘들었다. 어떻게 보면 장내의 고수들 중 가장 무인다운 사람인 듯도 싶었다.

"상관검이라……. 노사의 명성은 익히 들었소. 상관세가의 실질적인 제일검이라 하더구려."

목인몽이 흥미가 생긴다는 표정으로 말했다. 그러자 상관검이 고개를 저었다.

"어찌 내가 상관세가의 제일검이겠소. 상관세가의 역사는 무척 길다오. 역사가 긴 문파의 저력은 세인들이 아는 것과 다르오."

상관검이 나이 때문인지 목인몽을 가르치듯 말했다. 그러자 목인몽이 한 줄기 비웃음을 흘리며 말했다.

"그 유구한 역사의 문파가 어쩌다 오랑캐의 발아래 들어가게 되었소?"

그들이 야율거공이 주도한 영웅맹에 몸담은 것을 비난하는 말이었다. 그러자 상관검의 얼굴이 잠시 붉어졌다. 그러나 이내 목인몽의 말을 반박했다.

"그대 역시 흑수에서 온 오랑캐 밑에 있지 않소?"

"하하하, 그런 건가? 뭐, 그렇다고 해둡시다. 그러나 내 처지는 그래도 그대들 삼문이나 사천맹의 명문에 비하면 나은 편이지. 난 그래도 풍월령의 삼령주 중 한 자리를 차지하고 있으니까. 아, 이런 말씨름이란 것은 지루하군. 자, 시작합시다."

스릉!

목인몽이 지체없이 검을 빼 들었다. 무겁지도 가볍지도 않은 발검, 상관검도 그런 목인몽을 바라보며 천천히 검을 뽑왔다.

그르릉!

상관검이 발검하자 마치 맹수가 우는 듯한 검음(劍音)이 흘러나왔다. 본시 상관세가의 검은 거칠고 매섭기로 유명한데 상관검은 발검만으로도 그런 상관세가 검법의 특징을 여실히 드러내고 있었다.

스슥!

목인몽이 거침없이 상관검을 향해 걸어 나갔다. 목인몽의 행동은 마치 상관검 따위는 안중에도 없다는 듯한 움직임이었다. 그러자 상관검의 얼굴에 얼핏 노기가 서렸다. 이제 겨우 사십세 전후의 인물에게 무시당할 자신이 아니었다.

"최선을 다해야 할 것이다!"

상관검의 노성이 터져 나왔다. 동시에 그의 검이 번개처럼 사선을 그렸다.

웅!

상관검의 검에서 시퍼런 검기가 터져 나왔다. 순간 한 줄기 번갯불이 꽂히듯 상관검의 검기가 목인몽의 심장을 파고들었다. 목인몽이 상대를 경시하던 빛을 거두고 재빨리 몸을 틀며 검을 들어 올렸다.

캉!

목인몽의 검과 충돌한 상관검의 검기가 눈부신 빛 무리를 흩뿌리며 허공에서 소실됐다. 그러자 이번에는 목인몽이 몸을 뉘인 자세 그대로 상관검에게 다가서며 검을 횡으로 그었다.

목인몽의 신법은 보통 사람이 움직일 수 있는 각도를 벗어난 것으로 상관검을 한순간 위험에 빠뜨렸다.

상관검은 자신의 무릎 위치에서 올라오는 목인몽의 검을 정면으로 대응하지 못하고 허공으로 신형을 띄워 올렸다. 그러자 목인몽의 검이 상관검의 발 아래를 스치고 지나가나 싶더니 이내 허공에서 빙글 원을 그리며 상관검의 하체를 감쌌다.

"음!"

목인몽의 갑작스런 변초에 놀란 상관검이 침음성을 흘려내며 재빨리 검을 휘둘렀다. 그러자 그의 검에서 부챗살 같은 검기가 흩뿌려졌다.

카카캉!

연이어 십여 번의 충돌음이 장내에 울려 퍼졌다. 밑에서 위로 올라가는 목인몽과 위에서 밑을 보고 휘두르는 상관검의 기세가 일순 팽팽하게 맞서면서 사람들의 이목을 집중시켰다. 그러나 그도 잠시 한순간 한 줄기 거무스름한 검기가 상관검의 만들어내는 수십 갈래의 검기를 뚫고 하늘로 치솟았다.

"웃!"

상관검의 입에서 자신도 모르는 사이에 다급성이 터져 나왔다. 동시에 그의 신형의 거의 눈에 보이지 않는 속도로 뒤로 물러났다. 순식간에 상관검의 몸이 목인몽의 검세에서 벗어났다. 그러나 다음 순간 목인몽의 몸이 기이한 굴곡을 만들더니 순식간에 상관검을 따라붙었다. 상관검의 눈에 경악스런 빛이 떠올랐다. 그러면서도 그는 어느새 자신을 따라붙은 목인몽을 향해 매서운 일 검을 떨쳐내는 것을 잊지 않았다.

팟!

가늘고 매서운 검기가 상관검을 향해 달려드는 목인몽을 찔러갔다. 상관검의 이번 반격은 앞서 그가 시전했던 검법들과는 확연히 달라서 강맹함을 줄인 대신 날카로움을 북돋운 것이었다. 비무의 검식이라기에는 살기가 지나치게 강한 검식이었다.

"흥!"

갑작스레 검초를 변형시킨 상관검의 반격에 목인몽이 한마디 비웃음을 흘렸다. 그러더니 그의 신형이 허깨비처럼 상관검의 시야에서 사라졌다.

"엇!"

갑작스럽게 목인몽을 시야에서 놓친 사람들 사이에서 나직한 탄성이 흘러나왔다. 목인몽이 있던 자리에 검은 연무가 퍼지는 듯도 싶었다. 그런데 다음 순간 갑자기 목인몽의 신형이 상관검의 뒤쪽에 불쑥 나타났다.

그는 마치 안개에서 솟아나듯, 검은 기운을 발 아래로 두며 모습을 드러냈는데 그 눈에 소름끼치는 살기가 흐르고 있었다.

"흡!"

다시 상관검의 입에서 다급성이 흘러나왔다. 상관검은 고수다. 보지 않아도 자신의 뒤에 적이 등장했음을 알 수 있는 능력이 있었다. 상관검의 신형이 거의 본능적으로 앞으로 숙여졌다.

팟!

찰나의 순간에 목인몽의 검이 상관검의 상투를 자르고 지나
갔다.

푸스스!

잘린 상투에서 풀려나온 백발이 상관검의 얼굴을 가렸다.
그러나 상관검은 자신의 시야를 가리는 백발에도 아랑곳하지
않고 훌쩍 앞으로 달려 나오더니 번개처럼 신형을 틀어 자신
의 뒤에서 재차 공격을 가하려던 목인몽의 목을 찔렀다.

팟!

그야말로 자신이 목숨을 도외시하고 날린 상관검의 검초는
목인몽조차도 감당하기 힘들 정도로 매서웠다.

"음…!"

목인몽의 얼굴에 살짝 일그러졌다. 이런 반격은 그가 전혀
예상치 못한 것이었다. 한순간 목인몽의 얼굴 앞에 검은 기운
이 일어났다. 그리고 그 기운 속으로 상관검의 검이 파고들었
다.

우웅!

그런데 상관검의 검이 목인몽이 만들어낸 검은 기운에 닿자
기이한 일이 벌어졌다. 마치 검은 기운이 살아 있는 생명인 양
상관검의 검을 휘어 감더니 그 방향을 왼쪽으로 틀어버렸던
것이다.

"핫!"

갑작스런 변화에 놀라면서도 상관검이 모든 기운을 검에 밀어 넣어 검은 기운에 의해 흔들리는 검로를 바로잡았다. 그러나 그 찰나의 순간 목인몽은 상관검의 검을 피해낼 여유를 얻었다.

팟!

검은 기운을 밀고 들어온 상관검의 검이 그대로 목인몽의 목을 스치고 지나갔다.

"아!"

누군가의 탄성이 흘러나왔다. 시야가 가려진 곳에서 보면 마치 상관검의 검이 목인몽의 목을 꿰뚫은 것처럼 보였기 때문이었다. 그러나 기실 상관검의 검은 목인몽의 목을 뚫지 못했다. 미세한 종이 한 장의 공간을 두고 목인몽의 목을 스치고 지나간 상관검의 검이 부르르 몸을 떨었다.

"늙은이!"

목인몽의 입에서 나직한 음성이 흘러나왔다. 그 차가운 기운에 상관검이 흠칫했다. 그리고 어느새 자신과 목인몽 사이에 가득 찬 검은 기운을 바라봤다. 그 순간,

쾅!

갑자기 가죽부대 터지는 소리가 흘러나오더니 상관검의 신형이 훌훌 날아가 십여 장 뒤의 방책과 강하게 충돌했다.

쿠쿠쿵!

뒤로 날아가는 속도가 워낙 빨랐기 때문인지, 아니면 상관검이 목책과 충돌하는 순간 진기를 발출했기 때문인지 상관검

의 몸을 막은 목책이 크게 흔들리더니 몇 개의 통나무가 땅으로 굴러 떨어졌다.

"으음!"

겨우 몸을 세운 상관검이 침음성을 흘려냈다. 그의 입가에 가는 혈선이 그어져 있었다.

"목숨을 거두지는 않겠다. 그러나… 다음부터 내 앞에서는 조심해야 할 거야. 난 내 목숨을 노린 자를 결코 살려두지 않으니까."

목인봉이 비틀거리는 상관검을 노려보며 말했다. 승자의 여유가 느껴지는 음성이지만 또한 그 속에 짙은 살기가 서려 있어 듣는 사람의 심장을 얼어붙게 만들었다.

"으음……."

상관검이 다시 침음성을 흘렸다. 부상으로 인해 느껴지는 통증과 패배의 굴욕이 가져온 고통이 그를 힘들게 했다.

"그만 몸을 살피시지요."

어느새 상관검 곁으로 다가온 제갈숙이 상관검을 부축했다. 그러자 상관검이 제갈숙의 손길을 거부하며 말했다.

"괜찮소. 혼자 움직일 수 있소. 그나저나 면목이 없구려. 비무를 자신한 것이 나였는데……."

"상관 노사께서는 최선을 다하셨습니다. 그것으로 족하지요. 뒷일은 다른 사람에게 맡기시고 어서 몸을 살피십시오."

"음… 그럽시다. 하지만… 저자를 조심해야 할 것 같소. 보통 인물이 아니오. 어쩌면… 영락대인을 능가할지도……."

상관검의 말에 제갈숙이 고개를 끄덕이며 낮게 입을 열었다.

"다른 수를 강구해야지요."

"휴, 강호의 형제들이 우릴 비난할 거요."

"생사의 혈전에서 도의는 거추장스러운 것이지요. 승리한 자에 의해 그 싸움의 의미는 변하게 되지 않습니까? 더군다나 저들은 침입자이고……."

"그렇구려. 내가 알량한 자존심을 생각했던 것 같소. 죽고 사는 문제에 강호의 평판을 따지는 것은 어리석은 일이지. 그럼 뒷일을 부탁하오."

상관검이 제갈숙을 보며 고개를 끄덕이고는 서둘러 방책 안으로 사라졌다. 그러자 그 모습을 보고 있던 목인몽이 제갈숙을 보며 말했다.

"자, 다음엔 누가 이 사람의 검을 받겠소?"

목인몽의 질문에 제갈숙이 한 줄기 미소를 지으며 대답했다.

"과연 풍월령의 제이령주다우신 무공이오. 그런데 괜찮다면 그대의 존성대명을 알 수 있겠소?"

그러고 보니 아직까지 영웅맹의 고수들은 목인몽의 이름도 모르고 있었다. 제갈숙의 물음에 목인몽이 고개를 저으며 말했다.

"내 이름은 알아 무엇하겠소. 그러나 이 싸움이 끝나면 결국 내 이름을 알게 될 터이니 궁금하거든 비무자를 빨리 내놓으시구려."

"참으로 오만하구려. 강호가 오로지 무공으로만 살아가는 곳이 아니거늘……."

"하하하, 그대의 충고 역시 나중에 듣겠소. 그대와 같은 지자(智者)를 곁에 두는 것도 괜찮겠지."

"감히 제갈세가를 손에 넣을 수 있다고 생각하는 거요?"

"글쎄올시다. 야율거공이 한 일을 내가 하지 못하리란 법은 없지 않겠소?"

은근히 제갈세가가 야율거공이 주도하는 영웅맹에 든 것을 비웃는 말이었다. 그러자 제갈숙의 얼굴이 붉어지더니 이내 고개를 돌려 방책 안을 보며 소리쳤다.

"남궁 노사께서 나서주셔야겠습니다."

제갈숙의 말이 끝나기 무섭게 기다렸다는 듯 방책 안에서 한 명의 노검객이 백발을 휘날리면 날아 나왔다. 노검객은 일단 땅 위에 내려서자 무심한 눈으로 목인몽을 응시했다. 목인몽은 그런 노고수가 안중에도 없다는 듯 딴 곳을 바라보고 있었다.

"난 남궁묘라고 하네."

노검객이 나직한 음성으로 말했다.

"남궁묘라… 남궁세가에 그런 사람이 있었던가?"

목인몽이 고개를 갸웃했다. 그러자 남궁묘가 미소를 지으며 대답했다.

"내 재주가 변변치 않아 강호의 형제들 중 날 아는 자가 그리 많지 않지."

"뭐, 아무래도 상관없소. 지루하니 얼른 한 수 겨룹시다."

목인몽이 훌쩍 검을 들어 남궁묘를 겨눴다. 그러자 남궁묘가 묘한 미소를 지으며 슬쩍 옆으로 걸음을 옮기더니 검을 빼 들어 허리 아래로 내려겨눴다. 남궁묘의 묘한 기수식에 목인몽의 눈이 잠깐 흔들렸다.

"그가 모습을 드러내다니 정말 놀랍구나. 야율거공이 그렇게 대단한 존재인 건가? 그까지 끌어냈다는 것은 남궁세가를 비롯한 절대삼문을 완전히 손에 넣었다는 의미인데……."

장내의 상황을 살피고 있던 설도우가 심각한 목소리로 말했다.

"저 남궁묘라는 노검객을 아십니까?"

원보가 물었다. 원보의 강호경험이 적은 것은 아니지만 남궁묘에 대해선 들어본 적이 없었다.

"한 번 그의 검을 본 적이 있소."

설도우가 대답했다.

"어떤 자입니까?"

"목인몽 저 아이가 오늘 제대로 된 상대를 만났다고 할 수 있을 정도의 인물이오."

"아니, 그렇게 강한 자입니까?"

원보가 놀란 눈으로 설도우를 바라봤다. 목인몽의 무공은 원보나 설도우 모두 알고 있듯이 허소산이 아니면 감당할 자가 없었다. 그런 목인몽을 상대할 수 있는 자가 남궁세가에 있다니 어찌 놀랄 일이 아니겠는가.

"물론 그가 목인몽을 이길 수는 없을 거요. 하지만 얼추 상대는 될 거요. 사실 난 그가 이미 죽은 줄 알았는데……."

설도우가 고개를 갸웃했다.

"전대의 고수인 모양이군요."

"그렇소. 저 남궁묘란 자는 현 남궁세가주인 남궁세룡의 백부뻘이 되는 자요. 우리 삼노가 강호에서 금림삼왕으로 활동할 때 검에 관한 한 그 적수가 없다고 알려졌던 자라오. 단지 워낙 조용한 성품이라 남궁세가를 벗어난 적이 없었지. 단 한 번… 우리와 조우했던 그때를 제외하고는."

"설마 그와 겨뤄보신 겁니까?"

원보가 급히 물었다. 그러자 설도우가 고개를 저었다.

"그건 아니오. 그 당시 지금의 남궁세가주 남궁세룡은 이십대 후반의 젊은이였소. 가문의 무공을 완성하고 강호행을 하고 있던 시기였을 거요. 그런데 당시 무림에 한 명의 요녀가 나타나 천하를 공포에 빠뜨리고 있었소. 요살 앙무조란 이름을 가진 여고수였는데……."

"아, 그 이야기는 들은 적이 있군요. 흡정신공을 익힌 마녀라고……."

만재방의 제이대행수 유웅비가 입을 열었다.

"음, 역시 상가의 사람이라 견문이 넓군. 맞소. 바로 그녀요. 어디서 얻었는지 무서운 흡정신공을 수련해 수많은 강호기재들을 죽음으로 몰아넣은 여인이었소. 남궁세룡은 강호행의 첫 번째 목표로 그녀를 정했지. 그러나 남궁세룡은 그녀를 당해낼 수 없었소. 요살 앙무조는 남궁세룡을 만났을 당시 이미 천하에서 그 적수를 찾을 수 없을 만큼 막강한 공력을 지닌 절대고수가 되어 있었으니까. 남궁세룡은 그녀를 제거하기는커녕 오히려 그녀의 흡정공에 걸려 정기를 모두 빼앗길 위기에 처했었소. 그때 우리 삼왕과 남궁묘가 동시에 그 장소에 나타났소. 그리고 그 자리에서 남궁묘는 요살 앙무조를 죽였소."

"아, 그런 일이 있었군요."

원보가 탄복하듯 말했다. 그러자 유웅비가 고개를 갸웃하며 말했다.

"그런데 이상하군요. 그 요살 앙무조는 당시 남궁세룡이 죽였다고……."

"맞소. 소문은 그렇게 났지. 그래서 남궁세룡은 강호의 일대 영웅으로 명성을 얻었고. 후후후, 참으로 재미있는 세상이 바로 무림 아니겠소? 남궁세룡으로서는 전화위복이 되었으니. 어쨌든 그때 남궁묘의 무공을 보고 우리 삼왕은 놀라지 않을 수 없었소. 적어도 신황림을 제외하고는 다른 곳에서 우리 적수를 찾을 수 있을 거라고는 생각지 못했는데 그의 무공은 우리와 필적할 만한 수준이었소. 내 생각으로는 아마도 남궁세가에서도 가문의 역사상 극히 드문 고수라고 할 수 있을 것이오. 뭐, 그의 동년배가 모두 죽은 이 마당에 그 홀로 아직까지 천수를 누리고 있는 것만 봐도 그의 내공이 심상치 않음을 알 수 있지만……."

"그의 나이가 얼마나 되었습니까?"

다시 원보가 물었다.

"글세… 아마 지금은 백여 세에 이르렀을 거요."

"아, 백 세에 저런 기도라니……."

원보가 탄식을 흘렸다. 설도우의 설명에 장내의 고수들이 새삼스런 눈으로 남궁묘와 목인몽의 싸움을 주시하기 시작했다.

싸움은 그리 오래 걸리지는 않을 것 같았다. 아니, 어떤 면에서는 하루 종일 이어질 수도 있을 것 같았다. 두 사람은 서로를 응시한 채 조금씩 원을 그리며 움직일 뿐 서로를 공격하지는 않았다. 이런 경우 싸움은 대부분 일단 검의 교환이 시작된 후 십초 안에 그 승부가 결정되는 것이 보통이다. 물론 그 격돌의 순간에 이르기 위해서는 제법 오랜 시간이 걸리지만.

그러나 사람들은 두 사람의 길어지는 대치에도 불구하고 전혀 지루함을 느끼지 않았다. 장내에 모인 고수들은 모두 강호에서 일류고수 소리를 듣는 자들로서 두 사람이 직접 검을 맞대지 않았다 뿐이지 이미 마음속으로 수십 초의 공수를 겨뤘다는 것을 알고 있었다. 그리고 그중 일부는 그 보이지 않는 공수의 교환을 마음의 눈으로 읽을 수도 있었을 것이다.

슉!

한순간 옆으로만 움직이던 목인몽의 발이 한 걸음 앞으로 나섰다.

"음!"

순간 여기저기서 나직한 신음성이 터져 나왔다. 남궁묘가 낸 신음성은 아니었다. 팽팽한 긴장감으로 가득 차 있던 장내의 공기가 목인몽의 한 걸음으로 마치 얼음이 깨지듯 흔들렸는데 그 기운을 느낀 구경꾼들이 흘려낸 신음이었다. 그만큼 목인몽과 남궁묘의 기도가 강렬하다는 것이었고, 또한 장내의 고수들이 두 사람의 대결에 집중하고 있었다는 의미기도 했다.

삭!

한 걸음 앞으로 내딛은 목인몽의 검이 허무할 정도로 가볍게 자신의 앞 공간을 베었다. 그건 그저 기수식에 변화를 주는 동작 같기도 했다. 그래서인지 목인몽이 검을 움직인 그 순간에는 장내에 어떤 변화도 일어나지 않았다. 그런데 다음 순간!

번쩍!

한줄기 서늘한 빛이 감자기 남궁묘 앞에서 번쩍였다.

차앙!

어느새 들어 올렸는지 남궁묘가 검을 들어 번쩍이는 빛 무리를 막아냈다. 맑은 충돌음에 뒤이어 둔탁한 파열음이 일어났다.

쿠쿵!

남궁묘의 신형이 깃털처럼 뒤로 날렸다. 그러자 목인몽이 한

순간 공간을 좁히며 다가들어 남궁묘의 두 다리를 잘라갔다.

팟!

날카롭기가 서릿발 같은 검기가 남궁묘의 두 다리를 베어갔다. 그러자 남궁묘의 신형이 마치 공기 중에 받침대가 있는 것처럼 허공에서 한 차례 튕겨지더니 이내 거꾸로 솟구쳐 목인몽의 검을 피해냈다.

"대단하다!"

목인몽의 입에서 감탄사가 흘러나왔다. 자신의 공격을 피해내는 남궁묘의 무공에 도도한 목인몽조차도 감탄했던 것이다. 그러나 그렇다고 남궁묘에 대한 공세를 늦출 목인몽은 아니었다. 아직 싸움의 주도권은 목인몽이 쥐고 있었다.

팟!

목인몽의 검이 허공에 거꾸로 선 남궁묘의 머리를 향해 치솟아 올랐다. 그러자 남궁묘가 번개처럼 검을 아래로 내리뻗었다.

창!

날카로운 충돌음과 함께 목인몽의 검과 남궁묘의 검이 신비롭게도 그 끝을 맞대고 정지했다. 순간 갑자기 장내가 적막에 휩싸였다. 검 끝을 맞댄 두 사람이 검을 통해 공력 대결을 시작했던 것이다. 거꾸로 검을 든 채 목인몽의 검 위에서 몸을 지탱하고 있는 남궁묘의 모습이 저자 놀이패들의 재주처럼 보이기도 했다.

그러나 검을 맞대고 있는 두 사람의 표정은 신중하기 이를 데 없었다. 이런 진기 대결이란 패하는 사람에게 큰 내상을 입히게 마련이어서 어지간해서는 고수들도 피하는 싸움이었다.

그러나 어쨌든 시작된 진기 싸움은 장내의 침묵 속에 반각 정도 이어졌다. 그리고 어느 순간 위에 위치한 남궁묘의 검이 휘어지기 시작했다. 검이 휘어진다는 것은 결국 남궁묘가 목인몽과의 진기 싸움에서 밀리고 있다는 의미였다. 그 증거는 검뿐만 아니라 남궁묘의 얼굴에서도 여실히 드러나고 있었다.

침착함을 유지하고 있던 남궁묘의 얼굴이 어느새 붉어져 있었다. 어떻게 보면 당혹스런 표정이기도 했다. 아마도 그는 적어도 공력에서만큼은 세월의 힘을 지닌 자신이 목인몽에 앞설 거라 예상했는지도 몰랐다. 해서 그가 선택한 싸움이 공력이 대결이었을 터였다.

그러나 그는 목인몽의 몸에 천독공의 힘이 흐르고 있다는 것을 알 수 없었다. 천독공이 세간의 다른 신공들과는 차원을 달리하는 적공의 수단이라는 것을 그가 알았다면 진기 대결 같은 것은 결코 시도하지 않았을 터였다.

우웅!

진기 대결이 드디어 막바지에 이르고 있었다. 두 사람 사이의 공기가 서서히 요동치며 진동음을 내기 시작했다. 깨지기 직전의 유리그릇처럼 사태는 매우 엄중해 보였다. 급기야는 남궁묘의 검이 활처럼 굽혀졌다. 이대로 파국을 맞는다면 어쩌면 남궁묘는 모든 무공을 소실하고 죽음에 이를 수도 있었다.

그 순간 누구도 예상하지 못한 일이 벌어졌다.

슥!

허공에 검을 의지한 채 거꾸로 서 있던 남궁묘가 갑자기 검을 놓아버리고는 훌쩍 뒤로 날아올랐던 것이다. 검을 버리는 것은 무인에게 있어 죽음보다 더한 수치다. 그런데 절세고수라는 남궁묘가 과감하게 검을 버리고 있었다.

어쩌면 싸움은 그대로 끝날 수도 있었다. 비무였고, 남궁묘가 검을 버렸으니 목인몽의 승리를 인정해도 될 상황이었다. 하지만 싸움은 그대로 끝나지 않았다. 검을 버리고 뒤로 물러난 남궁묘가 목인몽을 향해 일장을 떨쳐냈기 때문이었다.

"부끄러움을 모르는구나!"

검을 버렸으면 뒤로 물러나 조용히 패배를 인정해야하는 것이 순리, 그런데 다시 장력을 토해내 공격을 해오는 남궁묘를 보며 목인몽이 노기를 드러냈다.

캉!

목인몽이 남궁묘가 놓아버린 검을 쳐내고는 닥쳐드는 장력을 향해 일검을 그었다.

콰릉!

천둥치는 파열음이 일어났다. 그 기세에 남궁묘가 다시 한 번 뒤쪽으로 날아갔다. 가히 놀라운 목인몽의 공력이었다. 그러나 목인몽도 이번에는 물러나는 남궁묘를 두고 보지 않았다.

팟!

목인몽의 신형이 한순간에 그 자리에서 사라지더니 어느새 이동했는지 방책 바로 앞까지 이른 남궁묘 앞에 불쑥 나타났다.

"마지막 한 수는 아껴둬야 했어."

목인몽의 입에서 살기 어린 목소리가 흘러나왔다. 동시에 그의 검이 차가운 죽음의 냄새를 풍기며 기식이 고르지 못한 남궁묘의 심장을 찔러갔다.

그런데 더 이상한 것은 남궁묘였다. 분명 자신의 심장을 찔러오는 목인몽의 검을 피할 수 없음에도 불구하고 그의 얼굴에선 불안한 기색을 찾아볼 수 없었다. 어쩌면 일백 년 가까이 살아온 삶이기에 사는 데 더 이상 미련이 없는지도 몰랐다.

그런데 목인몽의 검이 막 남궁묘의 심장을 뚫으려는 순간 한 줄기 검은 기운이 방책을 넘어 목인몽을 향해 닥쳐들었다.

"이런!"

갑작스런 기습에 목인몽이 노성을 흘리면서도 어쩔 수 없이 뒤로 물러났다. 그런데 그렇게 목인몽을 뒤로 물러나게 한 검은 기운이 한순간 구름처럼 피어올랐다.

스스스!

순식간에 목인몽이 검은 기운을 뒤집어썼다. 그러는 사이 어느새 방책을 날아 넘은 한 명의 노고수가 남궁묘 옆에 내려섰다.

"음……!"

침중한 음성과 함께 목인몽이 방책으로부터 십여 장 가까이 물러났다. 그때 문득 소사공의 노성을 토해냈다.

"이게 무슨 패악한 짓이냐!"

소사공의 노성에 제갈숙이 담담한 표정으로 대답했다.

"생사를 가르는 싸움에 어찌 정의를 찾을 수 있겠소?"

"부끄러움도 모르느냐?"

"비무를 생사의 겨룸으로 만든 것은 그대들의 이령주요. 이미 끝난 싸움에 남궁 노사의 목숨을 노릴 이유가 무엇이오?"

제갈숙이 반발했다.

"치졸한 변명이다. 그는 여전히 싸울 의사를 가지고 있었어. 이건… 약속을 깨는 패악이다. 앞으로 벌어질 일은 모두 그대들이 책임져야 할 것이다."

"하하하, 이미 서로 생사를 걸고 싸울 운명이 정해져 있거늘 누구의 책임을 따지겠소. 그나저나 그대들의 이령주는 얼른 치료를 해야 할 거요. 당 노사의 독에 당했으니 해약을 복용하지 않으면 목숨이 위태로울 것이오. 그런데 안타까운 것은 해약이 과연 그대들의 수중에 있을지……."

제갈숙이 여유있는 표정으로 말했다. 목인몽을 독에 중독시킴으로써 싸움의 승기를 영웅맹 쪽으로 가져왔다고 판단한 모양이었다.

"어서 해약을 내놓아라!"

소사공이 제갈숙을 보며 소리쳤다. 그러자 제갈숙이 고개를 저었다.

"어찌 강적을 살려줄 해약을 내놓을 수 있겠소? 탑주라면 과연 그리할 수 있겠소?"

"진정 후환이 두렵지 않단 말이냐?"

"하하하, 강호에 영웅맹이 두려워할 세력이 있다고는 생각지 않소. 그보다 얼른 물러가시구려. 아니면 그대들의 이령주는 결국 죽고 말 것이오."

제갈숙의 말에 소사공이 노기를 드러내면서도 걱정스런 표정으로 목인몽을 바라봤다. 목인몽에게 독을 쓴 자는 당천용이었다. 당천용은 당문의 문주가 되지 못해 당문에 불만이 많은 사람이기는 했으나 그의 독술은 당문 최고였다. 그런 자의 독에 당했으니 쉽게 해약을 구할 수는 없을 터였다.

그렇다고 제갈숙의 말대로 이대로 물러나기도 힘들었다. 오늘의 공세가 실패로 돌아가면 영웅맹과의 싸움에서 크게 기세가 꺾일 것이기 때문이었다. 더군다나 일단 후퇴를 시작하면 이들이 순순히 자신들을 보내줄 지도 의문이었다.

그런데 그때 문득 풍월령의 고수들 사이에서 한 여인의 목소리가 흘러나왔다.

"그대들은 반드시 해약을 내놓아야 할 거예요."

순간 사람들의 시선이 여인에게로 향했다. 직후 나직한 탄성이 사람들 사이에서 흘러나왔다.

"아!"

"오!"

본능적으로 탄성을 자아내게 만든 여인의 아름다움이 장내의 분위기를 일신시켰다.

"그대는… 누구요?"

제갈숙이 심상치 않은 모습의 여인을 모며 경계 어린 표정으로 물었다.

"난 풍월령의 삼령주예요."

여인이 대답했다.

"음… 설마 풍월령의 세 령주 중 둘이나 이곳에 왔을 줄은 몰랐구려."

제갈숙이 조금 당황한 표정으로 말했다. 그러자 여인이 입을 열었다.

"해약을 내놓으세요."

그러자 제갈숙이 미소를 지으며 대답했다.

"이곳에서 해약을 찾는 것보다는 그를 데리고 서둘러 풍월령으로 가는 것이 빠를 거요."

"해약을 내놓지 않겠다는 말인가요?"

"우리가 왜 생사대적에게 해약을 내놓아야 한단 말이오?"

그러자 여인이 차갑게 말했다.

"그리하지 않으면 이곳에 있는 모든 사람들이 죽을 테니까요."

순간 제갈숙의 얼굴에 차가운 비웃음이 떠올랐다.

"설마 령주께서 우리 모두를 죽이겠다는 말이오?"

제갈숙의 물음에 여인이 가볍게 고개를 끄덕였다.

"하하하! 정말 풍월령의 고수들은 하나같이 오만하구려. 난 세상의 그 누구도 홀로 우리 모두를 상대할 수 있다고 생각지 않소!"

그런데 제갈숙의 말이 끝나는 그 순간 여인이 움직였다. 여인이 서 있던 자리에는 아득한 그녀의 향기만이 남았다.

"홉!"

제갈숙이 갑자기 당혹성을 흘려냈다. 어느새 나타났는지 여인이 그를 향해 손을 뻗어내고 있었다.

타탁!

약간의 간격을 두고 여인의 손과 제갈숙의 손이 뒤엉켰다. 제갈숙의 급소를 제압하려던 여인의 의도는 빗나갔지만 제갈숙의 신형은 여인의 공격을 막아내느라 중심을 잃고 크게 흔들렸다. 그런데 그 순간 번개처럼 여인이 검을 빼 들었다.

팟!

여인의 검이 중심이 흔들린 제갈숙을 향해 뻗어나갔다. 그러자 제갈숙이 위태로운 자세에서도 급히 검을 빼 들어 여인의 검을 막아갔다.

스릉!

그런데 여인의 검은 제갈숙의 검과 마주치려는 순간 마치 살아 있는 생물처럼 제갈숙의 검을 휘어 감았다.

"엇!"

제갈숙의 입에서 당혹한 음성이 흘러나왔다.

땅!

그리고 연이어 날카로운 소성이 터져 나오더니 제갈숙의 검이 그의 손을 벗어나 허공으로 날아갔다.

슥!

여인이 검을 놓친 제갈숙을 향해 한 걸음 내딛었다. 그러자 제갈숙의 목에 가는 혈선이 생겼다.

"지금도 내 검 앞에서 삶을 자신할 수 있나요?"

여인이 제갈숙을 보며 물었다. 그러자 제갈숙의 얼굴에 짙은 불신의 빛이 떠올랐다. 비록 제갈숙이 무공보다는 지모가 앞서는 사람이지만 그래도 제갈세가에서 손꼽히는 고수였다. 그런 자신을 이렇게 간단하게 제압할 수 있는 사람이 존재한다는 건 놀라움을 넘어 경악에 가까웠다.

"당신은… 누구요?"

제갈숙이 두려운 눈으로 여인을 보며 물었다.

"말하지 않았나요? 풍월령의 제삼령주라고!"

"그게 아니라 당신의 진정한 신분을 묻는 거요?"

"난 고려에서 왔어요. 사람들은 날 봉황문주라고 부르지요."

第四章
조우

독경
讀經

  허소산이 원보를 찾았다. 그리고 공허한 눈을 보았다. 봉황
문주를 바라보고 있는 원보의 눈에는 어떤 감정도 담겨 있지
않았다. 아니, 적어도 겉으로 보기에는 그랬다. 그러나 허소산
은 알고 있었다, 그 텅 빈 공허 속 깊은 곳에 감추어진 애증의
격렬함을. 그 애증이 폭발하면 아마 원보 자신조차도 스스로
를 감당할 수 없을 터였다.
  '위험해⋯⋯.'
  허소산은 오히려 감정을 드러내지 않는 원보가 걱정스러웠
다. 어쩌면 오늘 허소산에게는 누군가를 베는 일보다 원보를
지키는 일이 더 중요할 지도 몰랐다.
  그러는 사이 장내의 상황은 더욱 급박하게 돌아가고 있었

다. 봉황문주가 자신의 정체를 드러내자 영웅맹에도 작은 소요가 일어났다.

"풍월령에 해동오류의 몇 문파가 합류했다는 소식은 들었소이다. 그러나… 해동의 무가가 중원의 일에 관여하는 일이 드물거늘 문주께서는 선택을 잘못하신 게 아니오? 자칫 고려의 봉황문에까지 해가 미칠 수 있소이다."

"봉황문 걱정은 해주실 필요없어요, 그저 해약이나 내놓으면 그뿐."

봉황문주가 차갑게 말했다. 그러자 제갈숙이 칼끝을 목 앞에 두고도 고개를 저었다.

"그건 내가 할 수 있는 일이 아니오. 나에겐 해약이 없소."

그러자 봉황문주가 고개를 돌려 당천용을 응시했다.

"그대는 어떤가요? 해약을 지니고 있을 것 같은데……."

봉황문주의 말에 당천용이 잠시 고민을 하는 기색을 하다 입을 열었다.

"물론 내게는 해약이 있소. 그러나 해약을 내놓기를 바란다면 우리의 조건을 들어줘야 할 것이오."

"조건이 뭐죠?"

"풍월령이 지금 즉시 이 자리에서 물러가는 것이오. 그리고… 장강이 본 맹의 것이라는 점을 인정하는 것이오. 마침 이곳에는 풍월령의 세 령주 중 두 분이 계시니 그 약속의 무게도 충분할 것이오."

당천용의 말에 봉황문주가 차가운 미소를 지었다.

"그 약속이 지켜지리라 보나요?"

"물론 강호의 약속이란 언제든 깨어질 수 있소. 그러나 적어도 그리되면 풍월령의 명성에 큰 타격이 되지 않겠소? 반면 우리 영웅맹은 대의명분을 얻게 되겠지."

당천용이 한 줄기 미소를 지으며 대답했다. 그러자 봉황문주가 잠시 생각에 잠겼다가 고개를 끄덕였다.

"좋아요. 그 약속 받아들이지요."

봉황문주의 대답이 만족했는지 당천용이 흡족한 웃음을 흘렸다.

"후후, 역시 풍월령을 이끄는 령주답게 사리판단이 분명하시구려. 좋소. 그럼 내 해약을 내어드리리다. 그전에 먼저 풍월령의 고수들은 배에 오르시는 것이 어떻겠소. 보자… 세 척의 배가 모두 불에 탔으니 우리 배를 내어드리리다."

당천용이 큰 인심을 쓰듯 말했다. 그런데 그때 또다시 아무도 예상치 못한 일이 일어났다.

"아니, 그럴 필요없다. 너의 해약따윈 필요없어!"

살기가 느껴지는 목소리, 독에 중독된 채 한쪽으로 물러나 있던 목인몽의 목소리였다. 그런데 목인몽의 말투는 독에 중독된 사람이라고는 믿을 수 없을 만큼 침착하고 강건했다.

"이령주, 목숨을 중하게 생각하세요."

봉황문주가 목인몽을 보며 말했다.

"후후, 삼령주께서 이 몸의 목숨을 그리 중요하게 생각하실 줄은 몰랐구려."

"지금 자존심을 따질 땐가요?"

"물론, 난 내 목숨을 세상 그 무엇보다도 중요하게 생각하오. 자존심 때문에 목숨을 버리는 어리석은 사람이 아니란 말이오. 그러나… 지금은 내 목숨을 걱정할 필요없어. 흥, 당문의 독 따위 내겐 벌에 쏘인 것보다도 위험하지 않소."

터벅터벅!

말을 마친 목인몽이 여유있게 걸음을 옮겨 다시 장내의 중심에 섰다.

"너… 넌?"

당천용이 독에 중독되고도 아무렇지도 않게 행동하는 목인몽을 괴물 보듯 바라봤다.

"네 독은 제법 쓸 만했다. 그러나… 넌 상대를 잘못 골랐어. 독에 관해서라면 나도 천하의 그 누구에게도 양보할 생각이 없거든. 당문의 독 따위……. 흥!"

목인몽의 차가운 비웃음에 당천용의 표정이 더욱 어두워졌다. 독인이란 상대가 진정 독을 해독했는지 아니면 허세를 떠는 것인지를 알아볼 수 있어야 한다. 당천용은 그런 상황을 세심하게 파악할 수 있는 독의 고수였다. 당천용은 지금 풍월령의 제이령주가 결코 허세를 떠는 것이 아니라는 것을 한눈에 알아챘다.

"도대체 어떻게……?"

"천외천이라는 것이 강호엔 존재한다. 난 그 천외천을 본 사람이야, 특히 독에 관한 한. 자, 이제 내가 한 가지 제안을 하겠다. 지금 즉시 도검을 버리고 무릎을 꿇어라. 그렇지 않으면 오늘 간교한 술책으로 날 기만한 대가를 무겁게 치러야 할 게다. 선택은 오직 하나다. 죽음과 삶! 그 결정은 너희들의 몫이다."

목인몽이 차가운 한기를 드러내며 검을 들어올렸다. 그 모습에서 느껴지는 절대적인 기운이 영웅맹은 물론 풍월령의 고수들에게조차 두려움을 느끼게 했다.

목인몽의 경고에 당천용과 남궁묘의 표정이 무겁게 가라앉았다. 두 사람은 고수였다. 그러므로 목인몽이 처음에 생각했던 것과는 전혀 다른 부류의 고수라는 것을 알아챘다. 그러나 그렇다고 석인협을 내어주고 목숨을 구걸할 수는 없었다. 그들이 영웅맹의 고수이기 때문이 아니었다. 그들은 모두 유구한 역사를 자랑하는 강호 명문의 후예들이기 때문이었다.

"당 노사, 가끔은 죽을 자리를 찾아야 할 때도 있는 법이오."

남궁묘가 잠깐의 침묵을 깨고 말했다. 그러자 당천용이 눈에 염기를 드러내며 말했다.

"맞소이다. 그것이 강호의 법칙이지. 또한 자기가 죽을 자리를 정할 수 있는 무인은 행복한 것이기도 하고. 그리고… 사실 우리가 죽을지 저들이 죽을지는 아직 모르는 것이고……."

"맞소. 세상 모든 일은 결과를 보기 전에는 속단할 수 없는 법이오."

"그럼… 제대로 한번 싸워봅시다."

당천용의 말에 남궁묘가 고개를 끄덕였다. 그러자 당천용이 갑자기 제갈숙을 향해 큰 소리로 외쳤다.

"제갈 노사! 미안하오. 훗날 저승에서 오늘의 잘못을 용서 빌겠소!"

당천용이 채 말이 끝나기도 전에 한 자락 바람으로 변해 풍월령의 고수들을 향해 짓쳐 들어갔다.

퍼퍼펑!

그리고는 망설임없이 풍월령의 고수들을 향해 독장을 때려 내기 시작했다.

푸스스!

풍월령 고수들 사이에 떨어진 당천용의 독장이 금세 녹색 연무를 일으켰다.

"조심해. 독이닷!"

풍월령 고수들이 녹색 독무에 놀라 사방으로 흩어졌다. 그러자 당천용이 혼비백산하는 풍월령 고수들을 추격하며 호랑이처럼 날뛰기 시작했다.

퍼퍼펑!

당천용이 쉬지 않고 독장을 내뿜었다.

"악!"

"큭!"

미처 몸을 피하지 못한 풍월령의 고수들 중 일부가 당천용의 독장에 당해 땅 위에 쓰러졌다. 그럼에도 불구하고 풍월령의 고수 중 누구도 감히 당천용의 앞을 막지 못했다. 무공도 무공이려니와 독이란 치명적인 무기를 지닌 당천용은 육왕탑의 탑주 소사공조차도 정면으로 상대하기 어려웠던 것이다.

이러다가는 목인몽의 경고가 반대로 이루어질 수도 있는 상황, 당천용의 독이 오히려 풍월령의 고수들을 극한 혼란에 빠뜨리고 그 혼란을 이용해 영웅맹의 고수들이 반격을 해오면 승부는 알 수가 없었다. 그런데 그런 당천용의 기세를 한 자루 검이 단번에 꺾어 버렸다.

쾅!

당천용의 장력을 막아선 검기 주변으로 뿌연 녹색의 연무가 퍼져나갔다. 당천용의 독장은 막아내는 순간 전혀 다른 흉기인 독으로 변해 오히려 그것을 막아낸 자를 더욱 위험에 빠뜨린다.

그런데 이번에는 달랐다. 목인몽은 당천용의 독장을 막아내고, 그 독장이 독무로 화해 자신을 휘감을 때에도 전혀 거리낌 없이 당천용을 향해 반격을 해왔다.

"흡!"

독무 속으로 파고들어 자신에게 검을 뻗어내는 목인몽을 보며 당천용이 당혹한 음성을 터뜨리며 뒤로 물러났다. 그러자 목인몽이 지체하지 않고 당천용을 따라붙으며 검을 휘둘렀다.

퍼퍼펑!

당천용이 뒤로 물러나면서도 닥쳐드는 목인몽을 향해 연이어 독장을 뿌려댔다. 한순간 목인몽의 앞이 온통 독무로 가득

메워졌다. 그러나 목인몽의 움직임은 거침이 없었다. 그는 독무를 유유히 뚫고 나와 다시 당천용의 목에 일 검을 찔러 넣었다.

"헛!"

당천용의 입에서 다시 다급성이 터져 나왔다.

삭!

그 순간 목인몽의 검이 당천용의 한쪽 팔을 베고 지나갔다. 독인이라도 몸속에는 붉은 피가 흐르는지 당천용의 팔에서 붉은 피가 솟구쳤다.

"함부로 손을 놀린 대가를 치러야겠어."

목인몽이 허공에서 빙글 신형을 돌려 당천용의 다른 쪽 팔을 향해 검을 내리 그었다.

"웃!"

당천용이 재빨리 몸을 틀어 목인몽의 검을 피했지만 그의 팔을 스치고 지나가는 검을 완전히 피할 수는 없었다.

터터턱!

양쪽 팔에 심각한 부상을 입은 당천용이 주춤거리며 뒤로 물러났다. 그의 눈에 불신의 빛이 역력하게 드러났다.

"너… 너……."

당천용이 믿을 수 없다는 듯 목인몽을 보며 앓는 소리를 했다.

"독은 위험한 물건이야. 함부로 쓰면 자신의 몸을 상하지. 비록 당문의 고수라 해도 말이야."

당천용에 비하면 한참은 어린 목인몽이 아랫사람에게 충고하듯 말했다. 그러자 당천용이 다시 입을 열었다.

"만독불침?"

그러자 목인몽이 히쭉 미소를 지었다.

"그런 전설의 경지야 나도 경험하지 못했지. 하지만 적어도 당문의 독이 날 어쩌지 못하는 것은 맞아. 이젠… 그만 죽어줘야겠어. 하긴 이미 두 팔의 힘줄이 끊어져 무인으로서의 삶은 끝났으니 죽는 게 나을 수도 있겠지. 고통없이 보내주지."

팟!

한순간 목인몽의 검이 당천용의 가슴을 찔러갔다. 묵빛의 검기가 목인몽의 검에서 뻗어나갔다. 당천용은 어떤 방비도 하지 못한 채 목인몽의 검 앞에 자신의 가슴을 고스란히 드러냈다.

"멈춰!"

한순간 방책 앞에 있던 남궁묘가 노성을 발하며 목인몽을 향해 날아들었다. 순수하게 무공으로만 본다면 남궁묘는 당천용보다 두어 수 위에 있는 사람이었다.

목인몽과 겨루며 포기했던 그의 검은 어느새 다시 남궁묘의 손에 들어가 있었다. 그 검이 당천용의 심장을 찌르려는 목인몽의 팔을 잘라왔다.

남궁묘의 기습은 목인몽으로서도 무시할 수 없었다. 목인몽이 번개처럼 검을 틀어 남궁묘의 검을 막았다.

캉!

검기와 검기가 부딪히며 날카로운 소성이 터져 나왔다. 그런데 목인몽의 공력은 놀라워서 기습을 한 남궁묘가 오히려 뒤로 튕겨져 나갔다.

"음!"

허공을 날아가는 남궁묘의 입에서 나직한 침음성이 들려왔다. 그런데 목인몽은 뒤로 물러나는 남궁묘를 쫓지 않았다. 대신 그의 몸이 팽이처럼 돌더니 번개처럼 당천용의 가슴에 일장을 때려 넣었다.

팡!

"욱!"

창졸간에 가슴에 일장을 허용한 당천용이 입에서 피를 뿜어내며 허공으로 날아갔다.

쿵!

당천용의 신형이 거칠게 땅위에 곤두박질쳤다. 쓰러진 당천용은 더 이상 움직이지 않았다. 즉사의 가능성조차 엿보였다.

"당 노사!"

남궁묘가 당천용을 향해 몸을 날렸다. 그러자 그 앞을 어느새 다가왔는지 목인몽이 막았다.

"날 기만한 대가를 치러야지!"

"이… 악독한!"

"호오, 악독? 자신을 죽이려는 자를 죽인 것이 악독한 것이라면 세상은 모두 마인으로 가득 차 있다고 할 수 있겠지. 그대는 악독한 인간이 아닌지 살펴볼까?"

숙!

한순간 목인몽이 검을 내밀었다. 그러자 남궁묘가 급히 검을 들어 올려 목인몽의 검을 쳐냈다.

창!

"봐. 당신도 살겠다고 검을 들잖아? 그런데 내가 왜 악독하단 말이냐? 너희들은 몇 번의 살 수 있는 기회를 놓쳤어. 난 그렇게 너그러운 사람이 못 돼. 이젠 내 방식으로 이곳을 정리하겠다."

목인몽이 차갑게 말했다. 그러자 남궁묘가 살기 어린 눈으로 목인몽을 노려보다 훌쩍 신형을 날려 방책 안으로 도주했다.

"모두 공격하라!"

남궁묘가 도주하자 소사공이 재빨리 명을 내렸다. 그러자 풍월령의 고수들이 일제히 방책을 향해 돌진하기 시작했다.

"쏴랏!"

그런데 풍월령의 고수들이 방책 가까이 다가서는 순간 방책 안에서 누군가의 날카로운 명이 터져 나왔다. 연이어 수백 대의 화살이 방책으로부터 쏟아져 나왔다.

퍼퍼퍽!

"악!"

"윽!"

아무리 고수들이라 해도 지척에서 날아드는 화살을 막아내는 것은 쉬운 일이 아니다. 방책을 향해 날아들던 풍월령의 고수 대여섯이 화살을 맞고 땅 위에 나뒹굴었다. 그러자 자연스레 풍월령 고수들이 주춤거리며 뒤로 물러났다. 순간 소사공이 노성을 발하며 허공으로 떠올랐다.

"두려워하지 마라. 방책만 무너뜨리면 된다. 저들은 오합지졸일 뿐이다."

소사공이 독수리처럼 허공을 날아 방책 위로 떨어져 내렸다.

웅!

그의 검에서 강렬한 검기가 일어나 무거운 파공음을 일으켰다. 순간 방책 안에서 누군가의 도가 불쑥 튀어나와 소사공의 검을 막았다.

쩡!

돌 깨지는 소리가 일어나며 소사공의 검과 한 자루의 도가 강력하게 충돌했다.

"음!"

"으음!"

두 마디 신음성이 흘러나오며 도와 검이 거리를 벌리고 떨어졌다. 그 순간을 이용해 다시 방책 안에서 화살이 쏟아져 나왔다.

퍼퍼퍽!

거리가 있어 화살에 당하는 사람은 더 이상 없었지만 다시 풍월령 고수들이 수 장 뒤로 물러났다. 단단한 방책과 화살 공격에 적을 공격할 엄두를 내지 못하는 풍월령의 고수들이었다. 그때 문득 한마디 신음성이 흘러나왔다.

"큭!"

사람들이 신음성을 듣고 시선을 돌리니 봉황문주가 제갈숙의 혈도를 짚어 그의 발아래 쓰러뜨리고 있었다.

"그냥 죽여 버리지 그러시오?"

멀리서 목인몽이 퉁명스럽게 말했다.

"나중에 쓸 데가 있을 지도 모르는 자예요."

무감정한 목소리로 대답한 봉황문주가 훌쩍 신형을 날렸다. 그리고는 새처럼 날아서 방책 위로 향했다.

파파팟!

날아오는 봉황문주를 향해 방책 안에서 서릿발 같은 강전들이 날아들었다. 순간 봉황문주의 검이 허공에 길게 곡선을 그렸다.

차차창!

봉황문주를 향해 날아들던 십여 대의 화살이 한순간에 한곳에 모이더니 이내 방향을 틀어 땅바닥에 꽂혔다. 놀라운 이화접목의 수법이었다.

그렇게 자신에게 쏟아지는 화살을 파훼한 봉황문주의 신형이 새처럼 가볍게 방책 위로 내려앉았다. 그러자 사방에서 그녀를 향해 도검이 닥쳐들었다. 순간 봉황문주가 몸을 회전시켰다.

카캉!

날카로운 소성과 함께 봉황문주를 향해 닥쳐들던 도검들이 사방으로 흩어졌다. 적의 공격을 해소한 봉황문주가 갑자기 검을 치켜들더니 강하게 아래로 내리그었다. 그러자 그녀의 검이 청색 기운에 휘감기더니 단번에 방책의 한곳을 파고들었다.

쿠쿠쿵!

봉황문주의 검기가 파고든 방책 부분이 짚단 베어지듯 베어져 나갔다. 거대한 파열음이 일어나며 방책의 한 부분이 완전히 허물어져 내렸다. 그 기세에 놀라 방책 뒤에 있던 영웅맹 고수들이 분분히 뒤로 물러났다.

"지금이다. 쳐랏!"

소사공의 명이 멀리서 터져 나왔다. 그러자 화살 공격에 뒤로 물러났던 풍월령의 고수들이 일제히 봉황문주에 의해 무너진 방책을 향해 돌진하기 시작했다.

"놀랍군요."

허소산이 나직하게 말했다. 그러자 여전히 전장에서 눈을 떼지 않고 있던 원보가 물었다.

"누가 말이냐? 목인몽이냐? 봉황문주냐?"

"둘 다요."

"네 눈에는 누가 더 강해 보이느냐?"

"글쎄요. 무공이란 상대적인 것이니……."

"그녀는 내게 맡겨라."

원보가 말했다.

"위험한 사람입니다."

"후후, 내가 그걸 모르겠느냐?"

"하지만……."

"걱정마라. 죽지는 않을 테니. 그리고 너도 목인몽을 이쯤에서 거둬야 하지 않겠느냐? 마침 때와 장소도 좋으니……."

"그렇지요. 신황림의 일도 매듭을 지어야하지요."

허소산이 고개를 끄덕였다. 그때 문득 설도우가 다가와 입을 열었다.

"이대로 두면 채 반시진이 지나지 않아 영웅맹의 고수들은 모두 전멸을 할 것 같습니다."

"그렇지요?"

"이쯤에서 관여를 하는 것이……."

설도우가 조심스럽게 물었다. 그러자 허소산이 고개를 끄덕였다.

"그렇게 하지요."

"이대로 싸움에 뛰어드실 생각이신지요?"

설도우가 다시 물었다. 그러자 허소산이 고개를 저었다.

"난장판에 뛰어들 이유는 없지요. 목인몽과 봉황문주… 두 사람만 전장에서 벗어나게 하면 될 겁니다. 두 사람이 없다면 영웅맹은 충분히 풍월령의 고수들을 상대할 수 있을 겁니다."

"그렇겠군요. 하면 제가……."

"아니에요. 목인몽은 제가 맡지요. 설 노사께서는 원 어르신의 뒤를 봐주세요."

"나 혼자 하겠다."

원보가 무겁게 말했다. 그러자 허소산이 고개를 저었다.

"그것까지는 저도 양보할 수 없어요."

"소산, 이 일은 내 일이다."

"어르신 일은 또한 제 일이기도 하지요."

"소산!"

"아무리 그러셔도 오늘은 안돼요."

허소산이 고집을 부리자 설도우가 나서서 허소산을 거들었다.

"원 노사, 원 노사께서 봉황문주와 구원이 있음을 모르지는 않소. 하지만 오늘의 일은 사사로운 일이 아니오. 그녀를 상대하는 일은 또한 우리가 이번에 출정한 일의 성패를 가르는 중요한 일이기도 하오. 그러니 내가 원 노사의 뒤를 살피는 일을 거부하지 마시오. 물론 특별한 경우가 아니라면 나서지 않겠소."

설도우의 말에 원보가 나직하게 한숨을 쉬었다.

"내가 때를 잘못 선택했군. 조용히 혼자 찾아갔어야 하는 것인데……."

"어르신!"

허소산이 단호하게 입을 열었다. 그러자 원보가 손을 저었다.

"알겠다, 알겠어. 네 뜻대로 하마. 하지만 내게 시간은 주어야 합니다."

원보가 설도우를 보며 말했다. 그러자 설도우가 고개를 끄덕였다.

"충분히 드리겠소."

"좋습니다. 그럼 그리하지요."

원보가 동의하자 허소산이 허산왕을 보며 말했다.

"아버지, 아버지께서는 다른 사람들과 함께 멀리서 후방을 살펴주세요. 다른 변수에도 대비해야 하니."

"우린 나서지 말라고?"

"이 싸움은 결국 목인몽과 봉황문주를 상대하는 것으로 해결될 싸움이에요. 굳이 다른 사람들이 싸움에 관여할 필요는 없어요."

"음… 알겠다. 괜한 피를 흘릴 필요는 없지. 그럼 대행수께서는 저와 함께 있읍시다."

허산왕의 말에 유웅비가 말없이 고개를 끄덕였다.

"그럼… 가죠."

하소산이 원보를 보며 말하자 원보가 고개를 끄덕이고는 무겁게 걸음을 옮겼다.

전세는 완전히 기울어져 있었다. 고수의 숫자는 오히려 영웅맹이 많았지만 장내를 장악한 절대고수 목인몽과 봉황문주의 존재가 싸움의 양상을 결정했다.

두 사람의 무공은 영웅맹의 장로를 자처하는 인물들조차도 쉽게 감당할 수 없는 것이었다. 서너 사람이 달려들어야 겨우 상대할 수 있었는데 그렇게 고수들이 두 사람에게 붙어 있으니 다른 곳의 싸움은 당연히 풍월령에 유리하게 전개될 수밖에 없었다.

차창!

목인몽이 자신을 향해 달려드는 남궁묘의 검을 가볍게 걷어냈다. 그러자 그의 뒤쪽에서 다시 한 자루의 검이 그의 등을 갈라왔다. 절대삼문의 고수 남궁황의 검이었다.

남궁황 역시 절대삼문의 장로를 지낸 사람으로 그 무공은 이미 절대의 지경에 이른 자였다. 당대의 무림 곳곳에서 남궁세가의 이름으로 무명을 떨친 그였다. 그러나 그런 자의 기습조차도 목인몽은 가볍게 피해냈다.

남궁황의 검을 허리 옆으로 비켜내며 목인몽이 일장을 때렸다.

펑!

남궁황의 옆구리에 목인몽의 장력이 격중했다.

"음!"

남궁황이 신음성을 흘리며 오장 뒤로 물러났다. 그러자 남궁묘가 재빨리 남궁황의 앞을 가로막았다. 남궁묘 역시 이미 전신에 혈흔이 낭자한 상태여서 그 상세가 심상치 않아 보였다.

"하나가 막으면 하나를, 둘이 막으면 둘을 베겠다!"

이미 살기가 오른 목인몽이 남궁황을 호위하듯 가로막은 남궁묘를 향해 일 검을 떨쳤다. 묵 빛 검기가 한순간에 지친 남궁묘의 가슴을 향해 뻗어 나왔다. 남궁묘가 힘겹게 검을 들었다.

캉!

다시 한 번 남궁묘와 목인몽의 검기가 충돌했다. 그러나 이미 전세는 한쪽으로 기울어져 있었다. 한 번의 격돌로 남궁묘의 신형이 크게 흔들렸다. 그의 검이 옆으로 밀려나자 가슴이 훤하게 열렸다.

"늙은이 마지막이다."

목인몽의 살기 어린 표정을 지었다. 그 순간 남궁묘가 소리쳤다.

"조카, 피하시게."

순간 남궁묘의 뒤에 있던 남궁황이 고개를 저으며 소리쳤다.

"그럴 수 없습니다. 어찌 숙부님을 두고 혼자 가겠습니까? 숙부님이 가십시오."

"고집부리지 말게. 나야 죽을 나이가 지나지 않았는가. 자네는 살아서 가주를 도와 세가를 지켜야지."

"절대 그럴 수는 없습니다."

남궁묘가 강하게 고개를 저었다. 그러자 그 모습을 보고 있던 목인몽이 가벼운 실소를 흘리며 말했다.

"후후, 그런 걱정들은 하지 마시구려. 오늘 그 누구도 이곳을 살아서 나가지 못할 테니까."

"놈! 진정 살마(殺魔)로구나."

"하하, 아무리 그래도 지금껏 무림의 역사에서 남궁세가가 쌓아올린 혈탑만 하겠소? 당신들도 정파랍시고 수많은 목숨을 거두지 않았소? 뭐 지금은 그 정파의 허울도 벗어던지고 오랭캐의 발을 핥고 있지만!"

목인몽의 비웃음에 남궁묘의 얼굴의 붉게 달아올랐다. 그로서는 가장 치욕적인 약점을 목인몽이 긁어댔던 것이다. 수치심은 분노로 이어졌다.

"이놈!"

남궁묘가 분노를 이기지 못하고 목인몽을 향해 검을 휘둘렀다. 그러나 그의 검은 이미 정묘함을 잃은 지 오래였다. 남궁묘의 공격은 오히려 그의 허점을 더욱 크게 만들었다. 목인몽은 가벼운 손놀림으로 남궁묘의 허점을 파고들었다.

팟!

미세한 파열음과 함께 남궁묘의 검을 뚫고 들어간 목인몽의 검이 남궁묘의 가슴을 베어냈다.

"큭!"

남궁묘가 신음성을 토해내며 비틀거렸다.

"끝이다!"

목인몽이 차갑게 소리치며 훌쩍 몸을 날려 검을 횡으로 휘둘렀다. 그의 검 끝에 생겨난 묵 빛 검기가 남궁묘의 목을 갈랐다.

"안돼!"

뒤늦게 남궁황이 도약했지만 목인몽의 검에서 남궁묘를 구하기에는 이미 늦은 상태였다. 그렇게 남궁세가 제일의 노검객이 이승을 하직하려는 순간 갑자기 한줄기 강맹한 기운이 목인몽을 엄습했다.

"웬 놈이냐앗!"

목인몽이 자신의 등을 파고드는 서릿발 같은 기운에 놀라 급히 몸을 틀었다.

쾅!

순간 그의 검이 강력한 기운과 충돌했다.

"음……!"

목인몽이 한줄기 신음성을 발하며 서너 걸음 뒤로 물러났다. 그런 그의 얼굴에 경악의 빛이 서렸다. 지금껏 강호에서 목인몽을 물러나게 한 고수는 없었다. 그런데 아무리 기습적인 공격일지라도 목인몽을 물러나게 한 고수가 등장했으니 그로서는 놀라지 않을 수 없었다.

"누구냐?"

목인몽이 얼굴을 가리고 서 있는 허소산을 보며 물었다. 그러자 허소산이 가볍게 대답했다.

"그대를 데려갈 사람!"

"무슨 소리를 지껄이는 거냐?"

"그대가 가야 할 곳으로 그댈 데려갈 사람이다."

순간 목인몽의 눈이 가늘어졌다. 그 한마디에 상대가 누구인지 어렴풋이 짐작을 한 모양이었다.

"설마… 림의?"

"뿌리를 잊고 있지 않다니 대견하군. 한 번 구명할 기회를 얻은 것으로 해두겠다."

허소산이 도도하게 말했다. 그러자 목인몽의 얼굴이 차갑게 변했다.

"언젠가는… 돌아가겠지. 그래서 그곳에 나만의 왕국을 세우겠지. 그러나… 지금은 아니다!"

목인몽의 말에 허소산이 고개를 저었다.

"아니, 오늘 지금이어야 한다."

"과연 그게 가능할까?"

"이미 한 번 경험하지 않았는가?"

"난 그때의 내가 아니다."

"나 역시 그때의 내가 아니지."

허소산의 대답에 목인몽의 눈이 흔들렸다. 수많은 갈등들이 그의 동공에 드리워졌다 사라졌다. 그리고 한순간, 불쑥 목인몽이 뒤쪽으로 날아가기 시작했다.

"반드시, 언젠가는 돌아갈 것이다!"

"오늘은 나도 널 이대로 보낼 수가 없다."

나직한 중얼거림과 함께 허소산이 목인몽을 향해 신형을 날렸다. 그 모습을 멍하니 보고 있던 남궁황이 나직하게 중얼거렸다.

"도대체 저자는 누구기에 풍월령 이령주가 두려워한단 말인가? 설마 천하제일인이라도 된단 말인가?"

그가 그녀 앞을 가로막았을 때 그녀는 의아한 표정을 지어 보였다. 풍월령과 영웅맹의 싸움에 복면을 하고 나타날 인물이 있다는 것이 기이하게 느껴졌던 모양이었다.

"누구냐?"

보통의 경우 상대가 누구이든 존대를 하는 봉황문주였지만 얼굴을 가린 사람을 존중할 만큼 너그러운 그녀는 아니었다.

복면인은 대답을 하는 대신 천천히 도를 들어올렸다. 그러자 봉황문주의 눈이 살짝 흔들렸다. 복면인이 도를 드는 모습이 어딘지 모르게 눈에 익은 듯했다.

"누구냐?"

다시 한 번 봉황문주의 입에서 싸늘한 질문이 흘러나왔다. 그러나 복면인은 대답을 하는 대신 무겁게 도를 휘둘렀다.

웅!

묵직한 파공음과 함께 복면인의 도가 초승달 모양의 도기를 뿌려댔다.

"헉!"

봉황문주의 입에서 짧고 빠른 당혹성이 흘러나왔다. 그사이 허공을 가른 도기가 그녀의 몸을 잘라왔다.

슥!

봉황문주의 신형이 좌측으로 이동했다.

펄럭!

순간 복면인의 도가 잘라낸 봉황문주의 옷자락이 바람에 날아갔다. 그런데 그 순간 기이한 일이 벌어졌다. 봉황문주를 공격했던 복면인이 훌쩍 신형을 날려 전장을 벗어나기 시작했던 것이다. 이럴 요량이라면 도대체 그는 왜 봉황문주를 공격한 것일까.

그런데 이후 더 이상한 일이 일어났다. 봉황문주의 얼굴이 하얗게 질리더니 이내 영웅맹의 적을 놓아두고 복면인을 따라 몸을 날렸던 것이다.

"와아아!"

순식간에 목인몽와 봉황문주라는 절대고수 두 명이 전장을 벗어나자 싸움은 이내 균형을 이루기 시작했다. 살과 피가 튀는 아수라장의 땅에서 사람들의 비명 소리가 그 기세를 더해 갔다.

*   *   *

강렬한 바람 소리가 오래된 소나무 가지를 뒤흔들었다. 그러나 한차례 흔들린 소나무 가지는 이내 바람을 벗어나 조용하게 잠들었다. 그러자 그 나뭇가지 속에서 한 사람의 얼굴이 불쑥 일어났다.

"벗어난 건가?"

목인몽이었다. 목인몽은 녹색 소나무 가지 사이에서 목만 내어 놓은 채 사방을 둘러보았다. 어디서도 그를 추격하던 흰색 복면 사내의 모습은 보이지 않았다.

"따돌린 모양이군. 젠장!"

목인몽이 훌쩍 신형을 날려 소나무 아래에 내려섰다. 그리고는 다시 한 번 주의 깊게 주위를 살폈다. 여전히 숲은 조용했다. 가끔 불어오는 바람만이 소나무 향을 전해줄 뿐 어떤 기척도 없었다.

"언젠가는 만날 줄 알았지만 설마 그날이 오늘일 줄이야."

목인몽이 우울한 어조로 중얼거렸다. 그리고는 한숨을 쉬며 소나무 옆에 있는 작은 바위에 걸터앉았다.

"놈이 신황림을 떠나 항주로 온 것은 분명 나 때문일 거야. 그렇다면 풍월령에 계속 머물 수는 없겠군. 휴우… 놈의 이목을 피하느라 제대로 강호행을 할 수 없으니, 이런 식이라면 언제나 신황림으로 돌아가 부모님을 뵐 수 있단 말인가!"

나직한 탄식이 목인몽의 입에서 흘러나왔다. 그의 얼굴에 평소와는 다른 우울함이 가득했다.

"결국 그를 제거하지 못하면 천하를 얻을 수 없다. 내가 강호에서 아무리 대단한 세력을 이룬들 이렇게 그가 나타나면 도주할 수밖에 없는 처지가 아닌가?"

다시금 의기소침한 목소리라 목인몽에게서 흘러나왔다. 그러다가 다시 고개를 저었다.

"놈이 독경을 지니고 있는 이상 무공으로 놈을 상대할 수는 없다. 결국 세력을 모아 그 힘으로 신황림을 접수하는 것이 놈을 상대할 수 있는 유일한 방책이다. 제길! 그래서 풍월령에

들어간 것인데!'

탁!

목인몽이 화가 나는지 왼손으로 앉아 있던 바위를 내려쳤다. 그러자 그의 손이 닿은 곳에서 뿌연 녹색 연무가 잠시 일었다가 사라졌다. 그런데 그 순간 갑자기 그가 앉아 있는 맞은편 숲에서 한 줄기 목소리가 들려왔다.

"풍월령은 그대에게 아무것도 줄 수 없어."

순간 목인몽이 본능적으로 자리에서 튕겨져 일어났다. 그리고는 재빨리 검을 들어 목소리가 흘러나온 곳을 겨눴다. 그러자 그곳에 어느새 복면을 벗어버린 허소산이 서 있었다.

"놈……! 여기까지 따라 오더니 과연 독경주답구나."

"오늘 그대는 날 벗어날 수 없다."

허소산이 단호하게 말했다.

"흥, 네놈의 무공이 아무리 대단해도 날 잡을 수는 없어. 널 이기지는 못하더라도 네놈에게 제압될 나는 아니다."

"글세. 과연 그럴까? 지금까지 그대는 반 시진을 도주했지만 여전히 내 눈을 벗어나지 못했다. 이젠 공력도 서서히 바닥을 드러내고 있을 텐데?"

"그건 너도 마찬가지겠지."

"후후후, 내가 무슨 무공을 익히고 있는지 잠시 잊은 모양이군."

"천독공이라면 나도 수련한 무공이다."

"그러나 그 한계는 겨우 독류지……. 난 독류 이후의 천독공을 수련한 사람이다. 그러니… 넌 내게서 벗어날 수 없다."

허소산의 단호한 말에 목인몽의 얼굴에 불안감이 드리웠다. 그도 천독공이 얼마나 무서운 무공인지 잘 알고 있었다. 지금 그는 그 천독공의 두 구절을 익힌 것만으로도 강호에서 적수를 찾을 수 없는 고수가 되지 않았던가. 그런데 눈앞의 이 젊은 독경주는 천독공의 온전한 비결을 모두 수련한 인물이다. 그러니 어찌 두렵지 않겠는가. 그러나 그렇다고 모든 걸 포기하고 순순히 신황림으로 잡혀갈 수는 없었다.

"핫!"

한순간 목인몽이 기습적으로 검을 뿌렸다. 그러자 순식간에 오장여에 이르는 검기가 만들어져 허소산을 베어왔다. 아마도 이 일 검에 목인몽은 전력을 기울였을 터였다.

허소산은 짙은 살기를 담은 채 닥쳐드는 목인몽의 검기를 가만히 응시하고 있다가 검기가 그의 몸에 닿으려는 순간 한 발을 움직였다.

쿵!

허소산을 비껴간 목인몽의 검기가 아름드리나무에 격중되자 나무가 크게 흔들리더니 이내 동쪽으로 넘어가기 시작했다. 그런데 그 순간 목인몽의 신형이 다시 장내에서 사라졌다.

"다시 술래잡기를 하자는 거냐?"

허소산이 나직하게 중얼거리며 고개를 저었다. 그러나 지루하다고 목인몽을 놓아줄 수는 없었다.

팟!

허소산이 가볍게 땅을 찼다. 그러자 그의 신형이 단숨에 눈앞의 소나무를 날아 넘어 숲으로 사라졌다.

第五章
은원의 늪

독경
讀經

"이제 그만! 그만 서요!"

봉황문주의 간절하게 외쳤다. 그러나 원보는 걸음을 멈추지 않았다. 그는 정말 봉황문주로부터 도망치고 싶은 사람처럼 바위를 만나면 바위를 넘고, 개울을 만나면 개울을 날아 넘었으며, 절벽이 막아서면 절벽을 타고 올랐다.

그러나 도주하는 원보도 그를 쫓는 봉황문주도, 그리고 멀리서 두 사람을 따르고 있는 설도우조차도 그들이 자신들도 모르게 펼치고 있는 이 신비한 경공의 세계를 음미할 여유가 없었다.

원보와 봉황문주 사이의 애증은 그 깊이가 너무도 깊어 그들 두 사람의 사이를 어렴풋이 알고 있는 설도우조차 잔뜩 긴장한 상태기 때문이었다.

봉황문주의 간절한 부름에도 불구하고 원보는 전장을 떠난 지 근 한 시진 동안 산을 달렸다. 가끔 장강의 물결이 빼꼼히 얼굴을 보였다가 사라지기도 했다.

"이것 봐요. 이제 그만 서요. 아무리 멀리 간다 해도 전 끝까지 당신을 따라갈 거예요."

뒤쪽에서 들려오는 봉황문주의 목소리에 원보의 어깨가 움찔했다. 그 잠시의 방심으로 원보와 봉황문주의 사이가 사오 장 더 가까워졌다. 그리고 마침 그 순간 얼굴을 스친 나뭇가지가 원보의 얼굴을 가렸던 천을 뜯고 지나갔다. 원보의 늙고 주름진 얼굴이 햇살 아래 드러났다. 그리고 그제야 원보가 걸음을 멈췄다.

원보가 걸음을 멈추자 죽을힘을 다해 따라오던 봉황문주도 걸음을 멈췄다. 그를 불러 세우기는 했지만 봉황문주는 원보에게 가까이 다가서지 못했다. 오히려 두려운 듯 살짝 몸을 떨며 두어 걸음 물러서는 봉황문주였다.

"당신이… 맞나요?"

봉황문주가 잔뜩 겁을 먹은 소녀처럼 물었다. 그녀의 무공을 생각하면 믿기지 않는 일이었다. 그녀의 물음에 원보가 천천히 신형을 돌렸다. 그러자 그의 눈에 새처럼 떨고 있는 여인의 모습이 보였다.

"나요."

원보가 무겁게 고개를 끄덕였다. 그러자 봉황문주가 한 손을 들어 입을 막았다. 당혹과 기쁨, 그리고 죄책감이 뒤섞인 눈빛이 그녀의 동공에서 흘러나왔다.

"살아… 있었군요."

봉황문주가 목소리가 낮게 떨렸다.

"죽은 줄 알았소?"

원보의 목소리가 차다. 그 냉기에 봉황문주가 흠칫 몸을 떨었다.

"나… 난……."

봉황문주가 말을 잇지 못하고 주춤거렸다.

"그대가 보낸 사람들… 봉황문의 살수들은 정말 지독하더구려. 질긴 것이 사람 목숨이라지만 그들의 살수에서 살아난 것은 천운이었던 것 같소."

원보의 담담한 대답이 봉황문주를 더욱 주눅 들게 만들었다. 그러면서도 그녀는 조금씩 고개를 저었다.

"그… 그들을 보낸 것은 제가 아니에요. 전……."

"그렇소? 그럼 내가 오해를 하고 있었던 건가? 그들이 봉황문의 살수가 아니었던 거요?"

"그들이 봉황문의 사람들인 것은 맞아요. 하지만……."

"문주도 모르게 움직였다? 그럼 봉황문에 반역자들이 생겨났다는 말인데……. 그럼에도 당신은 여전히 봉황문주가 아니오? 여화!"

여화라는 부름에 봉황문주가 다시 몸을 떨었다. 세상에서 그녀의 이름, 여화라는 이름으로 자신을 불러주는 사람이 오직 두 사람이 있을 뿐이다.

"물론 봉황문에 반란이 일어난 것은 아니에요. 그러나 그들을 보낸 사람은 제가 아니에요."

"그대의 오라비라는 말을 하고 싶은 거겠지?"

"그, 그래요……."

"그러나 그대의 동의가 없이도 과연 그대의 오라비가 나에게 살수를 보낼 수 있었을까? 아니, 그대는 살수들이 날 향해 오고 있을 때 왜 침묵을 지켰지? 그건 결국 그대 또한 날 죽이는 데 동의했다는 말이 되겠지."

"아니에요. 절대 아니에요. 전 당신을 배신할 생각 같은 것은 절대 없었어요. 전 그때… 그때 봉황문을 떠나 있었어요."

"당신의 그 어떤 말도 난 믿을 수 없어. 내가 어떻게 당신을 믿을 수 있겠는가? 십 년… 십 년이야. 당신이 날 속이고 내 곁에 머문 시간이……."

"미안해요. 정말 미안해요."

봉황문주의 눈에 뿌연 안개가 서리더니 급기야 한줄기 눈물이 그녀의 볼을 타고 내렸다. 나이를 잊은 그녀의 미모는 그녀의 눈물이 흘러나오자 더욱 청초하게 빛났다.

그런 봉황문주를 보며 원보의 눈이 흔들렸다. 원망하고, 증오하던 그의 마음 깊은 곳에 여전히 남아 있는 그녀에 대한 사랑이 그녀의 눈물을 보자 조금씩 고개를 들려 하고 있었다.

그러나 한순간 원보가 고개를 흔들었다. 감정의 늪에 빠져 인생을 망치는 것은 단 한 번으로 족한 일이 아니던가?

"왜 날 죽이려 한 거요?"

원보가 차갑게 물었다. 그러자 봉황문주가 쉽게 답을 하지 못했다. 그러자 원보가 다시 물었다.

"그대 오라비의 정체가 도대체 뭐요?"

역시 봉황문주는 답을 하지 못했다. 그러자 원보가 천천히 도를 들어올렸다.

"물론 대답하기 어렵겠지. 하지만 지난 세월 천하를 떠돌면서 이 대답을 듣기 위해 난 살아왔소. 그런데 그 대답을 하기 그렇게 어려운 건가? 그렇다면 우리가 할 일은 더 이상 없지. 그저… 세상 모든 은원의 당사자들처럼 죽고 죽이는 일 밖에!"

원보가 도를 봉황문주에게 겨눴다. 그러자 봉황문주가 떨리는 목소리로 말했다.

"난… 당신과 싸울 수 없어요."

"이제 와서 그게 무슨 궤변이오?"

"전 당신과 싸울 수 없어요!"

다시 한 번 봉황문주가 힘주어 말했다.

"그러면 죽을 거요."

"죽이시겠다면 죽겠어요."

순간 원보의 눈이 다시 한 번 흔들렸다. 그러나 다음 순간 원보의 몸이 허공으로 치솟았다. 그의 몸은 솜털처럼 가벼워 보였다. 그의 도가 머리 위로 올라갔다.

웅!

가벼운 파공음과 함께 예의 그 초승달 모양의 아름다운 도기가 생겨났다.

쐐애액!

부드럽게 휘어진 도기가 아름다운 곡선을 그리며 봉황문주를 향해 떨어져 내렸다. 살기 가득한 장면이어야 할 순간, 그러나 기이하게도 세상에서 가장 아름다운 풍경이 만들어지고 있었다.

"음…!"

멀리 서 있던 설도우가 나직한 침음성을 흘렸다. 죽이러 가는 자와 죽음을 기다리는 여인, 그럼에도 어찌 그 모습들이 이렇게 아름답단 말인가.

"월도… 아름다운 도법이다!"

설도우가 자신도 모르게 중얼거렸다. 그러는 사이 원보의 도가 봉황문주 여화의 머리 바로 앞에 이르렀다.

삭!

미세한 파열음이 일어났다. 봉황문주는 눈을 감고 있었다. 마르지 않는 눈물이 그녀의 감은 눈을 통해 여전히 흘러나오고 있었다. 원보는 봉황문주를 스치며 내리그은 도를 땅에 댄 채 움직이지 않았다.

그녀는 죽지 않았다. 원보가 벤 것은 그녀가 아니라 그녀의 머리칼이었다. 둘은 서로 등을 돌린 채 침묵을 지키며 서 있었다. 그러다 문득 봉황문주가 입을 열었다.

"왜, 왜 절 죽이지 않는 거죠?"

"당신은 왜 내 검을 피하지 않았나?"

"지난 세월 제 평생소원은 누군가의 칼에 죽는 것이었지요. 그런데 하물며 그 상대가 당신이라면 제가 왜 당신의 칼을 피하겠어요."

"도대체 왜 그랬소? 난 당신이 원하는 모든 걸 내주었는데…… 나의 독문 무공들… 절대 타인에게 전하면 안 된다는 사부의 유전, 천환심결조차도… 그 모든 걸 다 주었는데, 왜?"

원보의 처절한 질문에 봉황문주는 쉽게 대답하지 못했다. 그렇다고 원보가 계속해서 봉황문주를 추궁한 것도 아니어서 둘 사이에는 갑자기 깊은 침묵이 흘렀다. 둘은 등을 돌리고 있었으므로 서로의 표정을 볼 수 없었다. 마치 두 사람은 다시 먼 곳으로 떨어진 사람들처럼 그렇게 침묵의 속에 서 있었다. 그러나 결국 침묵을 깬 것은 봉황문주 여화였다.

"운명이었어요."

"……?"

원보는 침묵을 지켰다.

"태어나는 그 순간부터 전 당신을 배신할 운명을 타고 태어난 거예요."

"그 모든 것이, 시작부터 모두 계획된 일이었단 것이오?"

"그래요."

봉황문주의 대답에 원보가 부르르 몸을 떨었다. 분노일까. 아닐 수도 있었다, 운명이란 놈이 얼마나 지독한 것인지 원보도 알고 있으니까.

"결국 천환심결 때문에 나에게 접근했다는 것이구려. 하긴… 그렇지 않다면 당신 같은 사람이 나에게 다가올 리 없지. 우린… 어울리지 않는 사람들이었으니까. 신분도, 나이도…….."

"그렇지 않아요. 다른 모든 것이 거짓이라 해도 내 마음은… 당신을 향한 내 마음은 진심이었어요. 그건 믿어주세요. 아니 믿어야 해요. 그렇지 않으면……."

"내가 당신의 마음을 믿고 안 믿고가 중요하오?"

"그래요. 그렇지 않으면… 당신이 너무… 내 마음은 아주 오래전 온전히 당신에게 주었어요. 그래서 당신이 죽은 후… 아니, 죽었다고 생각한 그 순간부터 제 삶도 더 이상 살아 있는 것이 아닌 게 되었어요."

"그러니 당신을 원망하지 말라?"

"그런 말이 아니에요. 그냥……."

봉황문주가 더 이상 말을 잇지 못했다. 다시 그녀의 얼굴에 눈물이 흘렀다.

투툭!

문득 원보가 도를 들어 끝에 묻은 흙을 털었다. 그리고는 천천히 신형을 돌려 봉황문주를 바라봤다. 봉황문주 역시 원보의 기척을 느꼈는지 신형을 돌렸다.

원보의 도에 의해 풀어진 그녀의 머리칼이 바람에 휘날렸다. 젖은 눈과 바람에 흩날리는 머리칼, 그 속에 들어 있는 봉황문주 여화의 아름다움이 보는 사람의 심장을 녹일 듯했다.

'여전히 아름답구려.'

원보는 하마터면 자신도 모르게 이런 말을 내뱉을 뻔했다. 원보가 침을 꿀꺽 삼켰다. 목을 넘어가는 침이 긴장한 근육을 자극해 뻣뻣한 두통을 일으켰다.

"휴……."

원보가 나직하게 한숨을 쉬었다. 벗어날 수 없는 애증의 늪에 빠진 자의 낭패감이 그의 얼굴에 드러났다.

"절 죽이고 싶겠죠?"

봉황문주가 물었다. 원보는 대답하지 않았다.

"전… 죽고 싶어요, 당신의 손에!"

봉황문주가 다시 입을 열었다. 그러자 원보의 눈에 분노가 서렸다.

"당신은 정말 못됐군."

"그래요. 못됐어요. 그러니 당신을 그런 지경에 빠뜨렸지요. 그러니 절 죽여줘요."

"내가 당신을 죽이면 난 또 평생을 고통 속에 살아가겠지. 그런 지옥을 나에게 선물하겠다는 건가? 너무 이기적이군. 언제나처럼……!"

원보의 말에 봉황문주가 흠칫 몸을 떨었다.

"그런 건가요? 당신의 손에 죽는 것조차도 당신에게 고통을 주는 건가요? 그럼 전 어쩌죠?"

길을 잃은 아이처럼 봉황문주가 원보에게 물었다. 그녀의 말에서 가식은 느껴지지 않았다. 그녀는 정말 삶의 길을 잃고 있는 듯 보였다.

그러자 문득 원보가 물었다.

"그대의 오라비라는 자… 혹, 금천장주요?"

그러자 봉황문주가 고개를 저었다.

"그는 아니에요."

"그럼… 호천대야요?"

원보가 다시 물었다. 그러자 봉황문주가 대답을 하는 대신 원보를 가만히 바라보다 되물었다.

"설마 영웅맹에 머물고 계시나요?"

"그럼 안 되오?"

원보가 반발하듯 물었다. 그러자 봉황문주가 어두운 표정을 지으며 대답했다.

"영웅맹은… 풍월령의 적이에요. 풍월령은 오라버니가 이끌고 계시지요. 만약 오라버니가 당신의 존재를 알게 된다면……."

"그대의 오라비가 호천대야요?"

원보가 다시 물었다. 그러자 봉황문주가 망설이다가 고개를 끄덕였다.

"그래요. 그분이 제 오라버니세요."

"음… 후…! 그렇군. 인연이란 참… 그런데 당신은 그의 동생이 되기에는 나이가 어리군."

"어머니가 달라요."

"음, 그럴 수도 있지. 그렇다면 결국 봉황문 역시 개경의 금가나 흑수의 금문, 그리고 금천장과 그 뿌리가 같겠군."

"우리에 대해 많이 알고 계시는군요."

"난 그대의 오라비, 호천대야를 몇 번 보았소. 물론 그가 내가 약간의 변복을 하고, 또한 그도 내 존재에 관심을 두지 않았으니 내가 고려에서 그에 의해 죽었어야 하는 사람이란 걸 알아챘지 못했지만……."

"어떻게…?

"난 만재방을 위해 일하고 있소!"

원보의 대답에 봉황문주가 화들짝 놀랐다.

"만재방이요?"

"그렇소."

"어떻게……?"

"어찌 보면 당연한 이치 아니겠소? 만재방이나 나나 모두 당신들에 의해 사지(死地)로 내몰린 사람들이니……. 결국 그렇게 한곳에 모이는 것이 또한 하늘의 운명이었겠지."

원보가 담담하게 말했다. 그즈음이 되어서야 원보는 봉황문주 여화에 대한 감정의 늪에서 어느 정도 자유로워진 모습이었다. 대신 봉황문주는 오히려 내심 큰 혼란에 빠진 듯 보였다.

"당신이… 그들과 함께라고요?"

봉황문주가 다시 물었다.

"그렇소. 양쪽은 양립할 수 없는 사이지. 그러니 결국 그대와 난 적이 된 건가? 후후후! 역시 우린 태어날 때부터 서로에게 칼을 겨눠야 하는 사이였던 모양이오. 그 운명이 우리 앞에 닥치기 전 함께 지내게 된 것은 운명이란 놈이 장난을 친 것일 테고…….''

원보의 말에 봉황문주가 아무런 대답도 하지 않았다. 그녀의 얼굴은 무척 어두워보였다.

"계림의 부활을 위해선 날 죽여야 할 거요."

원보가 도를 들어 봉황문주를 겨눴다. 그러자 봉황문주가 다시금 화들짝 놀랐다. 그리고는 강하게 고개를 저었다.

"절대 당신을 향해 검을 들지 않아요."

"운명이라지 않았소?"

"그렇게 생각했었지요, 당신이 죽었다는 걸 알기 전에는. 그러나 당신이 죽었다는 말을 듣는 순간 난 그 운명이란 것을 거부하지 못했던 날 원망했어요. 이제 다시 당신을 만났는데 다시 그 바보 같은 짓을 하라는 말인가요?"

"날 그대로 두면 당신 남매의 꿈은 결코 이뤄질 수 없을 거요."

그러자 봉황문주의 동공이 심하게 흔들렸다. 그녀도 만재방과 풍월령이 양립할 수 없다는 것을 너무도 잘 알고 있었다.

"만재방에서 당신은 어떤 사람이지요?"

"내가 그들에게 중요치 않은 사람이라면……?"

원보가 물었다.

"그렇다면… 저와 함께 떠나요!"

봉황문주가 입술을 깨물며 말했다. 순간 원보의 눈빛이 심하게 흔들렸다.

"떠… 나자고?"

"그래요. 만재방과의 인연이 깊지 않다면 나와 떠나요."

"여화 당신과……?"

원보의 시선이 계속 흔들린다.

"그래요. 강호를 떠나 평생 당신 곁에 머물게요. 과거의 잘못을 속죄하며 살게요."

봉황문주의 간청에 원보의 표정이 수십 번 변했다. 이건 그가 예상했던 일이 아니었다. 그는 오늘 봉황문주와 생사결을 펼칠 것이라 생각했었다. 물론 그 결과도 짐작하고 있었다. 천환심결에 지화보결을 수련한 봉황문주를 그가 이길 수는 없었다. 결국 원보는 죽을 자리를 찾아 그녀를 이곳으로 유인해 온 것이었다. 그런데 함께 떠나자니…….

"그 말 진정이오?"

원보가 물었다.

"물론 믿기 힘들 거란 건 알아요. 하지만… 나 역시 당신이 그렇게 된 후 세상에 대한 미련을 모두 버렸어요. 오늘날 내가 이 항주에 있는 것도 내 의지는 아니지요. 그저 오라버니의 말에 따라, 내게 주어진 운명에 따라 이곳까지 휩쓸려 왔을 뿐이에요. 하지만, 당신을 다시 만난 이상 그 무엇도, 그 누구도 나의 운명을 제약할 수 없어요. 함께 가요."

봉황문주가 어린애처럼 떼를 썼다. 아주 오래전 그녀와 원보가 함께 지내던 그 시절처럼, 그녀가 하는 말이라면 무엇이든 따라주던 그 시절의 원보에게 보채듯이 그녀는 떼를 썼다.

원보의 입이 열리려 하다가 다시 닫혔다. 그리고 그가 무의식적으로 시선을 돌렸다. 멀리 설도우의 모습이 보였다. 설도우는 검을 품에 품고 가만히 눈을 감고 있었다. 설도우의 모습을 보자 이번에는 허소산의 모습이 떠올랐다. 그리고 연이어 그의 새로운 인연들, 가족들이 떠올랐다.

그 맑은 웃음의 감명과 감아라, 차가운 듯하면서도 누구보다 따듯한 가슴을 지니고 있는 감천홍, 늘그막에 만난 지우 허산왕……. 그리고 무엇보다 허소산이 만재방에 있었다.

"안 되나요?"

봉황문주의 목소리가 들려왔다.

"나… 난……."

원보가 입을 열지 못하고 말을 우물거렸다. 그러자 봉황문주의 얼굴에 쓸쓸한 기운이 감돌았다.

"안 되는 건가요? 역시……?"

"나에겐… 가족이 생겼소."

원보가 무겁게 말했다. 그러자 봉황문주가 예상치 못한 대답을 들었다는 듯 원보를 바라봤다.

"가족이요?"

"그렇소, 가족……."

"다른 사람을 만난 건가요? 혼인을 하셨나요?"

연이어 질문이 이어졌다. 그러자 원보가 고개를 저었다.

"그런 의미가 아니오. 그런 일을 당하고 어찌 새롭게 혼인 같은 것을 할 수 있겠소. 더군다나 이 나이에⋯⋯."

"그럼 가족이란 무슨 말이죠?"

"나에게⋯ 아들과 같은 아이, 손주 손녀와 같은 아이들⋯ 그리고 친구가 생겼소."

"그게 무슨 말이죠? 어떻게⋯⋯?"

"사실 그 모든 것은 그대의 덕이라고 할 수 있소. 난 봉황문의 살수들에게 추격당하다 해적선에 타게 되었소. 물론 내 자의에 의한 것이지만 그들에게 노예로 잡혀 남만으로 갔다오. 그 와중에 그들을 만나게 되었소. 지난 칠 년여의 시간 동안 그렇게 나에게 가족이 생긴 거요."

"아⋯⋯!"

봉황문주의 입에서 나직한 탄성이 흘러나왔다. 아쉬움이 짙게 배인 탄성이었다.

"그들을 떠나는 것은 쉽지 않소."

원보의 말에 봉황문주가 검을 맞은 것처럼 휘청거렸다. 그를 배반했어도 이 사람은 여전히 자신의 사람일 거란 생각이 그녀에게 있었던 모양이었다. 그런데 그 환상이 산산이 조각이 나버리고 있었다. 그건 원보의 도에 목숨을 잃는 것보다 더한 아픔이었다.

"그랬군요. 당신은 또 다른 삶을 살기 시작했군요. 우리의 인연은 그때 그 순간 어긋나 버린 거군요."

나직한 봉황문주의 읊조림이 두 사람 사이의 공기를 더욱 무겁게 만들었다. 아니, 그건 무거운 것이 아니라 죽어버린 것일지도 몰랐다. 봉황문주 여화의 얼굴에선 그 어떤 생기도 느껴지지 않았다. 혼이 빠진 듯한 모습이었다. 그녀에게 삶은 더 이상 아무런 의미가 없는 것처럼 느껴졌다.

"가세요."

봉황문주가 문득 입을 열었다.

"여화……."

원보가 그녀에 대한 원망이 모두 사라진 사람처럼, 아니 오히려 그가 그녀에게 큰 죄를 지은 사람처럼 봉황문주를 불렀다. 원보의 눈에 봉황문주 여화는 그가 떠나는 순간 스스로 목숨을 끊을 사람처럼 보였다.

"여기서 당신과 생사를 결할 생각은 없어요."

"여화!"

이번엔 조금 분노가 섞인 원보의 외침이다. 그녀에게서 생사결의 이야기가 나올 줄은 생각도 못했던 것이다.

"당신이 떠날 수 없다면 저도 떠날 수 없겠지요. 지금까지 살아온 것처럼 그렇게… 전 계림의 부활을 위해, 당신은 당신의 가족이 되었다는 사람들을 위해 그렇게 살아야겠지요. 그렇게 되면 결국… 우리 두 사람은 서로에게 도검을 겨누게 될 거예요. 그 운명을 피할 수 없겠지요. 피하고 싶지도 않아요. 하지만… 적어도 오늘은 아니에요. 오늘은 그저 당신이 살아있었다는 사실을 기뻐하는 것으로 족해요. 지옥 같은 삶이라도 하루쯤 그런 날도 있어야지 않겠어요?"

"당신은 여전히 그를 위해 살 셈이오?"

"당신도 당신의 가족이라는 사람들을 위해 살잖아요?"

봉황문주가 따지듯 물었다. 그러자 원보가 잠시 입술을 깨물고 침묵을 지키다가 말했다.

"여화 당신들이 하고자 하는 일은 결코 쉬운 일이 아니오."

"물론 알고 있어요. 그렇지만 불가능하지도 않지요. 우린 이제 거의 모든 일을 완성했어요. 이 항주에서의 일만 정리되면… 우린 고려를 넘어 천하를 손에 넣을 수 있을 거예요. 그야말로 과거 계림의 황조보다 더 크고 거대한 왕조를 세울 수 있겠죠."

군림천하를 말하는 여화의 눈은 그러나 차갑게 식어 있었다. 그녀에게선 세상을 향한 어떤 열망이나 야망도 느껴지지 않았다. 그녀는 죽은 사람이었다.

"여화… 쉽지 않을 거요. 아니 불가능할 거요. 그러니… 이쯤에서 그만두시오."

"불가능하다고요? 당신이 막을 수 있다고 생각하는 건가요?"

"난 아니오. 나도 내 주제를 아니까."

"그럼 왜 불가능하다는 거죠?"

"그건… 당신들이 상대할 사람이 너무 강하기 때문이오."

원보가 침착하게 말했다. 순간 여화의 눈에 약간의 변화가 생겼다. 원보는 그녀가 지화보결과 천환심결을 익힌 것을 알고 있다. 그런 그녀에게 이런 충고를 한다는 것은 그가 언급한 사람이 보통 인물이 아니라는 의미였다. 원보가 입에 올린 사람이 누구인가에 대한 궁금증이 죽어버린 것 같던 그녀의 눈에 생기를 돌게 했다.

"그가 누구죠?"

"그건……."

"당신의 가족 중 하난가요?"

"그렇소. 그 아이는… 음……."

원보가 허소산에 대해 말하려다 입을 닫았다. 그러자 봉황 문주 여화의 눈에 살짝 질시의 빛이 돌았다.

"당신이 그렇게 높게 평가하는 사람이니 과연 대단하겠지요. 물론 그 무공도 천하무적일 테고요. 하지만… 결국 그 사람도 죽을 거예요. 우리 일을 방해한다면… 후, 그때가 되면 당신도 결국 내 가슴에 도를 찔러 넣을 수밖에 없겠죠."

마치 투정하는 아이 같다. 그러나 여화의 도발에도 원보는 가볍게 고개를 저을 뿐이다.

"당신들은 절대 그 아이를 이길 수 없소. 그 아이를 분노하게 만들지 마시오. 그 아이가 분노하면 그대들의 대업이 어그러지는 선에서 끝나지 않을 거요. 아예 당신들 모두를 멸절시킬 수도 있는 아이오."

"그런 사람이 존재한다는 것을 믿으라는 건가요? 그럼 그는 왜 아직 세상을 손에 넣지 않은 거죠?"

"그건 그 아이의 심성이 선하기 때문이오. 그 아이는… 아, 어쨌든 그대는… 그대는… 이 일에서 손을 떼고 항주를 떠나시오."

원보가 애잔한 눈으로 여화를 보며 말했다. 그러자 봉황문주 여화가 아무 말 없이 원보를 바라보다 불쑥 입을 열었다.

"혼자는 떠나지 않아요."

"여화……!"

원보가 혼란스런 시선으로 여화를 바라봤다. 당장에라도 봉황문주와 이곳을 떠나고 싶은 눈빛이었다. 그러나… 다시 원보가 설도우를 바라봤다. 설도우는 멀리서 그저 무심히 하늘만 바라보고 있을 뿐이었다.

"당신이 그들을 얼마나 소중히 생각하는지 알겠어요. 하지만 당신 역시 저랑 떠나고 싶으시죠?"

봉황문주가 물었다.

"……?"

원보는 대답을 하지 못했다.

"항주 남쪽에 기인도라는 섬이 있어요. 섬이라고는 해도 썰물 때는 육지와 연결되는 곳이에요. 제가 항주에 도착한 곳이 바로 그곳이에요. 닷새 뒤 그곳에서 당신을 가다릴게요. 당신이 오면 함께 떠날 것이고… 아니면 이곳에 남겠지요. 선택은 당신이 하세요. 그리고 미안해요, 여전히 당신에게 이런 고집을 부려서. 하지만… 하지만 당신이라면……."

그녀는 아직도 원보가 자신이 원하는 것은 무엇이든 들어줄 거라 믿고 싶은 듯 보였다. 원보는 말없이 그녀를 바라보고 있을 뿐이었다.

"기다릴게요. 이번엔… 당신이 선택할 기회를 주고 싶어요.

그래야 어떤 결론이 나도 제 마음이 편할 거예요. 하지만 반드시… 와주실 거라 생각해요."

스스스!

마치 허깨비처럼 봉황문주 여화의 신형이 그 자리에서 사라졌다. 낙엽 밟는 소리조차 들리지 않았다. 그녀는 그곳에 존재하지 않았던 사람처럼 자취를 감췄다. 감정의 늪에 빠져 있지 않았다면 원보는 그녀의 무공에 경악을 금치 못했을 터였다. 그러는 사이 설도우가 원보 곁으로 다가왔다.

"괜찮소?"

설도우가 무거운 목소리로 물었다. 설도우는 평생 신황림의 유업을 받들고 살아온 사람이라 남녀 간의 정해에 대해선 문외한인 사람이었다. 그러나 그 정해의 바다가 사람의 인생을 가끔 엉뚱한 방향으로 몰아간다는 것은 잘 알고 있었다. 당장 구신노 중 목우와 여아원만 해도 그 정해의 바다에서 빠지게 되어 신황림을 배신했던 것이 아니던가. 설도우의 물음에 원보가 퍼뜩 정신을 차렸다.

"그녀를 막아야 하는 게 아닌지……?"

하긴 그들이 이 석인협에 온 이유는 황문주와 과거의 은원을 풀기 위함이 아니었다. 그녀가 석인협의 싸움터로 돌아간다면 풍월령은 다시 힘을 얻을 것이다. 그러나 원보의 걱정에 설도우가 고개를 저었다.

"걱정 마시구려. 싸움은 이미 끝났을 거요. 벌써 한 시진이 훌쩍 지났소. 그리고… 지금 같아서야 봉황문주도 다시 싸움터로 갈 리 없고……."

"그렇군요."

원보가 고개를 끄덕였다. 그러면서도 그의 눈은 여전히 고민에 빠져 있었다.

"돌아갑시다. 가서 경주와 상의를 해보시오."

"소산과요?"

"그렇소. 내 생각에… 경주께선 아마도 노사를 보내드릴 거요."

"하지만 난……."

원보의 눈에 다시 갈등의 빛이 떠올랐다. 그러자 설도우가 고개를 끄덕이며 말했다.

"원 노사께서 경주와 감 녹사 가족을 어찌 생각하는지 나도 잘 알고 있소. 하지만 이번에 떠난다고 아주 헤어지는 것은 아니지 않겠소? 그러나 만약 이번에 봉황문주와 떠나지 않는다면 다시는 두 사람에게 기회가 오지 않을 것이오. 그녀의 말대로 두 사람이 이곳을 벗어나지 않으면 결국 적이 되어 도검을 겨눠야 할 상황이 될 터이니 말이오."

"음……."

마치 검에 찔린 듯 원보가 깊은 침음성을 흘려냈다.

"갑시다. 가서 경주와 상의해 봅시다. 그나저나 목가 그 아이는 어찌 되었을꼬?"

"헉헉!"

목인몽이 거친 숨을 몰아쉬었다. 그러면서 슬쩍 고개를 돌렸다. 그러자 이십여 장의 거리를 두고 따라오는 허소산의 모습이 보였다.

"죽일 놈!"

목인몽이 날선 살기를 드러내며 욕설을 해댔다. 그러나 그러면서도 다시 속도를 높여 도주하기 시작했다.

"지칠 때가 되었는데……"

허소산은 비틀거리면서도 쉬지 않고 도주하는 목인몽을 보며 고개를 저었다. 목인몽의 무공이 목우와 요아원의 보살핌으로만 이루어진 것이 아니라는 점을 그를 추격하며 깨닫고 있는 허소산이었다.

목인몽의 몸에는 이미 여러 개의 검상이 만들어져 있었다. 추격을 멈추지 않는 허소산에 반발해 간간히 반격을 해올 때마다 그는 허소산의 검에 검상을 입었다. 그리고 또한 그때마다 허소산과의 차이를 깨닫고는 도주했다.

그렇게 싸우다 도주한 것이 이미 여러 번이었다. 덕분에 목인몽의 몸은 만신창이가 되어 있었다. 그래도 목숨이란 결코 포기할 수 없는 것, 목인몽의 도주는 끝이 없어 보였다.

"이젠 끝낼 때인 것 같아. 그나 나나 영원히 이렇게 달리고 있을 수는 없지."

한순간 허소산의 신형이 사라졌다.

"음!"

귀신처럼 불쑥 자신의 앞에 나타난 허소산을 보며 목인몽이 침음성을 흘렸다. 이런 식으로 따라잡혔다는 것은 더 이상 자신이 이 젊은 독경주로부터 도주할 수 없음을 의미하는 것이다.

　"후욱!"

　목인몽이 크게 숨을 내쉬었다. 그러자 요동치던 심장이 서서히 가라앉았다.

　"지독하구나."

　목인몽이 먼저 입을 열었다.

　"지독한 건 내가 아니라 당신이오. 다른 사람 같았으면 벌써 검을 버렸을 거요."

　"후후후 천하를 노리던 나다. 어찌 그리 쉽게 포기할 수 있겠느냐?"

　목인몽이 실소를 흘리며 말했다.

　"이제 그만 부모님을 만나러 가야지 않겠소?"

　"글세… 과연 반가워하실지."

　물론 목우와 요아원이 잡혀온 아들을 반가워할 리 없다.

　"그래도 당신의 머리를 가져가는 것보다야 살아서 만나는 것이 낫지 않겠소?"

　"껄껄껄! 역대 독경주들은 그 심성 역시 독하기 이를 데 없었다고 하더군. 그런데 당대의 독경주는 왜 이렇게 심성이 여린가?"

　"사람이 모두 같을 수야 없지 않겠소?"

허소산이 무덤덤하게 대답했다.

"음… 그렇겠지. 하지만 심성으로 보자면 그대보단 내가 독경주에 어울리지."

"그러나 결국 하늘은 날 독경의 주인으로 선택했소."

"크크, 그래… 결국 그랬지. 망할 놈의 하늘!"

"자, 이제 그만 갑시다."

허소산이 모든 일이 끝났다는 듯 말했다. 그러자 목인몽이 고개를 저었다.

"아니, 이대로 갈 수는 없다."

목인몽의 거절에 허소산이 살짝 얼굴을 찌푸렸다.

"더 할 것이 남아 있소?"

"나의 무공이 너에게 미치지 못함을 안다. 아무래 애를 써도 천독공의 온전한 비결을 이겨낼 수는 없는 거지. 하지만 나 또한 독정과 독류를 뛰어넘는 나만의 독공을 만들어가고 있었다. 그걸… 시험해 봐야겠어. 이대로 끝내기에는 너무 아쉽지 않은가?"

"몸이 상할 수도 있소."

"하하하, 날 걱정할 필요는 없다. 결국 이대로 검을 내려놓아도 단전이 파괴하고 힘줄을 끊어 더 이상 무공을 사용하지 못하게 할 것 아닌가?"

"무공을 폐하긴 할 거요."

"그러니 그전에 나의 모든 것을 시험해 봐야지 않겠는가?"

목인몽의 입장에서는 당연한 선택이었다. 허소산도 목인몽의 말에 고개를 끄덕였다.

"좋소. 그대의 무공을 한번 봅시다."

"그리 만만치는 않을 거다."

"기대하겠소."

허소산의 말에 목인몽이 크게 숨을 들이쉬더니 천천히 검을
가슴 앞으로 들어 올렸다.

스스슥!

한순간 짙은 녹색 기운이 목인몽의 몸에서 흘러나온다 싶더
니 그 기운들이 순식간에 검에 모여들었다. 그러자 눈부시던
목인몽의 검신이 광채를 잃고 짙은 묵빛으로 변했다.

마치 독으로 만든 검을 든 듯, 목인몽이 독인으로 화해 허소
산을 향해 다가왔다. 허소산은 지금껏 그가 경험하지 못했던
강력한 독기를 마주하며 천독공의 무서움을 새삼스레 떠올렸
다.

만약 목인몽이 이 상태 그대로 강호로 나간다면 그의 앞에
서는 생명은 모두 독물로 변해 죽을 것이다. 그러나 독을 다룰
수 있는 것은 목인몽만이 아니었다. 허소산은 목인몽보다 더
독인에 가까운 사람이었다. 그리하여 이젠 천하의 모든 독이
그의 몸에 닿으면 순한 기운으로 변해버리는 경지에 오른 사
람이 바로 허소산이었다.

허소산이 가볍게 검을 흔들었다. 그러자 목인몽의 몸과 검
에서 흘러나온 독기들이 바람에 흩어지는 연무처럼 사라졌다.

"크흐흐, 과연 독경주구나!"

목인몽이 처연하게 외쳤다. 그 자신이 일으키는 독기가 천하에서 오직 한 사람, 허소산에게는 위협이 되지 못함을 다시 한 번 깨달은 것이다. 그러나 그럼에도 불구하고 목인몽의 걸음은 멈추지 않았다. 그는 계속해서 허소산을 향해 검을 겨누고 다가왔다.

"그만 멈추시오."

"아니, 완전한 승부를 봐야겠다."

목인몽이 발악하듯 외쳤다. 그러자 허소산의 눈이 차갑게 변했다.

"원한다면 그대가 바라는 대로 될 거요."

허소산도 목인몽을 향해 다가가기 시작했다. 그러자 마치 못이 개울물을 받아들이듯 목인몽이 일으킨 독기들이 허소산의 몸으로 빨려 들어오기 시작했다.

창!

허소산의 검과 목인몽의 검이 부딪혔다. 그런데 그 순간 기이한 일이 벌어졌다.

본래 검과 검이 충돌하면 마찰을 일으키거나 혹은 서로를 튕겨내게 마련인데 두 사람의 검은 마치 지남철을 붙여놓은 것처럼 딱 붙어서 떨어지지 않았던 것이다.

휘류룽!

검을 통해 서로 연결된 두 사람 주변에서 무서운 독의 회오리가 일어나기 시작했다. 녹색과 검은색이 어우러진 독기가 파도처럼 주변으로 퍼져나갔다.

푸스스!

두 사람 주변의 숲이 독의 기운을 견디지 못하고 한 줌의 재로 사그라졌다. 순식간에 반경 십여 장의 땅이 독지로 변했다. 아마도 살아 있는 생명체라면 그 어느 것도 그 독지에서 살아남지 못할 것이 분명했다.

"으으!"

얼마의 시간이 흘렀을까. 문득 목인몽의 입에서 나직한 신음성이 흘러나왔다. 그건 마치 영혼을 빼앗기는 자의 흐느낌 같은 것이었다. 반면 허소산은 조금 창백해진 낯빛이긴 했지만 표정의 변화 없이 목인몽을 응시하고 있었다.

"으으으……."

목인몽의 입에서 흘러나오는 신음성이 좀 더 강해졌다. 그리고 다음 순간 목인몽이 부들부들 몸을 떨기 시작했다. 학질에 걸린 사람처럼 그렇게 목인몽의 몸이 자신의 의지와 상관없이 떨렸다.

허소산의 눈이 더욱 차가워졌다. 그러자 두 사람의 몸을 휘감던 독무들이 서서히 허소산의 몸으로 스며들기 시작했다.

"아아아!"

목인몽의 입에서 비명 소리가 흘러나오기 시작했다. 견디기 힘든 고통이 밀려드는 듯 목인몽의 얼굴이 일그러졌다. 그러더니 급기야 그의 머리색이 서서히 변하기 시작했다.

칠흑처럼 검던 그의 머리가 서서히 회색으로 변하더니 결국에는 모든 생명의 기운을 잃고 은빛으로 변했다.

"악!"

목인몽의 입에서 날카로운 비명 소리가 터져왔다. 그러자 거짓말처럼 두 사람을 휘감았던 독의 기운들이 씻은 듯 사라졌다. 그뿐이 아니었다. 그들 주변 땅을 뒤덮었던 독의 기운들 역시 말끔히 사라지고 없었다. 그저 그 땅이 독지였을 때 상한 수목의 잔해들만이 폭풍이 지나간 자리처럼 변해 있었다. 그리고 그 황량한 땅 위에 허소산의 목소리가 들려왔다.

"이제 끝났소. 당신은 더 이상 독인이 아니오. 그대를 그대의 부모가 있는 곳으로 보내주겠소. 여생을 편히 보내시구려."

"으으으… 으으으!"

허소산의 말이 끝나자 비명과 울음이 뒤섞인 목인몽의 흐느낌이 사자의 울음처럼 들려왔다.

第六章
굴레

독경 讀經

석인협은 여전히 영웅맹의 손 안에 있었다. 그러나 석인협
싸움에서 영웅맹이 입은 피해는 막대했다. 맹의 주요 고수 중
일부가 죽었고, 새로 석인협을 지킬 사람을 구성해야 할 만큼
전멸에 가까운 피해를 입은 영웅맹이었다.

물론 풍월령의 피해는 영웅맹에 비할 바가 아니었다. 석인
협으로 갔던 모든 사람이 죽었고, 오직 육왕탑의 탑주 소사공
과 십여 명만이 목숨을 보전해 도주했을 뿐, 석인협으로 향했
던 풍월령의 나머지 고수들은 모두 죽음을 면치 못했다.

그래서 양쪽 모두 궤멸적인 타격을 입기는 했지만 그래도
유리한 것은 승리한 영웅맹이었다. 영웅맹은 석인협에서의 승
리 이후 장강에 대한 지배권을 더욱 단단하게 다졌다. 덕분에

풍월령의 뿌리인 금천장의 상행은 강호 곳곳에서 영웅맹의 고수들에 의해 가로막혔다.

금천장의 상행이 이뤄지지 않으면 풍월령도 존재할 수 없다. 금천장의 재력이 아무리 대단하다해도 상행이 중지되면 풍월령과 같은 대세력을 유지할 수 없었다.

그래서 다시 강호에는 무서운 소문이 돌기 시작했다. 풍월령이 모든 고수들을 동원해 광조산 영웅맹의 본거지를 칠 것이란 소문이었다. 그것이 천하의 모든 상로가 막혀가고 있는 이 시점에서 풍월령이 선택할 수 있는 유일한 방법이란 것이 강호인들의 판단이었다.

그러나 풍월령은 쉽게 움직이지 않았다. 금천장의 상로가 막히고, 석인협에서 당한 패배로 인해 그 위명이 땅에 떨어졌지만 풍월령은 침묵을 지켰다. 그들은 마치 긴 잠에 빠져든 것처럼 석인협의 패배 이후 일체의 강호행을 행하지 않았다.

"무섭구나."

문득 허산왕이 입을 열었다.

"네?"

깊은 생각에 잠겨 있던 허소산이 되물었다.

"네가, 아니 그 천독공이라는 것이 무섭구나."

"아직도 그걸 생각하고 계셨어요?"

"그래. 난 사실 네가 무공을 펼치는 것은 보았으나 네 몸속에 깃든 독의 기운들이 어떤 일을 벌일 수 있는 지는 생각해 보지 않았었다. 그런데 목인몽과의 싸움을 보고 나니 이젠 그 천독공이 두렵구나. 혹 네게 해가 되는 것은 아니겠지?"

"걱정 마세요. 이미 위험한 단계는 지났어요."

"음… 넌 후계를 둘 생각이냐?"

"네?"

허소산이 다시 물었다.

"그 천독공, 아니 독경을 다른 사람에게 물려줄 생각이냐는 말이다. 혹시라도 너와 조명이 아이를 낳게 된다면 그 아이에게 천독공을 가르쳐 줄 생각이냐?"

허산왕은 표정은 무척 어두웠다.

"원치 않으세요?"

"사람에게 칼이란 유용한 도구지만 또한 세상에서 가장 위험한 도구이기도 하다. 그런 면에서 보자면 천독공은 세상에서 가장 위험한 칼이다. 도검은 한 사람을 죽이지만 독은 수백수천을 죽일 수 있으니……."

"비인부전이란 말이 있어요. 마땅한 사람이 없다면 천독공을 전하지 않을게요."

"너와 조명의 자식에게도 말이냐?"

"독류 정도까지는 가르쳐도 되겠지요."

"음… 독경의 맥이 끊기는 것은 안타까운 일이다만 난 사실 네 대에서 독경의 전승이 끝났으면 좋겠구나."

"그것 역시 운명이겠지요. 여전히 신황림은 남아 있고……."

허소산이 담담히 대답했다. 그러자 허산왕이 퍼뜩 입을 열었다.

"운명이라니 말이다만 어찌 생각하느냐?"

"무슨 말씀이세요?"

"원 노사 말이다."

허산왕의 말에 허소산이 다시 심각해 졌다.

"저도 지금껏 그것을 생각하고 있었어요."

"음… 참으로 기이한 일 아니냐? 설마하니 봉황문주가 그런 제안을 할 줄이야."

"그녀의 말에 거짓이 없다면 좋겠어요."

"함정일 수도 있다는 말이냐?"

"과거의 행적은 지울 수 있는 것이 아니지요."

"하지만 설 노사의 말을 들어보니 그녀의 말은 진심인 듯싶었다. 남녀의 정이란 것이 그렇게 질긴 것인가?"

허산왕이 고개를 갸웃했다. 평생 여인을 모르고 살아온 허산왕이다. 그러니 원보와 봉황문주 사이에 있었던 일을 이해하기 힘든 모양이었다.

"보내드리는 것이 좋을 것 같아요."

"응?"

허소산의 말에 허산왕이 의외라는 듯 허소산을 바라봤다.

"어쩌면 마지막 기회일 수도 있으니까요."

"방금 전 함정일 수도 있다지 않았느냐?"

"그렇다고 가지 않는다면 평생 후회하실 거예요."

"으음… 그렇기는 하겠지. 에이! 난 솔직히 원 노사를 보내고 싶지 않구나. 좋은 사람인데……."

"모든 일이 안정이 되면 그때 다시 만날 수 있을지도 모르죠."

"그러나 결국 그 봉황문주와 우리는 가까워질 수 없는 사이 아니더냐? 그 여인은 누가 뭐래도 김류의 동생이니."

"훗날의 일은 누구도 모르지요."

"아아, 정말 골치 아픈 일이다. 도대체 이 세상엔 왜 명확한 것이라고는 하나도 없는 것일까?"

허산왕이 나직하게 탄식을 흘려냈다.

"큰일 났어요. 큰일 났어요!"

갑자기 감명이 다급한 목소리로 소리치며 대청 안으로 뛰어들었다.

"도대체 무슨 일이기에 이렇게 호들갑이냐?"

감천홍이 눈살을 찌푸리며 호통을 쳤다. 무인이기 전에 선비인 감천홍의 눈에 감명의 호들갑은 못마땅하기 이를 데 없는 행동이었다.

"사라지셨어요. 떠나셨다고요!"

"무슨 소릴 하는 거냐? 천천히 차분하게 말하지 못할까? 누가 사라졌다는 거냐?"

"할아버지요. 원 할아버지께서 사라지셨어요."

"뭣?"

감천홍이 그 자리에서 일어났다. 허소산과 허산왕 역시 놀란 눈으로 감명을 바라봤다.

"할아버지 처소로 술 한 잔 드리려고 갔었는데 안 계셨어요."

"다른 곳에 계신 것이 아니냐?"

"아니에요. 여기……."

감명이 손에 들고 있던 종이를 감명에게 내밀었다. 그러자 감천홍이 재빨리 종이에 쓰인 글을 읽어 내려갔다.

"무엇인가?"

허산왕이 감천홍 곁으로 다가서며 물었다.

"음… 결국 가셨군요. 얼굴을 보면 떠나지 못할 것 같아 말없이 가신다고… 훗날 반드시 돌아오겠다고……."

감천홍이 원보가 남긴 서찰을 허산왕에게 넘겼다. 허산왕은 글이 짧아 원보가 남긴 글의 전부를 이해할 수는 없었지만 그래도 원보가 봉황문주에게로 떠났다는 사실은 분명히 알 수 있었다.

"음… 기어이 갔구만. 허! 운명이란 놈, 질기기도 하지."

허산왕이 탄식을 흘려내는 동안 허소산은 그저 조용히 침묵을 지키고 있었다. 그러다가 문득 자리에서 일어났다.

"어딜 가려고?"

허산왕이 물었다.

"가봐야겠어요."

"기인도에?"

"예."

"하지만……."

"혹시 모르니까요. 어르신을 만나지는 않을 거예요. 특별한 일이 없다면……."

허소산의 말에 허산왕이 고개를 끄덕였다. 그리고는 벽에 걸린 각궁을 들며 말했다.

"나도 가자."

"혼자 다녀올게요."

"아니다. 나도 그가 떠나는 모습을 먼발치에서나마 보고 싶구나."

"위험할 수도 있어요."

"그럼 더더욱 같이 가야지."

그러자 감천홍도 나섰다.

"나도 가봐야겠다."

"녹사 어르신도요?"

"음, 훗날 다시 보자고 했지만 사람의 일이란 게 마음먹은 대로 되나? 뒷모습이라도 전송해 드리고 싶구나."

감천홍의 말에 감명과 감아라도 나섰다.

"저희도 갈래요. 할아버지께 작별 인사라도 해야죠."

"아서라. 어르신을 뵙지는 않을 거야. 그러니 너흰 남아 있거라."

"그래도요."

감아라가 고집을 피웠다. 감명과 감아라에게 원보는 친할아버지나 다름없는 존재였다. 그러자 허소산도 두 아이를 만류했다.

"오늘은 나도 허락하기 어렵구나."

"오라버니!"

감아라가 화가 난 표정으로 허소산을 보며 소리쳤다. 그러자 허소산이 고개를 저으며 말했다.

"다른 때라면 함께 가겠다만 혹시라도 풍월령의 사람들이 있다면 무척 위험할 수 있어. 그래서 오늘은 안 된다. 명아. 넌 알아듣겠지?"

허소산이 감명을 보며 말하자 감명이 서운한 기색을 보이면서도 어쩔 수 없다는 듯 고개를 끄덕였다.

"알겠습니다, 형님. 저희는 남아 있지요."

"역시 명이가 다 컸구나. 뒤로 물러설 줄도 알고. 허허허!"

허산왕이 대견스럽게 감명을 보며 웃음을 흘렸다.

하늘과 바다에 하나씩의 달이 떠 있었다. 달은 그 양쪽에서 세상을 미묘한 빛깔로 비추고 있었다.

철썩철썩!

달의 힘에 밀려온 파도가 거칠게 바위에 부딪혔다. 그리고는 다시 산산이 부수어져 그들이 왔던 곳으로 되돌아갔다. 그 시린 달빛 속에 두 명의 여인이 서 있었다. 그중 한 명은 달에 산다는 항아를 능가하는 미모를 지니고 있었고, 다른 한 명은 반백의 노파였다.

"문주님 정녕 이리하셔야 하는지요?"

반백의 노파가 불안한 기색을 감추지 못하고 여인에게 물었다. 그러자 여인이 고개를 돌려 노파를 바라봤다. 봉황문주 여화였다.

"유모는 내 결정이 마음에 들지 않는 모양이지?"

"마음에 들고 안 들고의 문제가 아니라 너무 위험한 선택이라서 말이지요."

"위험? 오라버니를 말하는 것인가?"

"그렇습니다. 아시지 않습니까? 계림공께선 천하에서 가장 무서운 분이시란 것을……."

노파가 주위를 살피며 말했다. 마치 당장에라도 계림공 김류가 나타날 것 같은 기분인 듯싶었다.

"그래. 오라버니는 무서운 사람이지. 그러나 하미… 이제 난 오라버니가 무섭지 않아."

"문주, 설마 대야께 검이라도 겨누시겠다는 말씀이신지요?"

"만약 다시 내 일을 방해하신다면 그리되겠지."

"문주!"

노파 하미가 자신도 모르게 큰 소리로 외치다가 이내 손으로 자신의 입을 가렸다.

"왜? 안 되는 일인가?"

"그건… 그건……."

"지금까지 난 평생 동안 오라버니를 위해 살았어. 아, 물론 오라버니가 아니라 계림의 부활이라는 운명에 따라 살아왔다

고 말하는 사람도 있겠지. 하지만 아니야. 난 계림을 위해서가
아니라 오라버니를 위해 살았어. 모든 것을 포기했지, 결국에
는 그분까지도. 만약 오라버니가 아니었다면 계림의 부활 같
은 것에 내 인생을 내던지지는 않았을 거야."

"문주……!"

"하지만 이젠 그러지 않겠어. 오라버니가 그에게까지 살수
를 쓰는 순간 오라버니에 대한 내 믿음은 사라졌어. 아니 날
봉황문주로 만든 오라버니에 대한 부채는 사라진 거지. 언젠
가 난 불현듯 깨달았어, 나조차도 오라버니에겐 하나의 도구
일 뿐이란 것을. 그런 분이 계림을 부활시킨들 세상이 달라질
까? 후후… 그럼에도 지금껏 오라버니를 떠나지 않은 것은 특
별히 할 일이나 갈 곳이 없었기 때문이야. 내 영혼이 그의 죽
음과 함께 사라졌던 거지. 하지만 하미, 지금은 달라. 그가 살
아 있어. 난 내 삶은 다시 살 수 있는 기회를 잡은 거야. 그런데
이걸 포기하라고?"

봉황문주는 노파 하미가 마치 김류나 되는 것처럼 따졌다.
노파 하미는 봉황문주의 추궁에 대답을 하지 못했다.

"하미, 오라버니는 날 막을 수 없어. 아니 세상 그 누구도 이
젠 날 막을 수 없어."

여화가 단호하게 말했다. 그러자 하미가 조심스럽게 물었
다.

"그런데… 과연 그분이 오실까요?"

하미의 질문에 여화의 단호하던 표정이 흔들렸다.

"글쎄……."

"오시지 않으시면 어쩌실 생각이세요?"

하미의 질문에 이번에는 아예 대답을 하지 않은 여화였다.

"문주님… 오시지 않으면 돌아가세요. 대야께로……."

그러자 봉황문주가 고개를 저었다.

"아니, 그분이 오지 않아도 난 떠날 거야."

"그분이 오시지 않는데 왜 떠나신다는 거예요?"

"내가 풍월령으로 돌아가면 난 그분과 싸워야 해. 그분께는 그리 말했지만 어떻게 내가 그분과 싸울 수 있겠어. 내 무공은… 그분을 배신한 대가로 얻은 거야. 그런데 그 무공으로 그분과 싸우라고? 아니 그렇게는 할 수 없어."

"그러나 문주님이 안 계시면 대야께선 큰 어려움이 처하실 거예요. 석인협에서의 패배 이후 풍월령은 서서히 위기에 몰리고 있어요."

"그게 풍월령의 운명이라면, 그게 오라버니의 운명이라면 어쩔 수 없는 일이지. 지금이라도 흑수로 돌아가는 게 옳은 선택일지도 몰라."

"문주님……."

"오라버니께는 차마 말하지 못했지만… 중원무림을 도모하는 일은 이미 실패한 것이나 마찬가지야. 적이 너무 많아. 영웅맹에 만재방에… 생사련까지……. 풍월령의 힘으로 감당하기에는 지나치게 적이 많아. 오라버니가 실패를 한다면 바로 그 이유 때문일 거야, 적을 너무 많이 만들었다는 것. 애초에 벽란도에서 만재방을 멸문시킨 일부터 사실은 잘못이었던 것 같아."

"그러나 벽란도의 상권을 장악하기 위해선 어쩔 수 없는 일이었지요. 덕분에 금가는 고려 최대의 상가가 되었지 않습니까? 덕분에 대사를 도모할 세력을 키우고 있고……."

"글세. 과연 금가의 준비만으로 고려를 몰락시킬 수 있을까?"

"안에서 일어나면 당연히 북에서 호응하기로 되어 있지 않습니까?"

"그렇다면 온전히 고려에 집중해야 했어. 중원무림은 그 이후의 일이지. 그런데 오라버니는 중원의 힘을 모아 고려로 가려 하고 있지. 선후가 바뀐 일이야."

"그건 어쩔 수 없는 일이지 않나요? 봉황문과 목산원 말고 다른 오류는 고려 조정을 지원할 테니까요. 더군다나 구산선문들의 존재는… 역시 두렵지요."

"구산선문의 존재가 위협적이긴 해도 그들이 과연 세속의 일에 관여할지는 불확실해. 하지만 외부의 힘을 끌고 고려로 간다면 그들도 분명 산을 내려오겠지. 이러나저러나 풍월령으로 중원무림을 장악하려 한 것은 패착인 듯싶어. 그저 금천장으로 하여금 북방의 자금을 충당하는 것으로 만족했어야 했어."

"그럼 그리 조언을 하시지 그러셨어요?"

"말했잖아. 지금까지 난 영혼이 없이 살아왔다고. 영혼이 없는 내가 무슨 말을 하겠어."

"그럼 지금이라도……."

"떠나기 전에 오라버니께 글을 남기고 왔어. 내 충고를 받아들이시길 바랄 뿐이지."

봉황문주의 말에 노파 하미의 얼굴에 안타까운 표정이 드리워졌다.

"계림공께서는 평생 대업을 위해 살아오신 분인데……. 문주님이 그런 글월을 남기시고 떠난 걸 아신다면 실망이 이만저만이 아니실 겁니다."

"물론 오라버니의 실망감이 크시겠지, 배신감도 크실 것이고. 하지만 그렇다고 해서 자신의 야망을 위해 다른 사람의 희생을 강요할 수 없어. 그동안 오라버니의 야망으로 인해 죽어간 사람이 너무 많아. 그들 모두가 계림의 부활을 진정으로 원했을까?"

"문주님……."

"아닐 거야. 오라버니의 동생인 나조차도 진심으로 원한 것은 아니니까. 아마도 작은 오라버니께서 청도로 들어가신 것도 그 이유 때문이 아닐까?"

"글쎄요. 그 두 분 사이의 일은 저도 짐작할 수 없지요."

하미가 고개를 저었다.

철썩철썩!

밤은 깊어 가고 파도 소리는 더욱 강해졌다. 어쩌면 내일 아침이면 비를 가져올지도 모를 바람이 불었다. 그러나 그 와중에도 봉황문주 여화와 노파 하미의 기다림은 계속됐다.

간혹 두런두런 이야기를 나누기도 했지만 기다림의 시간이 길어질수록 두 사람 사이의 대화는 줄어들었다. 침묵 속에 봉황문주 여화의 슬픔이 깊어지고 있었다. 그녀들 앞에 떠 있는 일엽편주는 파도가 밀려올 때마다 어서 떠나자고 아우성을 쳤다.

"문주님… 오시지 않을 모양이에요."

하미가 어렵게 입을 열었다. 그러자 봉황문주가 항주 방향을 보며 고개를 끄덕였다.

"오지 않는다고 그분을 원망할 수는 없지. 난 그분을 사지로 몰아넣은 사람이고, 그분의 새로운 가족들은 그 사지에서 그분을 구해낸 사람들이니 애초에 내 부탁은 염치없는 것이었어."

"문주님……."

"그만 가지. 달이 지면 바닷길도 어두울 테니……."

봉황문주 여화가 파도 밀려드는 바다를 향해 천천히 걸음을 옮겼다. 그런데 그때였다.

차차창!

갑자기 귀를 때리는 도검의 충돌음이 해안가와 연해 있는 숲에서 들려왔다.

"무슨 일이죠?"

하미가 여화를 따라 걸음을 옮기려다 말고 소리가 들려오는

쪽을 바라봤다. 여화 역시 배로 향하던 발걸음을 멈췄다. 그리고는 눈을 가늘게 뜨고 숲으로 시선을 돌렸다. 그런데 그런 두 사람의 귀에 아련하면서도 처절한 외침이 들려왔다.

"여화, 여화! 그대는 진정 다시 날 배신한 거요?"

순간 봉황문주 여화의 눈빛이 번쩍였다.

"그분이야!"

"정말 그분인가요?"

하미가 어두운 표정으로 물었다. 순간 여화의 표정이 일그러졌다.

"오라버니야. 오라버니가 사람을 보냈어!"

팟!

한순간에 여화의 신형이 그 자리에서 사라졌다.

"흐흐흐. 여화, 당신은 정말 고약하군. 이렇게 다시 날 사지로 내몰다니…… 허허허… 이거야 원, 무슨 망할 놈의 인생이 이따위냐?"

원보의 온몸은 피로 물들어 있었다. 반백의 머리칼은 헝클어져 밤바람에 휘날리고 있었고, 눈빛은 분노와 허탈감으로 번들거리고 있었다. 하늘에서 내려오는 고고한 달빛이 오히려 원보를 더욱 야차처럼 보이게 만들었다.

"그만 죽어줘야겠다."

원보를 둘러싼 십여 명의 사내 중 초로의 노인이 차갑게 말했다.

"후후, 물론 난 오늘 이곳에서 죽겠지. 그러나… 그녀를 보기 전에는 절대 죽을 수 없어. 내 목을 끊을 수 있는 사람은 오직 여화뿐이다."

"문주께서는 오시지 않는다."

노인이 차갑게 말했다.

"그런 내가 찾아가도록 하지."

"풍월령은 멀다. 지금의 그대가 갈 수 있는 곳이 아니다."

노인의 대답이 더욱 차가워졌다.

"내가 그리 녹록해 보이느냐?"

"물론 그대의 무공에 놀라지 않을 수 없다. 칠 년 전 고려에서보다 수배는 강해진 것 같군. 그러나 그래도 오늘 그대가 죽는 것은 변함없다. 우린 칠 년 전 널 살려준 실수를 되풀이하지 않을 것이다. 아무튼 놀라운 일이야. 분명 그때 죽었다고 생각했었는데……. 바다로 뛰어든 것은 죽기 위해서가 아니라 살기 위해서였던 것이군."

"그리고 결국 살았지. 오늘도 마찬가지다. 난 결국 살아남게 될 거야."

"운은 한 번이면 족한 거지."

노인이 손을 들어올렸다. 그러자 원보를 둘러싼 무인들이 원보를 향해 도검을 겨눴다. 죽음의 기운이 원보를 휘감았다.

"쳐랏!"

노인의 명에 원보를 둘러싼 자들이 일제히 신형을 날렸다.

웅!

한 자루 도가 원보의 머리 위에 떨어져 내렸다. 순간 원보가 한 발을 앞으로 내디디며 번개처럼 도를 휘둘렀다.

번쩍!

벼락같은 빛이 원보의 도에서 일어나더니 단번에 자신을 향해 달려드는 자의 도와 몸을 반으로 갈랐다.

"악!"

원보의 월도에 당한 자가 피를 뿌리며 땅 위에 고꾸라졌다. 그러나 동료의 죽음에도 불구하고 원보를 노리는 자들의 공격은 멈추지 않았다.

팟!

원보가 자신의 등을 노리는 공격을 피해 허공으로 치솟았다. 그러자 아슬아슬하게 한 자루 검이 그의 발아래를 지나갔다. 순간 원보가 허공에서 제비를 돌며 자신을 스쳐지나가는 자의 어깨를 베어냈다.

"큭!"

다시 한 줄기 선혈이 달빛 아래 터져 나왔다. 원보의 도에 어깨를 베인 사내가 비틀거리며 뒤로 물러났다. 그러나 아무리 원보의 월도가 대단하더라도 홀로 풍월령의 고수 모두를 상대할 수는 없었다.

삭!

한 자루 검기가 원보의 등을 스치고 지나갔다. 붉은 핏물이 원보의 옷에 배어 나왔다. 그러나 원보는 자신의 부상에도 아랑곳없이 다시 도를 휘둘렀다.

그의 도에서 뻗어 나온 도기가 초승달처럼 휘어지며 자신을 공격한 자의 등에 박혀들었다.

"악!"

다시 한마디 비명 소리와 함께 한 명의 목숨이 이승을 떠났다.

"빈틈을 주지 마라. 그는 지쳤다."

이미 여러 명의 동료가 죽었음에도 원보와 대화를 나누던 노인의 표정에는 변함이 없었다. 침착했고 차가운 표정과 목소리다. 그가 타고난 살수라는 것을 말해주는 모습이었다.

노인의 명에 원보를 공격하던 자들의 도검이 더욱 매서워졌다. 멀리서 들려오는 파도 소리가 장송곡처럼 느껴졌다. 호기롭게 말하기는 했으나 원보도 이곳이 자신의 무덤이 되고 말 것이란 생각은 하고 있었다. 그러나 순순히 죽음을 받아들일 수는 없었다. 이곳에서 자신의 모든 것을 태우지 않는다면 저승에 가서도 후회할 것이 분명했다.

원보의 월도가 푸른 달밤을 처연하게 수놓았다. 원보의 도법은 오늘에서야 그 극에 달한 것처럼 장내를 장악했다. 그러나 그의 도법이 힘을 내면 낼수록 그는 지쳐갔다. 수없이 많은 상흔들이 그의 몸에 생겨났고, 월도가 만들어내는 도기는 점점 크기가 작아졌다.

사삭!

미세한 파열음과 함께 두 개의 도검이 원보의 허벅지와 어깨를 베고 지나갔다.

"음!"

원보의 입에서 나직한 신음성이 흘러나왔다. 그리고 처음으로 원보가 도를 땅에 꽂아 자신의 몸을 지탱했다.

"끝이오. 편히 가시오."

마지막은 자신의 손으로 장식하고 싶었는지 풍월령의 고수들을 지휘하던 노인이 원보를 향해 날아들었다. 허공으로 치켜들린 그의 검에서 푸른 검기가 어른거렸다.

원보는 드디어 때가 되었음을 깨달았다. 애초에 이 죽음의 덫에서 벗어날 방법은 없었다. 기력이 다할 때까지 도를 휘두르는 것이 그가 할 수 있는 모든 것이었다.

"여화!"

원보가 처절하게 봉황문주의 이름을 불렀다. 그 순간에도 노인의 검은 그의 머리를 향해 떨어져 내리고 있었다. 찰나의 순간에 불과한 그 시간동안 원보는 수많은 사람의 얼굴을 떠올렸다.

허소산과 허산왕, 감천홍과 그의 두 아이들… 그리고 해적선에 오른 후 만났던 모든 사람들의 얼굴이 그의 눈앞을 스쳐갔다. 그리고 가장 마지막으로 다시 만난 봉황문주 여화의 얼굴이 떠올랐다. 그런데 그 순간이었다.

"멈춰요!"

갑자기 날카로운 외침과 함께 한 줄기 푸른빛이 노인과 원보 사이를 파고들었다.

캉!

벼락같이 쇠 부러지는 소리가 터져 나왔다.

"음!"

순간 원보를 베려던 노인이 침음성을 흘리며 뒤로 물러났다. 그러고도 그의 신형은 쉽게 중심을 잡지 못하고 비틀거렸다. 그사이 원보의 눈앞에 한 명의 여인이 떨어져 내렸다.

"여… 화…….."

원보가 가늠할 수 없는 감정을 담은 눈으로 봉황문주의 얼굴을 바라봤다. 여화 역시 형언할 수없는 눈빛으로 혈인이 되어 있는 원보를 바라보고 있었다.

"다, 당신……"

여화의 입에서 억눌린 울음 같은 목소리가 흘러나왔다. 원보는 그 순간 깨달았다, 그녀가 자신을 배신한 것이 아니라는 것을. 그리고 그것으로 족했다. 삶과 죽음 따위 무슨 상관인가, 그녀가 자신을 배신한 것이 아닌데. 원보에겐 그것으로 족했다. 원보의 얼굴에 작은 미소가 서렸다.

"미안하오. 내가 너무 늦게 왔지?"

원보가 미소를 지으며 말했다. 순간 봉황문주가 재빨리 달려들어 비틀거리는 원보를 부축했다.

"미안해요. 미안해요. 난… 정말…….."

봉황문주가 말을 잊지 못하고 원보의 몸을 꼭 껴안았다.

"괜찮아. 당신 마음을 알았으니… 그걸로 됐소. 죽어도 여한이 없어."

"아뇨. 당신은 죽지 않아요. 절대! 결코 당신을 죽게 내버려

두지 않을 거예요."

봉황문주가 고개를 저으며 말했다. 그런데 그때 문득 봉황
문주에 의해 뒤로 물러났던 노인이 차갑게 입을 열었다.

"문주, 그는 죽어야 합니다."

순간 봉황문주가 노기를 드러내며 노인을 응시했다.

"송 장로, 그대가 감히 내 행보를 막겠다는 건가요?"

"이는 대야의 명이십니다."

"그러나 그대는 봉황문의 문도요. 그런데 감히 문주의 명을
거스르겠다는 건가요?"

여화의 말에 노인이 천천히 고개를 저었다.

"문주님, 아시지 않습니까? 우리가 비록 봉황문의 껍질을
쓰고 있다고 해도 결국에는 대야를 따를 수밖에 없는 사람들
이란 것을……."

순간 여화의 눈이 차가워졌다.

"아쉽군요, 그런 선택을 하다니……. 그러나 오늘 이 사람의
목숨을 거둘 수는 없을 거예요. 나 여화가 이 사람을 지킬 테
니까요."

"문주님, 문주님이라도 그의 죽음을 막을 수는 없습니다."

"송 장로, 그대가 그렇게 대단한 사람인 줄 몰랐군요. 그대
는 모르나요? 천하에서 날 상대할 사람은 없다는 걸."

"물론 천환심결과 지화보결을 얻으신 문주님의 무공이 천
하제일이라는 것을 부인할 수는 없겠지요. 하지만……."

"홀로 그대들 모두를 상대할 수 없다는 건가요?"

"그보다 더 위험한 것이 있지요."

노인의 말에 봉황문주의 얼굴에 의혹이 서렸다. 노인이 말하고자 하는 것이 무엇인지 종잡을 수가 없었다. 그때 노인이 가볍게 고개를 끄덕였다.

그러자 하나의 손이 움직였다. 그 손은 말라 있었지만 무척 부드러웠다. 살기나 한기도 없어 그 손이 봉황문의 혈에 닿았을 때조차도 봉황문주는 어떤 위협도 느끼지 않았다. 그러나 다음 순간 봉황문주의 입에서 낮은 신음 소리가 흘러나왔다.

"아……."

연이어 봉황문주의 부축을 받고 있던 원보가 갑자기 힘이 빠져버린 봉황문주의 팔에서 벗어나 비틀거리며 무릎을 꿇었다.

"여화……?"

원보가 갑작스런 봉황문주의 행동에 힘겹게 몸을 일으키며 여화를 바라봤다. 그러나 봉황문주의 시선은 원보가 아니라 그 옆으로 아주 천천히 움직였다. 그런 그녀 앞에 어려서부터 그녀의 유모로 살아온 노파 하미가 보였다.

"유모… 이게 무슨?"

"죄송합니다, 문주님."

노파 하미가 정중하게 고개를 숙였다.

"설마……?"

"죄송합니다. 문주님, 전 대야의 사람입니다."

"하미!'

여화의 입에서 차가운 노성이 흘러나왔다. 그러나 그녀의 전신은 돌처럼 굳어 있어 목을 돌리는 것 외에는 그 어떤 것도 할 수 없었다. 평생 그녀의 곁을 지켜오던 노파 하미가 그녀의 혈도를 제압했던 것이다.

"대야께는 반드시 문주님이 필요합니다."

하미가 굳은 얼굴로 말했다.

"그대가… 그대가 어떻게 나에게……."

"그 어떤 변명으로도 용서를 빌 수 없다는 것을 알고 있습니다. 그러나 사람의 일생이란 그런 거지요. 문주께서 이자를 위해 자신의 모든 것, 혈육까지 버리려 한 것처럼 제게 대야도 그런 사람입니다."

"아! 하미……."

여화가 절망 어린 탄식을 흘려냈다.

"이자를 어서 죽이세요. 살려두어서는 두고두고 불씨가 될 자입니다."

하미가 노인을 보며 말했다. 그러자 노인이 고개를 끄덕이며 원보에게로 다가섰다.

"대야의 명도 그러하셨소. 아예 흔적을 없애라는 명을 받았소."

"그를 죽인다면 나도 죽을 것이다."

여화가 소리쳤다. 그러자 하미가 나직하게 말했다.

"글쎄요. 과거 이자가 죽었다는 소식이 전해졌을 때도 문주께서는 결국 대야를 위해 다시 기운을 차리셨지요. 이번에도 그럴 것이라고 전 믿습니다."

"하미… 이번엔 다를 것이다. 죽이려면 나도 함께 죽여야 할 거야. 날 죽이지 않는다면 이 사람을 죽인 대가를 풍월령 천인의 피로서 갚아야 할 테니까."

여화가 차가운 목소리로 말했다. 그런 여화의 경고에 노파 하미와 노인 모두 두려운 기색을 보였다. 만약 여화가 결심만 한다면 그녀는 세상에서 가장 위험한 사람이 될 수도 있다는 걸 두 사람 모두 알고 있기 때문이었다.

"살려두는 것도 방법이겠소."

문득 노인이 말했다.

"하지만 대야의 명이 있으셨지 않습니까?"

하미가 되물었다.

"그러나 그리되어서는……."

노인이 여화를 바라봤다. 그러자 하미가 잠시 망설이다 고개를 끄덕였다.

"알겠습니다. 송 장로님의 말대로 하지요."

하미가 동의하자 노인이 다시 원보를 향해 다가서기 시작했다.

"운이 좋구려. 오늘은 목숨을 건질 수 있을 것 같으니……."

노인의 말에 원보가 힘겹게 도를 들며 소리쳤다.

"목숨을 건질 수 있다면 오히려 운이 나쁜 것이겠지."

"그럴지도 모르겠구려. 대야께서 그대를 어찌 처리할지 우리도 잘 모르겠으니."

"그래서… 이곳에서 죽을 생각이야."

"가가!"

원보의 말에 놀란 사람은 여화였다. 그녀로서는 어떤 상황에서라도 원보가 살기 있기를 바라고 있었다. 그런 여화를 보며 원보가 말했다.

"여화, 사람이 짐승과 다른 점은 자신이 죽을 자리를 찾을 수 있다는 거요. 오늘 난 여기서 죽을 생각이오. 내가 살아서 계림공의 손에 들어간다면… 어쩌면 난 무척 많은 사람을 힘들게 할지도 모르오. 당신을 포함해서……."

"그래도… 그래도 살아줘요, 날 위해서……."

여화가 사정했다. 그러나 원보는 고개를 저었다.

"그대를 사랑하오. 내 모든 것을 줄 수도 있지. 그래서 오늘도 다시 그대를 만나러 온 것이오. 나의 소중한 사람들을 떠나서 말이오. 그러나 그들을 떠날 수는 있어도 그들의 짐이 될 수는 없소. 그들 역시 당신만큼이나 나에게 소중한 사람이라오."

원보의 입가에는 미소가 감돌았다. 그런데 그때 다시 누구도 예상하지 못한 일이 일어났다.

"어르신도 저희들에겐 누구보다 소중한 분이세요. 그러니… 목숨을 함부로 버리시겠다는 말씀은 다신 하지 마세요!"

파팟!

"악!"

"컥!"

한순간 두 대의 화살이 날아들어 풍월령 고수들을 꿰뚫었다.

"웬 놈이냐앗!"

풍월령의 고수들이 갑작스런 기습에 놀라 소리쳤다. 그러자 어둠속에서 검은 그림자가 나타나더니 흐릿한 잔영을 남기며 바람처럼 장내로 스며들었다.

"헛!"

한순간 원보를 제압하려던 노인의 입에서 헛바람이 새어나왔다.

창!

연이어 날카로운 격돌음이 일어나더니 노인이 사오 장 뒤로 비틀거리며 물러났다.

"괜찮으세요?"

어둠속에서 나타난 인영은 물러나는 적을 따라붙는 대신 얼른 비틀거리는 원보를 부축했다.

"소… 산!"

"네, 저예요."

허소산이 부드럽게 원보를 감쌌다. 그의 눈에 비친 원보의 몰골은 비참하기 이를 데 없었다. 몸에 걸친 옷은 누더기로 변해 있었고, 전신에 도흔과 검흔이 낭자했다. 살아 있는 것이 신기할 정도였다.

"소산… 네가 왔구나."

"이제 걱정 마세요."

"소산… 아! 나는……."

원보가 더 이상 말을 잇지 못했다. 그런데 그 순간 갑자기 봉황문주 곁에 서 있던 노파 하미가 번개처럼 검을 뻗어 허소산의 목을 찔렀다. 너무도 갑작스런 공격이었기에 노파 하미의 살초는 위험하기 짝이 없었다.

절대절명의 순간 본능적으로 위험을 감지한 허소산이 나무 꺾이듯 허리를 틀었다.

삭!

하미의 일초가 아슬아슬하게 허소산의 목을 스치고 지나갔다. 순간 허소산의 눈에 노기가 서리더니 그의 손이 하미를 향해 뻗어나갔다. 하미는 자신의 공격이 빗나가는 순간 이미 몸을 틀어 두 번째 살초를 준비하고 있다가 허소산의 장력을 마주하고는 번개처럼 검을 휘둘렀다.

펑!

허소산의 장력이 하미의 검에 부딪혀 허공에서 흩어졌다. 그런데 그 순간 힘을 잃은 듯하던 장력의 기운이 문득 푸르스름한 연무로 변하더니 안개처럼 하미를 덮쳤다.

하미는 아침 안개처럼 자신을 스치고 지나가는 기운을 무시하고 재차 검을 휘둘러 허소산을 공격해 들어갔다. 그런데 다음 순간 믿지 못할 일이 벌어졌다.

"헉!"

문득 하미가 발을 헛디딘 것처럼 비틀거리더니 그 자리에 무릎을 꿇고 주저앉았다.

창!

하미의 손에서 떨어진 검이 근처 바위에 부딪히며 맑은 소리를 만들어 냈다.

"너… 너……."

하미가 얼굴을 일그러뜨리며 손을 들어 허소산을 가리켰다. 그런 하미를 보며 허소산이 차갑게 말했다.

"그나마 편히 죽여주는 것을 고맙게 여기시오."

"큭!"

다시 무슨 말을 하려던 하미가 입에서 검은 피를 뱉어냈다. 그리고는 거짓말처럼 그 자리에 쓰러져 숨을 거뒀다.

第七章
독의 하늘

독경
毒經

"넌… 누구냐?"

노파 하미가 속절없이 죽자 송 장로라 불린 노고수가 경악
스런 표정으로 물었다. 그러나 허소산이 그의 말을 무시하고
는 봉황문주에게로 다가갔다. 그리고는 가볍게 손을 움직이자
봉황문주가 입에서 나직한 탄식이 흘러나왔다.

"아……!"

"움직일 수 있겠습니까?"

"당신은 누구죠?"

"그건 나중에 말씀드리지요. 그런데 어르신을 부탁드려도
되겠습니까?"

허소산의 말에 여화가 얼른 고개를 끄덕였다.

"걱정 마세요."

"좋습니다. 그럼 조금 물러나 계십시오."

"어쩔 생각인 거죠?"

봉황문주가 걱정스럽게 물었다.

"저들이 어르신께 행한 일의 대가를 치러줄 생각입니다."

"하지만……."

"여전히 그들이 걱정되시는 겁니까?"

비록 원보를 공격하고 여화 자신을 배신했지만 상대는 풍월령의 고수들이었다. 어제까지, 그리고 어쩌면 영원히 그녀와 질긴 운명으로 연결되어 있는 사람들이 아니던가. 그러나 봉황문주가 걱정하는 것은 그들이 아니었다.

"이들은… 봉화문, 아니 풍월령에서도 가장 뛰어난 무인들에요. 대협 혼자서는… 내가 이들을 상대하는 게 좋을 것 같군요."

일단 무공을 회복한 이후라면 천하의 그 누구도 두려울 것이 없는 봉황문주였다. 그러나 그녀의 말을 허소산이 단호하게 거부했다.

"이 일은 제가 하겠습니다. 문주께 이들은 친인이 아닙니까? 어떤 이유에서든 친인을 베는 것은 힘든 일이지요."

"그러나 이들을 홀로 상대하는 것은……."

"걱정 마십시오. 저 또한 약간의 무공은 가지고 있으니……."

그때 원보가 나직한 목소리로 봉황문주를 불렀다.

"여화……."

"네, 가가!"

봉황문주가 얼른 원보 곁으로 다가가 그를 부축했다. 그러자 원보가 힘겹게 입을 열었다.

"이 일은 그 아이에게 맡겨두구려."

"하지만 이들은……."

"여화 지금은 모르겠지만 조금 후에는 알게 될 거요, 저들이 오늘 얼마나 운이 없었는지. 소산!"

"네, 어르신!"

"후환이 없어야 할 게다. 이곳의 소식이 그의 귀에 들어가면 모든 일이 어그러질 수가 있다."

원보의 말에 허소산이 무겁게 고개를 끄덕였다.

"깨끗하게 정리해야겠지요."

순간 원보는 허소산의 눈빛이 다른 때와 많이 다르다는 것을 깨달았다. 어쩌면 그 눈빛은 과거 노예선에서 해적들을 상대할 때의 그 눈빛인 듯도 싶었다. 그리고 그 깊은 곳에 자리 잡고 있는 것은 살기였다.

"소산… 심기를 흩뜨리지 마라."

원보가 걱정스럽게 충고했다. 비록 무공으로는 이미 원보를 능가한 지 오래인 허소산이었지만 여전히 젊은이가 아니던가.

"걱정 마세요."

허소산이 가볍게 대답했다.

"침착하게, 빈틈없이… 그게 대적(對敵) 기본임을 잊지 마라."

"명심할게요. 그럼 부탁드리지요."

허소산이 봉황문주를 보며 말을 하고는 신형을 돌려 송 장로라 불린 노인을 향해 다가가기 시작했다.

"네놈은 누구냐?"

"가족이라고 할 수 있지."

"가족?"

"너희들이 오늘 죽이려 했던 분의 가족……."

"정체를 밝혀라."

"뭔가 오해를 하고 있군."

허소산이 차갑게 말했다.

"오해?"

"그래, 오해. 오늘 당신들과 나의 싸움은 무공의 겨룸이 아니다. 오직 생사의 가름일 뿐! 그러니 통성명을 할 이유가 있겠는가?"

웅!

한순간 허소산이 번개처럼 검을 내리그었다. 그러자 그의 검에서 흘러나온 투명한 검기가 단번에 노인을 갈랐다.

"헉!"

급작스럽고도 강력한 허소산의 공격에 노인이 대경하며 재빨리 몸을 틀었다.

삭!

노인이 황급히 피했음에도 불구라고 허소산의 검은 노인의 어깨 어림에 큰 상처를 내며 지나쳤다.

"놈!"

눈 깜짝할 사이에 부상을 입은 노인이 노성을 발하며 허소산을 향해 반격을 해왔다.

캉!

허소산이 노인이 전력을 다해 만들어내는 초식을 가볍게 쳐냈다. 그리고는 번개처럼 노인을 향해 일장을 떨쳐냈다.

쿠웅!

허소산의 장력이 묵직하게 노인을 옆구리를 파고들었다. 그러자 노인이 재빨리 허공에서 제비를 돌아 허소산의 장력을 피해냈다.

슉!

허소산의 장력이 노인의 옷자락을 스치고 지나갔다. 그런데 그 직후 노인의 옷이 검게 타들어 가기 시작했다.

푸스스!

연이어 매캐한 내음이 노인의 옷자락에서 흘러나왔다.

"독(毒)!"

노인이 대경하며 재빨리 자신의 옷자락을 찢어냈다. 그리고는 경계 어린 시선으로 허소산을 보며 소리쳤다.

"독을 쓰는구나!"

"그게 내 무공의 원천이지."

허소산이 대답했다. 그러자 노인이 다시 몇 걸음 뒤로 물러나며 소리쳤다.

"모두 나서라. 독을 쓰는 자이니 접근을 삼가라!"

노인의 명에 원보를 공격했던 자들이 일제히 허소산을 에워 쌌다. 그들 몇의 손에는 암기가 들려져 있었다. 그것으로 보아 이들은 전문적으로 살수행을 하는 자들임이 분명했다.

"이렇게 모두 나서주기를 기다렸지."

"네 무공이 놀랍기는 하나 상대를 잘못 만났다."

노인이 소리쳤다. 그러자 허소산이 차갑게 미소를 지었다.

"누가 상대를 잘못 만났는지는 곧 알게 되겠지."

팟!

허소산이 가볍게 땅을 찼다. 그 작은 동작에 그의 신형이 번 개가 내리꽂히듯 적들 사이로 날아들었다.

"누구예요?"

원보가 중상을 입을 상태라는 것도 잊고 봉황문주가 물었 다. 풍월령의 고수들 속에서 호랑이처럼 움직이고 있는 허소 산을 두고 하는 말이었다.

"내가 말했던 그 가족들 중 한 명……. 내 아들 같은 아이요. 후후, 허 협사가 들으면 난리를 치겠군."

"네?"

"아, 저 아이의 아비를 말하는 것이오. 항상 날 경계했지. 내 가 저 아이를 가로챌까 봐. 후후, 그런데… 저 아이가 왔다면 그 또한 왔을 터인데?"

원보가 힘겹게 고개를 돌려 사방을 살폈다. 그러다 어느 한 곳에서 시선이 멈췄다.

어두운 숲 속 저쪽에 각궁을 든 한 사내의 모습이 희미하게 보이고 있었기 때문이었다. 가까이서 보지 않아도 그가 누구인지는 알 수 있었다. 그는 허산왕이 분명했다.

"정말 무서운 사람이군요."

원보가 허산왕을 발견하는 순간에도 허소산에게서 눈을 떼지 않던 봉황문주 여화가 다시 입을 열었다.

"맞소. 저 아이는 세상에서 가장 무서운 아이요. 하지만 또한 전혀 두려워하지 않아도 되는 아이지."

"그게 무슨 말이죠?"

"저 아이의 심성이 그렇다는 거요. 무공은 무섭지만 심성이 선하니 굳이 무서워할 필요가 없다는 거요. 저, 아이의 심기를 건드리지 않는 이상……."

"오라버니의 적인가요?"

봉황문주의 물음에 원보의 표정이 변했다.

"그렇다면… 그를 위해 저 아이와 싸우겠소?"

원보가 차갑게 물었다. 그러자 봉황문주가 한 숨을 내쉬며 말했다.

"걱정 마세요. 그럴 일은 없을 거예요. 이제 오라버니와 전 다른 길로 들어섰어요. 오라버니의 일을 방해하지는 않겠지만 돕지도 않을 거예요. 그래도 걱정은 되는군요. 오라버니가 상대해야 할 저 사람은 너무 강하군요."

"그렇소. 그는 정말… 힘겨운 상대를 만난 거요."

원보가 고개를 끄덕였다. 그사이 허소산은 십여 명의 풍월령 고수들을 거의 대부분을 쓰러뜨리고 있었다. 이제 허소산을 향해 도검을 뻗어낼 수 있는 사람이라야 겨우 셋, 처음 원보를 상대하던 송 장로라 불리던 노고수와 다른 두 명의 초로의 인물들이 근근이 허소산을 상대하고 있었다.

"저들을 제법 버티는구려."

원보의 말에 봉황문주 여화가 대답했다.

"저들은 모두 봉황문의 장로들이에요. 보셔서 아겠지만 그 무공이 절정에 이른 사람들이지요. 가장 앞에 나선 사람이 송백련 장로이고, 오른쪽 인물이 장로 정음이에요. 그리고 왼쪽의 여고수는 아… 설마 그녀조차 내 앞을 막기 위해 나섰을 줄은 몰랐어요. 그래도 우린 마음이 통한다고 생각했었는데……."

"그녀는 누구요? 보아하니 여화 당신과 그리 나이 차가 나지 않을 것 같은데……."

"그녀는 이난설이라고 해요. 봉황문에 여고수가 많은 것은 알고 계시죠?"

"잘 알고 있소."

"그녀는 그 봉황문의 여고수들 중에서도 가장 어린 나이에 장로에 오른 여인이지요. 나와 나이가 비슷해 서로 허물없이 어울렸는데… 오늘 그녀를 여기서 볼 줄은 몰랐군요."

"봉황문의 문주로 있으면서 어찌 저들의 마음을 얻지 못한 거요?"

원보가 이해하기 힘들다는 듯 물었다. 그러자 여화가 씁쓸한 표정으로 대답했다.,

"제가 모르고 있었던 거지요, 제가 봉황문주가 된 것조차도 오라버니의 안배에 의한 일이었다는 것을! 저들은 제가 봉황문에 들어오기 전부터 오라버니의 사람들이었던 거예요."

"음… 그래도 그들에 대한 정은 있지 않겠소? 소산은… 결국 저들을 모두 죽일 거요. 저 아이는 성정이 선한 아이기는 하나 일단 결심이 서면 망설이지 않은 아이요."

"가가도 말릴 수 없나요?"

"나도 어렵소. 물론 난 소산을 말리고 싶지도 않고 말이오. 저들을 살려두어서는……."

원보가 말꼬리를 흐렸다. 그러자 봉황문주가 처연한 표정으로 대답했다.

"모든 것은 운명이겠지요. 저들이 날 버리고 오라버니를 선택한 것도 운명이고, 그 때문에 오늘 이곳에서 죽음을 당한다며 그도 운명이겠지요."

봉황문주의 말이 끝나는 순간 그녀가 말한 세 사람 중 정음이란 자의 등에 허소산의 장력이 닿았다. 그러자 봉황문의 장로 정음이 잠시 비틀거리더니 그 자리에 무너져 내렸다.

"무서운 독이군요. 무슨 독을 쓰는 거죠?"

장로 정음을 무너뜨린 것이 허소산의 장력에 깃든 독이란 것을 알아본 여화가 두려운 빛을 보이며 물었다.

"저 아이의 독은 이름이 없소."

"그게 무슨 말이죠?"

"저 아이는… 천하에 존재하는 모든 독을 다룰 줄 아오. 지금 저 아이의 몸속에는 그 독들의 정기가 모여 있소. 그 정기를 진기로 쓰는 아이니 그 독이 무엇이라고 어찌 말할 수가 있겠소? 말하자면 만독의 정기를 모은 아이랄까. 하늘의 독이랄까."

"어, 어떻게 그런 일이 가능하죠? 독을 진기로 삼다니……."

"그런 무공이 존재하오. 여화, 당신도 목인몽이란 자를 알고 있소?"

"목인몽… 물론 그자를 알고 있어요. 무서운 무공을 지닌 자였지요. 독에서도… 그의 무공은 오라버니도 두려워할 정도였지요."

"그자가 지난번 석인협의 싸움 이후 풍월령으로 돌아오지 않았을 거요."

"그래요. 그래서 풍월령에서도 그의 행방을 찾고 있어요."

"그자를 제압한 사람이 저 아이요. 그자는 소산의 사문을 배신한 자였소."

"그랬군요. 그래서 그가 보이지 않았군요."

봉황문주가 고개를 끄덕였다. 그러는 사이 이제 두 명만 남은 풍월령의 고수는 절망적인 상황에서도 허소산을 상대하고 있었다.

허소산의 검이 날카로운 바람을 일으키며 송백련과 이난설을 향해 뻗어나갔다. 그럴 때마다 두 사람은 가까스로 허소산의 검을 막아내며 뒤로 물러났다.

차앙!

한순간 맑은 마찰음이 일어났다. 그러자 이난설의 손에서 검이 튕겨져 나갔다. 그렇게 이난설의 검을 허공으로 날려버린 허소산이 그녀의 사혈을 향해 검을 찔러 넣었다.

"이놈!"

막 이난설의 몸에 허소산의 검이 꽂히려는 순간 송백련이 노성을 발하며 허소산의 머리 위로 떨어져 내렸다. 순간 허소산의 이난설의 심장 바로 앞에 이르렀던 검을 허공으로 꺾어 올렸다.

창!

허소산의 머리 위에서 검과 검이 충돌했다.

"음!"

검을 통해 밀려드는 막강한 공력에 송백련이 침음성을 흘리며 뒤로 물러났다. 그 순간 허소산의 왼손이 번개처럼 뒤로 물러나는 송백련의 다리를 낚아챘다.

"엇!"

송백련이 몸의 중심을 잃고 허공에서 비틀거렸다. 그러자 허소산이 재빨리 검을 뻗어 송백련의 검을 휘어 감았다.

차앙!

다시 맑은 마찰음이 일어나며 송백련의 손에서 검이 빠져나갔다. 본시 송백련과 이난설 같은 고수들은 목숨은 내줄지언정 검을 놓치는 않는다. 그러나 그들은 이미 암암리에 허소산이 흘려내는 독의 기운에 중독되어 있었으므로 자신들의 병장기를 지킬 힘이 남아 있지 않았다.

턱!

한순간 검을 놓쳐버린 송백련의 가슴을 허소산이 손바닥으로 가격했다.

"컥!"

순간 송백련이 붉은 피를 뿜어내며 삼사 장 뒤로 날아가 땅위에 나뒹굴었다.

"크어억!"

거칠게 땅을 구른 송백련이 힘겹게 땅을 짚고 신형을 세우려 했다. 그러나 그의 몸은 더 이상 주인의 의지를 따라주지 않았다.

"큭!"

다시 한마디 신음성과 함께 송백련이 그 자리에 주저앉았다. 그런 송백련을 보며 허소산의 차게 말했다.

"고통스럽지는 않을 거요. 편히 가시오."

허소산의 말이 채 끝나기도 전에 송백련의 고개가 떨어졌다. 그러자 허소산이 천천히 신형을 돌려 이난설을 바라봤다.

"너… 넌 도대체… 누구냐?"

이난설이 죽음의 두려움보다 허소산의 무공에 대한 불신을 드러내며 물었다. 그러나 허소산은 이난설의 물음에 대답할

생각이 없는지 아무런 말도 하지 않은 채 이난설을 향해 다가
갔다. 그때였다.

"잠깐만요."

문득 봉황문주 여화의 말이 들려왔다. 그러자 허소산이 고
개를 돌려 여화를 바라봤다.

"그녀를 살려주세요."

뜻밖의 말에 허소산의 표정이 변했다.

"이 여인을 살려주라고 하셨습니까?"

"그래요. 부탁드려요."

봉황문주가 정중하게 말했다. 그러자 허소산의 고개를 저었
다.

"죄송합니다. 그 부탁은 들어드릴 수가 없군요."

"그녀를 꼭 죽일 필요는 없지 않나요?"

봉황문주가 허소산이 손을 쓸까 두려운지 서둘러 말했다.

"두 가지 이유가 있지요."

"왜 살려줄 수 없는 건가요?"

"첫 번째 이유는 감히 어르신을 그 지경으로 만들었으니 그
죄를 용서할 수 없습니다. 두 번째는 이대로 이 여인을 살펴
보내면 그녀는 필시 호천대야에게 달려가 오늘의 일을 모두
말할 테니 그 또한 살려두기 어려운 이유지요."

듣고 보니 과연 이난설은 살기 어려운 입장에 처해 있었다.
그런데 그때 문득 원보가 입을 열었다.

"소산, 그래도 그녀를 살려주어라."

"어르신, 이 일은……."

"네가 말한 두 가지 이유가 타당하다는 것은 나도 알고 있다. 그러나 첫 번째 이유는 내가 그녀를 용서하면 되는 것이고, 두 번째 이유는 그녀가 호천대야에게 돌아가지 않으면 되는 것 아니냐?"

원보의 말에 허소산의 고개를 저었다.

"그녀가 과연 돌아가지 않겠습니까?"

"난설… 나와 함께 있어."

봉황문주가 기회를 놓칠세라 얼른 이난설에게 말했다.

"문주, 아시지 않습니까? 전 대야를 떠날 수 없다는 것을!"

이난설이 고개를 저었다.

"난설, 돌아가겠다면 결국 죽게 될 거야."

"그것이 제 운명이라면 어쩔 수 없지요."

"난설, 그런 생각이라면 나와 같이 있어. 오늘 난설은 이 자리에서 죽은 거야. 난설이 어떻게 살아왔는지 나보다 잘 아는 사람이 있을까? 우리 두 사람은 비슷한 삶을 살아왔지. 지금까지 자신의 의지대로 살았던 시간이 단 하루라도 있었어?"

"……."

봉황문주의 물음에 이난설의 눈빛이 흔들렸다.

"그러니 난설, 죽을 생각은 말아. 아니, 오늘 이곳에서 난설은 죽은 거야. 그리고 새로 태어난 거지. 봉황문도, 금문도, 계림도, 오라버니도 모르는 사람으로 다시 태어나. 그리고 나와 함께 떠나자."

"문주……."

"죽는 것은 쉬워. 하지만 지금 목숨을 버린다고 뭐가 달라지
겠어. 우리 우리의 과거가 없는 곳에서 새롭게 시작해. 봐, 우
리가 오십 년 동안 살아온 인생에서 남은 게 뭐지?"

봉황문주가 두 손을 벌렸다. 그러자 이난설의 눈빛이 더욱
심하게 흔들렸다. 그러다가 아주 느리게 물었다.

"어디로… 가시려고요?"

그러자 봉황문주가 대답했다.

"지금은 몰라. 그저 배가 흘러가는 대로……."

그러자 허소산이 두 사람의 대화에 끼어들었다.

"이대로 떠날 수는 없습니다."

"우릴 데려가겠다는 건가요?"

봉황문주가 심각한 표정으로 물었다.

"그게 아니라 어르신의 몸으로는 지금 배를 탈 수가 없습니
다."

허소산의 말에 봉황문주가 그제야 원보가 치명적이 부상을
입고 있다는 것을 깨달았다. 그런데 그때 원보가 허소산을 보
며 말했다.

"소산, 괜찮다. 네가 허락한다면 난 오늘 이곳을 떠나고 싶
구나."

"어르신!"

"여화 잠시만……."

원보가 봉황문주의 손을 풀고는 그 자리에 가부좌를 틀고 앉았다. 그리고는 재빨리 운기를 해 자신의 몸 상태를 살폈다. 그렇게 일각 정도 지났을까. 문득 원보가 눈을 뜨고는 허소산에게 말했다.

　　"견딜 수 있을 것 같구나. 외상이 심하고, 피를 많이 흘려 기력이 쇠잔하기는 했지만 내상은 크지 않다. 배를 타고 요양을 하면 큰 위험을 없을 거야. 그러니……."

　　"어르신!"

　　"이 땅에 남아 있고 싶지 않구나. 이제 그만 돌아가고 싶다."

　　고려로 가고 싶다는 말이었다. 그런 원보를 허소산이 차마 말리지 못하고 있는데 숲에서 허산왕과 감천홍이 다가왔다.

　　"위험하오. 일단 하루 이틀 정양을 한 후에 떠나면 안 되겠소?"

　　허산왕이 안타까운 표정으로 물었다. 그러자 원보가 고개를 저었다.

　　"시간이란 것은 그 길이를 가늠할 수가 없는 법 아니오. 하루가 이틀이 되고 이틀이 열흘이 되고 다시 일 년, 그리고 평생이 되는 법이지. 그래서 사람들이 그렇게 질곡에 빠져 사는 것 아니오. 그러니 지금 떠나는 것이 좋을 것 같소. 감 녹사 자네도 왔군."

　　"어르신……."

　　"흐흠. 아이들은?"

그래도 떠오르는 것은 감명과 감아라인 듯싶었다.

"오겠다는 것을 겨우 떼어 놓고 왔습니다."

"으음… 잘했네. 이런 모습을 보여주지 않으니 얼마나 다행인가? 아… 그 아이들, 늘그막에 무슨 복인가 했었지. 후후후"

"정녕 떠나시렵니까?"

감천홍이 다시 물었다.

"그렇다네. 이 땅은 내 땅이 아니야. 자네들이 아니었다면 벌써 난 고려로 돌아갔을 거네."

그러자 감천홍이 천천히 고개를 끄덕이더니 허소산을 보며 말했다.

"소산, 보내드려야 할 것 같구나."

"하지만 녹사님……."

"어르신께서 스스로의 몸 상태를 모르실 리 있겠느냐?"

감천홍의 말에 원보가 자리에서 일어나며 말했다.

"감 녹사의 말이 맞다. 너에게 미치지는 못하지만 나도 고수다. 내 몸은 충분히 살필 수 있어. 걱정마라. 봐라. 벌써 부축 없이도 설 수 있지 않느냐?"

원보의 말처럼 그는 어느새 다른 사람의 부축이 필요없을 만큼 기력을 회복하고 있었다.

"정 떠나시겠다면 어쩔 수 없지요."

허소산이 고개를 끄덕였다.

"고맙구나. 그리고 미안하다. 혼자 떠나게 되어서……."

"아뇨. 오히려 잘 되었어요. 이제라도……."

허소산이 뭔가를 말하려다 봉황문주를 보는 것으로 말을 대신했다. 그러자 봉황문주가 차분하게 입을 열었다.

"걱정은 마세요. 제가… 잘 모실게요."

"그래주시겠지요?"

허소산이 여전히 불안함을 드러내며 물었다.

"절 믿어달라고 말할 수 있는 상황이 아니라는 것은 알지만, 그래도 절 믿어주세요."

봉황문주의 여화의 말에 허소산이 고개를 끄덕였다. 그리고는 다시 원보에게 물었다.

"어디로 가실 거예요?"

"글쎄다. 고려로 가긴 하겠지만 머물 곳을 정하지는 않았다."

"나중에 어디로 찾아가면 되겠소?"

허산왕이 다시 물었다.

"허허, 머물 곳을 정하지 않았는데 어찌 만날 곳을 말해드리겠소. 나중에… 내가 벽란도로 가리다. 몇 년 지나면 만재방도 결국 그곳에 있지 않겠소?"

"그렇지만 그때면 우리도 만재방을 떠날 것인데……."

"그래도 거처야 수소문할 수 있을 거요. 소산과 조명이 함께 있을 테니."

"음, 그도 그렇구려. 그리고……."

허산왕이 말을 끊고는 서둘러 품속에 환약을 하나 꺼냈다.

"청기환이오. 혹시 몰라 지니고 다니고 있었소. 급하니 이

거라도 복용하시구려."

허산왕의 말에 원보가 망설이지 않고 환약을 받아들였다. 그리고는 서슴없이 환약을 삼키고는 다시 운기에 들어갔다. 그러자 허소산이 재빨리 원보의 뒤쪽으로 다가가더니 그의 등에 손을 대고 가볍게 기운을 밀어 넣기 시작했다.

허소산이 운기를 돕기 시작하자 원보의 몸에서 뿌연 흑무들이 흘러나오기 시작했다. 부상으로 인해 만들어진 탁기들이 흘러나오는 것이었다.

운보의 운기는 이각여의 시간 동안 이어졌다. 그의 몸에서 흘러나오는 탁기들이 옅어지고 창백하던 그의 얼굴에 홍조가 돌기 시작하자 원보가 눈을 떴다. 허소산은 이미 그 이전에 그의 등에서 손을 뗀 상태였다.

"음… 한결 낫군."

원보가 고개를 끄덕이며 자리에서 일어났다. 그러자 허소산이 걱정스레 말했다.

"심맥도 몇 군데 상했어요."

"후후, 그새 그걸 살폈느냐?"

"완전히 회복하시려면 꽤 오래 걸릴 거예요."

"걱정마라. 무인도에서처럼 살면 되지."

원보는 오히려 즐거운 모양이었다. 원보가 봉황문주를 돌아봤다.

"그만 갑시다."

원보의 말에 봉황문주가 고개를 끄덕였다. 그리고는 한쪽에서 멍한 시선으로 서 있는 이난설에게 다가갔다.

"난설, 함께 가자."

"문주님… 전… 전……."

"오라버니를 배신하는 게 아니야. 새롭게 태어나는 거지. 새로 얻은 목숨까지 오라버니의 야망을 위해 희생하는 것은 어리석은 일이야. 가자."

"문주님……."

이난설이 오한에 걸린 사람처럼 사시나무 떨듯 떨었다. 그 모습에서 허소산은 이 풍월령의 고수들이 얼마나 김류에게 강한 복종심을 갖고 있는지 깨달았다. 아마도 김류를 떠난다는 것이 그들에게는 죽음보다도 두려운 일인 듯싶었다.

그러나 결국 이난설은 봉황문주 여화의 손길을 뿌리치지 못했다. 사람이라면 누구나 가지고 있는 가슴 깊은 곳의 자아의 힘이 그녀를 김류에 대한 두려움을 이겨내게 만들었다.

"가요."

봉황문주가 원보에게 말했다. 그러자 원보가 고개를 끄덕였다.

"소산! 뒷일을 부탁한다. 너라면 모든 것을 제자리로 돌릴 수 있을 게다."

"다시 뵐게요."

"두 분, 소산을 잘 부탁하오."

원보가 허산왕과 감천홍의 손을 잡으며 말했다.

"부디 몸을 보중하시오."

"곧 뵙기를 바라겠습니다."

허산왕과 감천홍이 아쉬운 빛으로 작별 인사를 했다. 그러자 원보가 거침없는 발걸음으로 해안가를 향해 걷기 시작했다.

철썩철썩!

파도가 새벽을 몰고 오는 바람에 더욱 강하게 소리를 냈다. 그 위에 한 척의 배가 떠 있었는데 바다를 건너기에는 지나치게 작아 보이는 배였다.

그러나 원보와 봉황문주 여화, 그리고 이난설은 망설임없이 배에 올랐다. 세 사람이 배에 오르자 허소산이 검을 들어 해안가 바위에 매여져 있던 밧줄을 끊었다. 그러자 배가 더욱 심하게 요동을 치더니 서서히 바다로 밀려나가기 시작했다.

"소산! 네가 있어 행복했다!"

"앞으로도 행복하세요!"

허소산이 소리쳤다.

"그래, 너도 잘 살아야 한다."

"제 걱정은 마세요."

허소산이 대답했다. 그러자 원보가 더 이상 말을 하지 않고 손을 들어 힘차게 흔들었다. 원보의 손짓은 배가 바다의 어둠 속으로 완전히 사라질 때까지 이어졌다.

           *   *   *

  우울한 기운이 며칠 동안 장원을 떠돌았다. 원보의 빈자리
는 생각보다 컸다. 감명과 감아라는 여전히 아침저녁으로 원
보가 머물던 방의 문을 열어보았다. 어쩌면 한밤의 꿈처럼 아
침이 오면 원보가 그곳에 와 있을 거라고 생각하는 지도 몰랐
다.

  허소산 역시 가끔 원보의 숙소를 서성였다. 벽란도에서 해
적의 배에 오른 이후 원보는 그에게 아버지이자 스승이었다.
허산왕을 만난 이후에도 원보는 사냥꾼 허산왕이 줄 수 없는
것들을 허소산에게 전해주었다.

  그런 원보의 부재가 가져오는 공허함은 하루 이틀에 극복될
수 있는 것이 아니었다. 그건 허산왕이나 감천홍도 마찬가지
여서 그들은 한데 모여 있어도 가끔 말을 잃고 침묵으로 원보
의 빈자리를 그리워하곤 했다.

  그러나 죽음으로 떠난 사람의 자리조차도 세월은 메워나간
다. 하물며 고려 땅 어딘가에 살고 있을 원보가 아니던가. 십
여 일이 지나자 서서히 사람들이 일상으로 돌아가기 시작했
다.

  감명과 감아라는 다시 밝게 웃음을 터뜨리기 시작했다. 어
른들은 강호의 일에 관심을 기울이기 시작했다. 그리고 그즈
음에 때맞춰 강호에 큰 파장을 몰고 올 일이 생겼다.

"저들이 반격을 시작했습니다."

아침 일찍 허소산을 찾아온 설도우가 신중한 어조로 말했다.

"어딜 공격했죠?"

허소산이 물었다.

"일단 영웅맹은 북방으로 올라가는 대운하까지 길을 차단했습니다. 이렇게 되어서는 금천장이 더 이상 버틸 수 없습니다. 내륙으로 이동하는 모든 상로가 막힌 것이나 다름없으니까요. 지금으로서는 겨우 바닷길을 통해 상선들을 움직이는 것이 전부입니다."

"대운하를 막았다면… 정말 야율거공이 승부를 보려는 모양이군요."

"아마도 그런 듯합니다."

설도우가 대답했다. 영웅맹은 석인협에 대한 풍월령의 공격을 그대로 덮어두지 않았다. 석인협에서 풍월령을 물리친 영웅맹은 대륙으로 향하는 모든 상로에서 금천장의 상행을 막고 있었다.

그 와중에 벌어진 크고 작은 혈전에서 영웅맹의 고수들도 많이 상하기는 했지만 그 어느 곳도 길이 뚫린 곳은 없었다. 어쩌면 당연한 결과일지도 몰랐다. 세력 면에서 풍월령은 절대삼문과 사천맹이 합류한 영웅맹을 당해낼 수 없기 때문이었다. 더군다나 풍월령의 기반은 금천장, 금천장이 비록 발톱을 숨긴 이리였다고 했도 그들이 상가에서 출발했다는 것은 움직일 수 없는 사실이었다.

상가를 중심으로 이뤄진 풍월령이 무가들이 모인 영웅맹을 무력으로 상대하는 것에는 한계가 있었다. 더군다나 세력의 부족을 메워줄 것으로 기대했던 봉황문주와 목인몽의 부재는 풍월령을 더욱 위기로 몰아넣고 있었다.

"이겨낼 수 있을까요?"

허소산이 물었다.

"다른 곳은 모르겠지만 적어도 항주에서는 버틸 수 있을 듯합니다. 그리고 결국에는 항주에서 승부를 보려 하겠지요. 전장을 넓혀서야 세력이 부족한 풍월령이 영웅맹을 상대할 수는 없으니 말입니다."

"하면 광조산을 공격할 거란 말인지요?"

감천홍이 조심스럽게 물었다. 그러자 설도우가 고개를 저으며 말했다.

"광조산을 공격하는 것은 무모한 일이오. 아마 김류는 어떻게 해서든 영웅맹의 고수들을 자신이 원하는 곳으로 끌어들이려 할 거요. 그리고 그곳에서 건곤일척의 승부를 보겠지. 그것이 지금 김류가 선택할 수 있는 유일한 방법일 거요."

설도우의 말에 장내의 사람들이 천천히 고개를 끄덕였다.

"어쨌거나 이제 종국을 향해 가는군. 난 양쪽이 수년을 두고 겨룰 줄 알았는데 의외로 서로의 행보가 빠른데?"

허산왕이 고개를 갸웃하며 말했다.

"그러게 말입니다. 애초부터 강호를 이분하는 것은 그들의 관심사가 아니었다는 말이지요. 김류나 야율거공이나 정말 대단한 야심가들입니다."

감천홍도 고개를 끄덕이며 대답했다. 그런데 그때 문득 전조명이 문을 열고 들어왔다.

"소산! 손님이 왔어."

"손님?"

"응, 나와 봐."

전조명의 표정이 샐쭉하다. 그건 곧 허소산을 찾아온 손님이 썩 마땅치 않다는 의미였다. 허소산이 전조명의 태도에 의아한 표정을 지으며 밖으로 나갔다. 그러자 적화궁주 무소향이 허소산의 숙소 앞 정원에서 수목들을 보며 서 있었다.

"궁주께서 어인 일이십니까?"

허소산이 급히 적화궁주 무소향에게로 다가갔다.

"파 대협, 잘 지내셨나요?"

무소향의 예의 그 부드러운 미소를 보이며 인사를 건넸다.

"저야 뭐… 그런데 정말 어쩐 일이십니까?"

그동안 생사련의 일은 언제나 아랫사람들을 보내 상의하던 무소향이었다. 그런데 그런 그녀가 직접 허소산을 찾아왔다는 것은 특별한 일이 있다는 의미였다.

"긴히 상의드릴 일이 있어서 왔어요."

"무슨 일이신데 궁주께서 직접……?"

"차 한 잔 주시지도 않으시는 건가요?"

무소향이 미소를 지으며 물었다. 그러자 그제야 허소산의 실태를 깨닫고는 얼른 입을 열었다.

"죄송합니다. 들어가시지요. 이쪽으로……."

허소산이 얼른 고개를 숙여보이고는 적화궁주를 자신의 거처로 이끌었다. 그러자 전조명이 여전히 못마땅한 표정으로 적화궁주를 바라본 후 서둘러 두 사람의 뒤를 따랐다.

적화궁주가 한 장의 서찰을 허소산에게 건넸다. 허소산이 말없이 서찰을 펼쳤다. 그리고는 한참 동안 서찰에 시선을 두고 있다가 입을 열었다.

"그가 급하긴 한가 보군요."

"그런가 봐요."

적화궁주가 대답했다.

"무슨 일인데 그럽니까?"

허산왕이 물었다. 무소향 앞에서는 여전히 파금검인 허소산이었다.

"생사련과 풍월령을 합치자는 군요."

"김류가 말입니까?"

"예."

허소산이 대답을 하며 서찰을 허산왕에게 넘겼다. 그러자 허산왕이 서찰을 받아 슬쩍 보고는 감천홍에게 넘겼다.

"다른 곳의 의견을 들어보셨습니까?"

허소산이 무소향에게 물었다. 그러자 무소향이 고개를 저었다.

"일단 파 대협의 의견이 중요할 것 같아 아직 전하지 않았습니다."

그런데 그때 문득 서찰을 읽고 있던 감천홍이 말했다.

"그런데 조금 이상하군요."

"뭐가 말인가?"

허산왕이 물었다.

"서로 힘을 합치자면 그들이 직접 생사련의 고수들을 찾아오든지 아니면 풍월령으로 생사련의 수뇌를 초청하는 것이 보통 아니겠습니까?"

"그렇지. 그러하지."

"그런데 현황산에서 만나자니 이상하지 않습니까?"

"음, 듣고 보니 그렇기도 하군. 하지만 뭐, 영웅맹의 이목을 피하기 위해서일 수도 있지 않은가?"

"그렇다면 더욱 이상하지요."

"더 이상하다니?"

"현황산은 광조산과 그리 멀지 않은 곳입니다. 같은 장강의 남쪽 기슭이고, 배를 타고 이동하면 채 한 시진이 걸리지 않을 겁니다. 회합을 적의 코앞에서 하자는 것 아닙니까?"

감천홍의 말에 그제야 허산왕이 고개를 갸웃했다.

"자네의 말을 듣고 보니 정말 이상한 일이군. 이런 경우는 대체로… 덫이 있다는 말인데……."

말꼬리를 흐리며 허산왕이 허소산을 바라봤다. 그러자 허소산도 심각한 표정으로 무소향에게 말했다.

"장소를 왜 현황산으로 정했는지 그 이유에 대해선 설명이 없었습니까?"

"전언을 가지고 온 자가 이런 말을 하더군요. 생사련의 수뇌들이 과연 영웅맹을 상대로 스스로를 지킬 능력과 담력이 있는지 보고 싶어 하신다고……. 만약 현황산에 올 용기가 있다면 풍월령과 동등한 세력으로 인정을 하겠다고 하더군요."

"음, 현황산에 올 용기가 없다면 지금이라도 알아서 자신의 밑으로 들어오라는 말이군."

허소산의 중얼거렸다.

"그렇지요. 일종의 협박이라고 할 수 있지요. 또한 우리가 현황산에 가면 생사련이 영웅맹을 적대하고 있다고 사람들이 믿을 테니 풍월령으로서는 손해 볼 것이 없는 초대라고 할 수 있지요."

"교활한 머리를 쓰는구먼!"

허산왕이 못마땅한 표정으로 중얼거렸다.

"어찌 생각하세요?"

무소향이 허소산에게 다시 물었다. 그러자 허소산이 잠시 생각에 잠겼다가 나직하게 입을 열었다.

"어쩌면 현황산에서 모든 일을 끝낼 수도 있겠군요."

"무슨 말씀이신지?"

"김류의 초대에 응하지요."

허소산이 눈빛을 반짝이며 말했다.

第八章
큰 장(場)이 서다

독경
讀經

　"생사련과 영웅맹, 거기에 추룡사 강초까지……. 정말 이곳에서 싸움을 끝낼 생각인 거냐?"

　허산왕이 허소산에게 물었다. 두 사람은 장강의 지류 세 줄기가 기이한 형태로 모여든 후 다시 동쪽으로 빠져나가는 곳을 바라보고 있었다. 이미 두 사람이 그곳에 머문 지 두어 시진, 기이하게도 눈앞의 강줄기는 태양의 위치에 따라 그 빛이 변했으며, 수색(水色)이 변함에 따라 주변 숲도 옷을 갈아입었다.

　"그 스스로 무덤 자리를 찾았으니 그가 원하는 대로 해주어야지요."

　허소산이 대답했다.

"음… 그자를 잡을 수 있을까?"

"이곳의 지형을 보면 충분히 가능할 것 같아요."

"하긴. 기이한 산세이기는 하구나. 난 세상에 이렇게 기이한 곳이 있을 거라고는 생각지 못했다. 시시각각 수색과 산색이 변하니 마음이 혼란스러워 머물기가 편치 않구나."

"하지만 이런 곳을 좋아하는 사람도 있을 걸요?"

"경박한 자들은 그러하겠지."

"이곳의 물빛과 산빛이 수시로 변하는 것은 지형 때문이에요. 산의 경사도와 강의 모양, 그리고 적당한 유속이 만들어내는 현상이지요. 특히 중요하는 것은 장강으로 이어지는 지류가 제법 많다는 거예요. 각 지류들이 마치 성을 에워싼 수로 역할을 해서 들고 나는 길이 한정될 수밖에 없어요. 그게… 김류에게 몰락을 선물할 거예요."

"함정을 파겠다는 말이냐?"

"옛 고사에 한의 대장군 한신이 초왕 항우를 잡기 위해 십면매복의 계를 쓴 적이 있지요."

"그런 일이 있었냐?"

허산왕은 서책을 가까이한 사람이 아니라서 초한의 싸움을 알 리 없었다.

"예, 그 싸움에서 대장군 한신이 이겨서 한나라가 천하를 통일하게 되었어요."

"그럼 너도 이곳에 그 십면매복인가 뭔가 하는 것을 펼치겠다는 것이냐?"

"십면은 아니고 다섯 갈래의 길을 막을 거예요. 그러면… 김류는 독안에 든 쥐가 될 거예요."

허소산이 자신있게 말했다. 그러자 허산왕이 물었다.

"사람이 많이 상하겠구나."

"아버지가 뭘 걱정하시는지 알아요. 그러나 너무 걱정 마세요. 물론 약간의 희생은 있을 거예요. 하지만 생각보다 많은 사람이 죽지는 않을 거예요. 덫은 오직 김류와 풍월령 수뇌들을 위한 것이니 다른 사람들은 덫을 빠져나가도록 놓아주면 되니까요."

"음… 하지만 그의 수하들을 놓아주면 그들에 의해 덫이 뚫리지 않을까?"

"그들이 다시 돌아올 생각을 하지 못하게 하면 되겠지요."

"휴… 난 도통 이렇게 큰일은 상상이 되지 않는구나. 아무튼 이번 일은 결국 우리가 고려로 돌아갈 수 있느냐를 결정하는 일이니 신중히 행하도록 해라."

"걱정 마세요, 아버지. 김류 그자가 아주 좋은 장소를 잡아 주었어요. 이상한 일이지요? 사냥감이 스스로 사냥당할 곳을 정하다니."

허소산이 다시 현황산을 둘러보며 말했다. 여전히 산은 아름답고 물색은 수시로 변하고 있었다. 그때 문득 허산왕이 탄식하며 말했다.

"이럴 때는 원 노사가 있으면 좋을 것을……. 그러면 네게 큰 도움을 줄 수 있었을 거야. 현명한 사람이니까."

"아버지도 큰 도움이 돼요."

"무슨 소리, 나 같은 무식쟁이야……."

"아니에요. 저와 이렇게 함께 있어주시는 것만으로도 얼마나 든든하다고요."

허소산의 말에 허산왕이 흐뭇한 미소를 지으며 허소산의 어깨를 툭 건드렸다. 두 사람은 그렇게 한 동안 현황산에 머물다가 다시 항주의 장원으로 돌아왔다.

*　　　*　　　*

배는 허소산을 대해로 데려갔다. 시원한 바닷바람이 몸을 쓰치고 지나자 허소산은 영혼까지 상쾌해지는 것을 느꼈다. 근 며칠간 현황산에서의 일을 계획하느라 무거웠던 머리가 한 순간에 정화되는 느낌이었다.

"생사련에 든 문파의 고수들이 항주에 근접하고 있다는 전갈이 왔습니다."

문득 설도우가 말했다. 그러자 허소산이 고개를 끄덕였다.

"며칠 남지 않았으니까요."

허소산이 대답했다.

"저들이… 눈치채지 않을까요?"

설도우가 근심스런 표정으로 물었다.

"그래서 구룡문의 힘이 필요한 거지요."

"음, 구룡문이 나서준다면 일이 쉽기는 하겠으나 과연 구룡문에서 위험을 감수할지……. 그들도 생사련의 일파라고는 하나 이번 일을 행하기 위해선 구룡문의 존망을 걸어야할 수도 있지 않습니까?"

"맞아요. 그래서 제가 구룡문주를 만나 설득을 하려는 거예요."

허소산이 고개를 끄덕였다.

"만약 그가 허락하지 않으면 어쩌실 생각입니까?"

"그래도 그물을 치는 것은 가능해요. 단지 그물이 무척 헐거워지겠죠."

허소산의 대답하는 이번엔 허산왕이 입을 열었다.

"그런데 소산아."

"네, 아버지."

"좀 전에 설 노사께서 말씀하시는 것을 들으니 이번에 오산 금림에서 나온 사람들을 금림의 소림주가 이끌고 있다고 하더구나."

허산왕의 말에 허소산이 놀란 눈으로 설도우를 바라봤다.

"정말인가요?"

허소산이 묻자 설도우가 겸연쩍은 표정으로 고개를 끄덕였다.

"그, 그렇습니다."

"그런데 왜 제게 그 말씀을 안 하신 거죠?"

"그건. 아원의 당부가 있어서… 아원이 오는 것을 경주께 말씀드리지 말라는 부탁을 따로 받았습니다."

"왜 그런 부탁을……?"

"만약 아원이 출도하는 것을 경주께서 아시면 혹여라도 말리실까 해서……."

"제가 왜 소림주의 출행을 말리나요?"

"그, 그것이… 만재방의 전 소저 때문에……."

그러자 허소산이 어리둥절한 표정으로 다시 물었다.

"조명은 또 왜요?"

"아니, 정말 모르시는 겁니까?"

설도우가 조금 답답하다는 듯 되물었다. 설도우는 비록 백여 세에 이른 사람이지만 허소산을 대하는 것은 극진하기 이를 데 없었다. 신황림의 사람들에게 독경의 경주는 곧 신이나 다름없기 때문이었다. 그러니 그런 설도우가 이런 모습을 보이는 것은 무척 특별한 일이라고 할 수 있었다.

"무슨 말씀인지 정말 모르겠군요."

허소산이 고개를 저었다. 그러자 곁에서 두 사람의 대화를 지켜보고 있던 허산왕이 다시 입을 열었다.

"소산아. 넌 세상일에는 나이답지 않게 똑똑하면서 어찌 네 주변의 일에 대해서 그리 무감한 것이냐? 애초에 그 오삼금림의 소림주라는 여인은 네게 연정을 품고 있다지 않았느냐?"

"그랬나요?"

허소산이 겸연쩍은 표정으로 설도우에게 물었다.

"허! 정말 모르셨습니까?"

설도우가 기가 막힌 듯한 표정을 지으며 되물었다.

"전 그저 오산금림의 위기를 벗어나게 해준 것 때문에 호의를 지니고 있다고 생각했었는데……."

"아라에게 못 들으셨습니까?"

"아라가 왜요?"

"오산금림을 떠날 때 소림주가 아라에게 경주님이 강호에서 다른 여인에게 눈길을 주지 못하게 하라는 부탁을 했다고 합니다. 그 정도라면 아원이 경주님을 어떻게 생각하는지는 명확한 것 아닙니까?"

"아라가 그런 말은 하지 않던데……."

"후후, 그 녀석은 이미 말을 갈아탔으니 당연한 일이지요."

"말을 갈아타다니요?"

"경주님에 관한한 아원에게서 전 소저쪽으로 말을 갈아탔다는 거지요. 뭐 어쨌든 아원도 전 소저의 존재를 알게 되었기에 혹시라도 아원의 등장을 경주께서 불편해 하실까 봐 자신의 출행을 숨겨달라는 부탁을 한 것입니다."

설도우의 말에 허소산이 고개를 저으며 말했다.

"큰 문제가 되겠어요?"

"그게 그렇게 쉬운 문제는 아니란다. 본시 여인의 마음이란 종잡을 수가 없는 법이다. 그러니 돌아가서는 행동을 조심해야한다."

허산왕이 정색을 하며 말했다.

"그런가요?"

"그렇습니다. 물론 아원이나 전 소저나 모두 마음이 악한 사람은 아니지만 그래도 작은 분란은 일어날 수 있지요. 마음에 상처를 남기는 사람이 있을 수도 있고… 물론 아원의 경우가 되겠지만."

"알겠어요. 그럼 조심하도록 하지요."

허소산이 고개를 끄덕이는 배의 중앙에서 한 사람이 허소산 일행이 있는 곳으로 다가왔다.

"다 왔습니다."

중년의 사내는 마른 몸이기는 했으나 호방한 얼굴을 가지고 있어서 누구라도 호감을 느낄 만한 인물이었다.

"문주께선 어디 계시오?"

설도우가 묻자 중년 사내가 손을 들어 바다의 저편을 가리켰다. 그러자 그의 손끝에 거뭇한 그림자가 걸렸다. 배였다.

열두 척의 배가 길게 늘어서 허소산이 탄 배를 맞이했다. 허소산이 탄 배는 마치 둥지로 들어가는 새처럼 열두 척의 배가 만들어내는 바다 위의 진영으로 들어갔다.

허소산 일행을 맞이한 열 두 척의 배는 세간에서 쉽게 볼 수 없는 모습을 하고 있었다. 배 위쪽으로 단단한 등나무들을 덮어 외부의 공격을 막을 수 있게 하였고, 그 중앙에는 하늘 높이 솟구친 돛대가 서 있었다. 돛대 아래에 작은 누대가 있어 배를 움직이고 사방을 살필 수 있는 공간이 마련되어 있었는데, 그 누대 말고는 배 위에 사람이 올라설 공간이 거의 없었다.

"해전을 위해 만든 전선을 보는 것 같군."

바다 위에 늘어선 열두 척의 배를 보면서 허산왕이 중얼거렸다. 그러자 그들을 이곳까지 데려온 중년 사내가 입을 열었다.

"어르신의 말씀이 맞습니다. 이 배들은 해전을 위해 만들어진 배입니다. 본시 본 문에는 백여 척에 이르는 배가 있습니다만, 그중에서도 이 배들은 특별하지요. 문주께서 직접 움직이실 때만 바다에 나오는 배이기도 합니다."

"그런데 저래서는 사람이 많이 타기 어렵지 않소?"

이번에는 설도우가 물었다. 그러자 중년 사내가 고개를 저었다.

"그렇지가 않습니다. 배를 덮은 지붕은 평시에는 갑판 옆에 세우는 방패로 내려놓을 수도 있습니다. 그리고 그 아래쪽 공간이 제법 넓어 적어도 한 척에 수십 명의 사람이 탈 수 있지요."

"음… 과연 대해를 장악한 구룡문답소이다."

설도우의 칭찬에 중년 사내가 기꺼운 표정을 짓다가 한순간한 척의 배를 가리키며 말했다.

"아, 저기 문주님이 나와 계시는군요."

사내의 손짓에 허소산 등이 시선을 돌리니 과연 열두 척의 배 중 하나가 다른 배들과는 다른 모양으로 허소산이 탄 배를 향해 다가오고 있었다. 중년 사내가 말한 대로 외부의 공격을 방비하기 위해 배 위를 덮었던 판자들을 갑판 측면으로 걷어낸 모습으로 다가오는 배 위에는 굴강한 모습의 노고수 한 명이 위엄있는 모습으로 서 있었다.

"저분이 문주이십니다."

중년 사내의 말에 허소산이 대답했다.

"지난 번 창룡곡의 회합에서 뵌 적이 있소."

"아, 그렇군요. 그때 만나 뵈셨군요."

중년 사내가 고개를 끄덕였다. 그러는 사이 구룡문의 문주 장산조가 탄 배가 어느새 허소산이 탄 배의 오장 거리까지 다가와 움직임을 멈췄다.

"파 대협! 다시 뵈어 반갑소!"

창룡곡에서 생사련의 첫 회합이 열릴 때 보았던 장산조다. 그러나 뭍에서 보던 그와 바다 위에서 보는 그는 전혀 달랐다. 허소산은 마치 지금껏 만나보지 못했던 전혀 다른 사람을 보는 듯한 느낌으로 장산조를 보며 포권을 해보였다.

"그간 평안하셨습니까?"

"덕분에 잘 지냈습니다. 하하하!"

장산조가 호탕한 웃음을 터뜨렸다. 그러는 사이 두 배 사이에 나무로 만든 세 개의 다리가 놓여졌다.

"건너시지요."

허소산을 데리고 온 중년 사내가 다리가 놓이자 허소산을 건너편 배로 이끌었다. 허소산과 허산왕 그리고 설도우는 망설이지 않고 구룡문주 장산조가 타고 있는 배로 건너갔다.

"어서 오시오."

반대편 배로 넘어오자 장산조가 허소산에게 가까이 다가서며 다시 한 번 허소산을 반겼다.

"이렇게 초대해 주셔서 감사합니다."

허소산이 호탕한 목소리로 대답했다.

"하하, 오히려 내가 미안하게 되었소이다. 항주에서의 일이 바쁠 터인데 바다로 오시라 해서……."

"남쪽을 다녀오시는 길이라 들었습니다. 가셨던 일은…?"

"음, 나쁘지는 않소이다. 해천방 놈들을 멀리 광주 인근까지 밀어버리고 왔소이다. 놈들의 피해가 적지 않으니 적어도 일 년 안에는 황해로 도발해 오지는 못할 것이오."

"역시 바다에선 구룡문이 천하제일이군요."

"하하하, 그리 말씀해 주시니 고맙소이다. 자, 여기서 이럴 것이 아니라 선실로 들어가십시다."

장산조를 따라 들어간 선실은 간결하기 이를 데 없었다. 벽에는 황해를 중심으로 그려진 해도가 걸려 있었고, 다른 한쪽에는 여러 병기들이 걸려 있었다. 누가 보아도 바다를 터전으로 살아가는 무인의 공간임을 알 수 있었다.

장산조가 허소산 일행을 선실 가운데에 놓인 탁자로 인도했다. 그리고는 허소산 등이 자리를 잡고 앉아 정색을 한 표정으로 물었다.

"진정 현황산에서 풍월령을 제압할 생각이시오?"

장산조의 물음에 허소산이 고개를 끄덕였다.

"그럴 생각입니다."

"음… 너무 성급한 것 아니오? 처음 생사련을 조직할 때는 이렇게 전면적으로 영웅맹이나 풍월령과 싸우려던 것은 아니었지 않소이까? 단지 저들이 우리를 도발하지 못하게만 하려던 것 아니오?"

장산조가 심각한 표정으로 물었다. 장산조의 말이 틀린 것은 아니었다. 그의 말대로 생사련은 그야말로 영웅맹과 풍월령에 속하지 않은 문파들이 살아남기 위해 만든 세력이었다. 생사련이 만들어질 때 이런 대규모의 싸움을 할 것이란 건 누구도 예상치 못한 일이었다.

"그 생각은 변함이 없습니다. 그럼에도 이 싸움을 할 수밖에 없는 것은 우려한대로 그들이 우리를 도발해 왔기 때문이지요."

허소산이 담담하게 대답했다.

"음, 적화궁주에게 풍월령에서 서찰을 보내온 이야기는 들었소."

"우리가 아무 준비없이 현황산에 가거나 혹은 김류의 초청을 거절하고 현황산이 가지 않거나, 결국 김류는 생사련을 향해 발톱을 들이댈 것입니다. 작금의 상황이 김류가 그런 무리수를 두지 않고는 영웅맹을 상대할 수 없는 지경이니까요."

"음, 풍월령이 영웅맹에 크게 손해를 보았다는 말은 들었소. 휴… 어쩔 수 없는 일이지. 걸어온 싸움을 마다할 수는 없으니. 그래 내가 해야 할 일은 뭐요?"

장산조가 물었다.

"이번 싸움에서 우리 생사련이 큰 손실 없이 저들을 상대하려면 구룡문의 활약이 가장 중요합니다."

"계획을 말해주시오."

장산조가 재촉하자 허소산이 한 장의 지도를 장산조 앞에 펼쳐놓았다.

"이건 현황산 주변을 그린 지도입니다."

"음… 보자. 묘한 곳이구려."

"그렇습니다. 장강의 지류들이 세 갈래로 들어왔다가 산을 끼고 한 줄기로 나아가지요. 또한 영웅맹에서의 거리가 채 반 나절 거리도 안 됩니다. 고수라면 단 한두 시진 안에 도착할 수 있는 거리지요."

"김류의 의도가 보이는구려. 영웅맹을 자극하려는 것이겠구려."

"그렇습니다. 만약 영웅맹이 김류의 예상대로 현황산에 나타난다면 김류가 친 그물에 걸리겠지요. 영웅맹이 오지 않는다 해도 김류는 우리 생사련을 얻을 수 있다고 생각하고 있을 겁니다. 그 그물을 이용해서……."

"하면 어찌 그를 상대할 생각이오?"

"영웅맹이 오면 풍월령과 영웅맹의 양패구상을! 그들이 오지 않으면 김류의 그물을 다시 우리 생사련의 그물로 가둘 것입니다. 그러나… 역시 영웅맹이 오겠지요. 생사련과 풍월령이 하나가 되는 것을 두고 보지는 못할 테니까요. 그래서 구룡문의 힘이 필요합니다."

"내가 할 일이 뭐요?"

장산조가 물었다.

"김류는 아마도 우리가 그의 초대에 응한다고 해도 수뇌들만이 현황산에 올 것이라고 생각할 것입니다. 이건 말 그대로 초대에 의한 회합이니 말입니다. 그렇게 생사련의 수뇌를 현황산에 불러놓고 풍월령의 그물로 생사련의 수뇌들을 제압하려 하겠지요. 그런데 만약 우리가 그의 예상대로 움직이지 않고 다수의 고수들을 몰고 가면 그는 결코 현황산에서 일을 벌이려 하지 않을 겁니다. 준비된 자들도 뒤로 물리겠지요. 그러니 우리가 그를 역으로 제압하려면 그가 모르게 생사련의 고수들을 현황산으로 데려가야 합니다."

그러자 장산조가 허소산의 말을 금세 알아듣고는 고개를 끄덕였다.

"배를 이용하자는 말이구려."

"그렇습니다. 구룡문의 배는 천하에서 가장 빠르다고 들었습니다. 현황산의 회합이 시작될 때까지는 항주 앞바다에 머물다가 그들의 경계가 풀어진 틈을 타 배를 몰고 장강을 거슬러 올라 현황산에 도착한다면 그들을 오히려 함정에 가둘 수 있을 것입니다."

허소산의 말에 장산조가 고개를 갸웃했다.

"파 대협의 계책이 좋기는 하오. 그러나 내가 생각하기에 이 계책에는 두 가지 문제가 있구려."

"말씀하시지요."

"하나는 비록 본 문의 배가 빠르다고 해도 항주 앞바다에서 장강을 거슬러 현황산에 도달하려면 족히 두어 시진의 시간이 필요할 거요. 그건 결코 짧은 시간이 아니오. 과연 현황산에서 두 시진 동안 풍월령의 상대로 시간을 벌 수 있겠소?"

　장산조의 물음에 허소산이 미소를 지으며 대답했다.

　"그 일은 걱정 마십시오. 제가 현황산의 일은 책임을 지지요."

　"음, 파 대협의 무공을 알고는 있지만, 일이란 것이……."

　장산조가 허소산이 자신을 너무 과신한다고 생각했는지 우려의 눈빛을 보이며 말꼬리를 흐렸다.

　"문주께서 무슨 걱정을 하시는지 잘 알고 있습니다. 하지만 저도 소문처럼 그렇게 무모한 사람은 아닙니다. 영웅맹을 이용하며 두어 시진은 충분히 벌 수 있을 것입니다."

　"영웅맹을 이용한다면, 그들과 손을 잡겠다는 것이오?"

　"그건 아니지요. 단지 그들이 현황산으로 오면 자연히 시간을 벌 수 있을 것이고, 그들이 오지 않는다면 몇 명의 사람으로 영웅맹을 대신할 수 있을 것입니다. 영웅맹이 온다면 김류는 결코 현황산에 들어간 생사련의 고수들을 함부로 위협할 수 없을 겁니다."

　"그건 그럴 거요. 한 싸움에서 두 개의 강적을 만들 수는 없을 테니… 좋소. 그건 파 대협의 계획대로 된다고 합시다. 그러나 다른 하나의 문제가 또 있소."

　"말씀하시지요."

허소산이 고개를 끄덕이자 장산조가 손을 들어 지도의 한 부분을 가리켰다.

"이곳이 어딘 줄 아시오?"

"무령협이군요."

"그렇소. 이곳에 뭐가 있는 지 아시오?"

"그곳에 머물고 있는 송의 수군들을 걱정하시는 것이군요."

"맞소이다. 비록 송의 병력이 오합지졸이라 해도 이곳에 주둔하는 수군들의 전력은 보통이 아니오. 그런 그들이 우리의 움직임을 두고만 보겠소? 그들에게 길이 막히면 우리의 계획은 성공할 수 없을 거요."

"그 일은 걱정 마십시오."

허소산이 자신있게 말했다.

"방법이 있다는 말이오?"

"송의 수군은 움직이지 않을 겁니다."

"그걸 어떻게 확신하시오?"

"통판 왕대계가 우릴 도울 것이기 때문입니다."

"통판 왕대계? 그가 정말 우리를 돕는단 말이오?"

장산조가 놀란 표정으로 지으며 물었다.

"그렇습니다. 그러니 장강으로 진입하는 것은 걱정할 필요가 없지요."

"음, 그렇다면 이건 정말 해볼 만한 싸움이구려. 매복을 하면 적에게 노출될 수도 있지만 이 방법은 적에게 노출될 걱정도 없으니……."

장산조가 고개를 끄덕였다. 그러자 허소산이 다시 입을 열었다.

"일단 현황산에서 김류를 제압하는 것과 동시에 또 다른 고수들이 풍월령을 급습할 것입니다."

"아예 이참에 뿌리를 뽑자는 것이구려."

"맞습니다. 연후에는 만재방이 금천장의 모든 팔다리를 자를 것이니 더 이상 그들은 항주에 존재치 못하게 되겠지요."

"음, 참으로 큰 그물이구려. 알겠소이다. 우리 구룡문의 배를 동원하지요."

장산조가 허소산의 계획을 승낙하자 허소산이 가볍게 고개를 숙여보였다.

"문주님의 결단에 감사드립니다."

"아니올시다. 사실 생사련이 만들어졌다고는 해도 김류가 구룡문에 가해오는 압박이 녹록치 않았소이다. 이참에 그에게 구룡문의 힘을 보여주는 것도 통쾌한 일일 것이오."

장산조가 호기로운 표정으로 말했다. 허소산은 장산조의 배에 한 시진 정도를 더 머물렀다. 그리고는 해가 질 녘 장산조의 배를 떠나 다시 뭍으로 돌아왔다.

*   *   *

삼십여 명의 무리가 가벼운 경장차림으로 산길을 걷고 있었다. 한 문파에 속한 사람들이 아니라는 것은 그들의 행색을 보

는 순간 알 수 있었다. 그러나 남녀와 노소가 뒤섞인 무리에게
한 가지 공통점은 있었다. 그건 바로 이들이 모두 무공의 고수
라는 사실이었다.

산길의 걷는 그들이 발걸음은 일신에 지닌 무공이 범상치
않음을 보여주듯 가벼웠다. 가을로 접어들어 길 위에 쌓인 낙
엽조차도 그들의 발걸음에 부서지지 않았는데 그건 그들이 무
의식 중에 몸의 무게를 분산시키는 경지에 이른 사람들이란
점을 말해주는 것이다.

구구구!

한순간 한 마리 전서구가 일행들 머리 위에 나타났다. 그리
고는 크게 원을 한 바퀴 돌며 자신의 주인을 찾더니 이내 일행
들 중 경국지색의 미모를 지닌 여인의 팔 위에 내려앉았다.

"영웅맹이 움직였다는군요."

전서구를 받아든 여인이 말했다. 적화궁주 무소향이었다.

"계획대로 일이 진행되는구려."

지금은 파금검으로서 일행을 이끌고 있는 허소산이 진중한
목소리로 대답했다.

"방금 전 광조산을 떠났다고 하니 늦은 밤에 현황산에 진입
할 것 같아요."

"철저하게 기습을 하겠다는 말이군."

한쪽에서 훌쩍 큰 키에 날카로운 안광을 흘리는 노고수가
말했다. 그는 남황성의 장로 궁오공이었는데 과거 고려에서
만재방과 인연을 맺었던 바로 그 사람이었다.

"일단 그들이 나타난다면 일은 좀 더 수월해 질 것이오."

허소산의 말에 일행들이 모두 고개를 끄덕였다.

"하면 그들이 나타날 때까지는 김류의 기분을 맞춰주는 것이 좋겠구나."

한쪽에서 허산왕이 말했다.

"그래야지요. 저들이 영웅맹을 상대할 시간을 벌어야하니까요."

허소산이 고개를 끄덕였다.

"저곳인가요?"

문득 무소향이 물었다. 그러자 일행이 시선을 들어 무소향이 가리키는 있는 곳을 바라봤다. 뱀처럼 구불거리는 물길 안쪽에 기이한 빛으로 둘러싸인 산이 보였다. 서쪽에서 내려오는 빛에 산은 마치 인간세에 존재하는 곳이 아닌 신들이 사는 공간처럼 느껴졌다.

"맞소이다. 저곳이 현황산이오."

"음… 정말 기이한 산이구려."

남황성의 장로 궁오공이 손을 들어 노을을 가리며 말했다.

"혼돈의 땅이지요."

허소산이 나직하게 대답했다.

이미 현황산의 지형을 상세히 살펴두었기에 길을 찾는 것은 그리 어려운 일이 아니었다. 허소산 일행은 동쪽으로 이어진 물줄기를 따라 이동했다.

험한 산중에 이어진 강이라 길이 있는 것은 아니지만 무림 고수들의 발을 묶을 정도는 아니었다. 그렇게 두어 시진을 이동한 일행은 드디어 서쪽에서 들어오는 세 개의 물줄기가 만나는 지점에 도착했다.

"구룡문은 동쪽으로 흘러나가는 강의 하구를 막을 겁니다."

허소산이 자신들이 지나온 길을 돌아보며 말했다.

"그러나 과연 생사련의 고수 이백으로 김류의 퇴로를 완전히 막을 수 있을 지 걱정이군요."

설도우가 눈에 보이는 광활한 산하를 보며 말했다. 그러자 허소산이 침착하게 말했다.

"어차피 그가 풍월령으로 돌아가려면 이 물줄기를 따라 하류로 간 후 장강의 합류점에서 도하를 해야 할 겁니다. 그곳을 열두 척의 구룡문 배가 지키고 있으면 김류는 퇴로를 찾기 어렵겠지요."

"그를… 구룡문의 고수들이 감당할 수 있을까요?"

무소향이 걱정스런 표정으로 물었다. 김류를 함정에 가두는 것 못지않게 절대지경에 이른 그의 무공을 상대할 고수도 필요했다.

"일단 수전이 벌어지면 김류의 무공은 그 쓰임새가 크게 줄 겁니다. 그리고… 한 명의 고수가 김류를 상대하기 위해 구룡문의 배에 올랐지요. 적어도 그가 우리가 도착할 때까지 그를 잡아둘 수는 있을 겁니다."

허소산이 대답했다.

"그가 누구죠?"

"그런 사람이 있습니다. 무림의 사람은 아니지요."

"제가 알면 안 되는 사람인가요?"

"그런 것은 아니지만 나중에 그에게 직접 듣는 것이 좋을 것 같군요."

허소산이 말한 구룡문에 오른 고수는 추룡사 강초였다. 그가 중원에 온 목적은 김류를 포함해 계림의 부활을 꿈꾸는 자들을 상대하기 위함이었기에 그는 허소산의 제안을 기꺼이 승낙했다. 아마도 지금쯤 구룡문의 배에 올라 김류를 벨 검을 손질하고 있을 터였다.

"풍월령의 본산을 공격하는 일은 괜찮겠지요? 과연 만재방에서 그 일을 감당할 수 있을지도 걱정이에요."

"가능할 겁니다. 생사련의 일부 고수들도 합류했고… 만재방에는 사실 상승의 절대고수가 여럿 있지요. 그분들이라면 가능할 것입니다. 금림의 사람들도 있고……."

"아, 그 금림의 소림주께서 이끄는 고수들 말이군요."

"그렇습니다."

"사실 놀랐어요. 설마 은거지문 금림에서 소림주가 출도할 줄이야."

무소향이 정말 뜻밖이었다는 듯 말했다. 그러자 허소산이 빙그레 미소를 짓는 것으로 대답을 대신했다.

"아무튼 우리가 준비할 수 있는 모든 것은 준비가 되었군요."

무소향이 다시 말했다. 그러자 허소산이 고개를 끄덕였다.

"그렇지요. 이젠 하늘의 뜻을 기다릴 뿐이지요."

일행은 세 개의 장강 지류가 하나로 모여드는 곳에서 산비탈을 타고 작은 봉우리로 올랐다. 그러자 봉우리 위쪽이 평평한 작은 야산이 일행의 눈앞에 그 끝을 드러냈다.

그리고 그 봉우리에서 한 사람이 허소산 일행을 맞이했다. 육왕탑의 탑주 소사공이다.

"어서 오시오, 파 대협!"

일행의 선두에서 봉우리에 오른 허소산을 소사공이 날카로운 시선으로 바라보며 맞이했다.

"탑주께서 나와 계셨구려. 석인협에서 풍월령이 큰 손해를 보았다고 하던데 육왕들께서는 별 손해가 없으셨소?"

허소산이 소사공을 격동시키려는 듯 물었다. 그러자 소사공의 눈에 얼핏 분노의 빛이 스치고 지나갔다.

"물론, 본 탑에도 큰 손해가 있었소. 두 아우와 헤어졌으니 말이오."

"아니, 육왕들 중에서도 죽은 사람이 있단 말이오?"

허소산의 직설적인 말투에 소사공의 표정이 점점 굳어갔다.

"그렇소. 두 명의 아우가 이승을 떠났소. 물론 이제 그 빚을 받아낼 테지만……."

그러자 허소산이 고개를 끄덕이며 재차 물었다.

"음, 이제야 풍월령주의 초대가 이해가 가는구려."

"그게 무슨 소리요?"

"본시 나를 포함해 생사련에 속한 문파는 영웅맹과 풍월령 두 세력의 싸움에 관여치 않을 것임을 여러 번 밝혔었소. 더군 다나 생사련은 강호제패 따위에는 관심도 없고, 그저 스스로 목숨이나 부지하고자 모인 사람들이오. 그런데 그런 우리를 이곳으로 부른 호천대야의 의도가 자못 궁금했었소. 그런데 이렇게 탑주를 만나보니 그 이유를 알 수가 있구려."

"풍월령주께서 그대들을 부른 이유가 뭐라고 생각하시오?"

소사공이 물었다. 그러자 허소산이 빙글거리며 대답했다.

"그야 당연히 풍월령을 도와달라는 것 아니겠소? 석인협의 패배 이후 풍월령이 강호 곳곳에서 영웅맹에 밀리고 있는 것 은 천하가 다 아는 일이니 말이오."

"음… 그대는 풍월령의 저력을 모르시는 모양이구려."

소사공이 불쾌한 표정으로 말했다.

"아, 물론 여전히 풍월령은 강호이대세력이라 할 수 있을 거 요. 하지만 최근 들어 고수의 이탈도 많아지고 있다고 하던 데……."

"누가 그런 소리를 하오?"

"뭐, 강호의 소문이란 게 그 출처를 정확히 알 수 있는 것이 얼마나 되겠소. 풍문에 듣는 것뿐이지. 그런데… 호천대야는 어디 계시오?"

허소산이 묻자 소사공이 잠시 침묵을 지키다가 딱딱한 어조 로 말했다.

"잠시 기다리시오. 령주께서는 조금 늦게 도착하실 거요."

그러자 허소산이 살짝 눈살을 찌푸리며 말했다.

"얼마나 기다려야 한다는 거요?"

"두어 진 후면 도착하실 거요."

소사공이 냉랭하게 말했다. 그러자 허소산이 뭔가를 생각하다가 입을 열었다.

"탑주께 한 가지 충고를 하리다."

"무엇이오?"

"탑주께서는 호천대야와 전서구로 연락이 닿을 수 있다면 속히 내 말을 전하시오. 난 이곳에서 한 시진 이상 기다리지 않을 거요. 그 한 시진도 무척 선심을 쓴 것이오. 오다 들으니 광조산 영웅맹에서 고수들이 출도했다고 하더이다. 그들은 밤쯤에는 이곳에 도착할 터인데 난 그들이 도착하기 전에 호천대야와 이야기를 매듭짓고 싶소. 대저 도움을 청하는 사람이 상대를 기다리는 법인데, 오늘 손님을 초대해놓고 한 시진 이상을 기다리게 한다면 너무 무례한 것 아니겠소?"

"만약 대야께서 한 시진 안에 도착하지 않으면 어쩌실 생각이오?"

비아냥거리듯 소사공이 물었다. 그러자 허소산의 표정이 일변했다. 그의 표정이 차갑게 변하더니 입에서 노기가 느껴지는 목소리가 흘러나왔다.

"탑주! 진정 내 성정을 모르는 것이오? 지금 풍월령이 내 앞에서 큰소리를 낼 입장이라고 생각하시오? 물었으니 대답하겠소. 만약 한 시진 안에 호천대야가 내 눈앞에 나타나지 않는다면 난 생사련의 형제들을 이끌고 현황산을 떠나겠소. 현황산을 떠난 내 발걸음이 집으로 향하게 될지, 풍월령으로 향하게 될지, 혹은 영웅맹으로 향하게 될지는 그대의 상상에 맡기겠소. 그리고… 한 가지 사실을 더 말해주리다. 알고 있겠지만 당금천하에서 감히 나 파금검을 무시할 자는 존재하지 않소. 호천대야든, 영락대인이든……! 그러니 탑주는 앞으로 말을 조심하시오."

허소산의 협박 아닌 협박에 소사공의 얼굴이 붉게 달아올랐다. 그러나 허소산의 말을 반박할 수도 없었다. 석인협의 싸움 이후 풍월령은 홀로 영웅맹을 상대할 처지가 아니었다. 어떻게든 생사련을 끌어들여야 하는 것이 풍월령의 입장이었다.

"잠시 기다리시오."

소사공이 무겁게 대답을 한 후 즉시 장내를 벗어났다.

"과연 그가 한 시진 안에 올까요?"

소사공이 사라지자 무소향이 허소산에게 물었다. 그러자 허소산이 고개를 끄덕였다.

"그럴 것이오."

"이상한 일이지요?"

"무엇이 말이오?"

"그는 왜 처음부터 이곳에서 우릴 기다리지 않은 걸까요? 우리를 풍월령에 끌어들이려면 당연히 그 자신이 이곳에서 우리를 기다렸어야 하는 것 아닐까요?"

"이유는 둘 중 하나일 거요. 하나는 여전히 자신이 이 상황을 주도할 수 있다는 자신감을 드러내고자 하는 것이거나 혹은, 영웅맹의 출행을 알고 그들을 막을 방비를 하기 위해 늦어지는 것이거나."

"어느 쪽이라고 생각하세요?"

무소향이 다시 물었다. 그러자 허소산이 미소를 지으며 대답했다.

"지금 그는 여유를 부릴 입장이 아니오."

"하면 영웅맹의 출행으로 늦어진다고 보시는 거군요."

"그렇소이다. 후후, 하지만 난 그에게 여유를 줄 생각이 없소."

"그러셨군요. 그래서 한 시진으로 시간을 줄인 것이군요."

"방비가 허술하면 싸움은 더욱 거칠어질 것이고… 그리되면 우리의 일은 한결 수월해지지 않겠소?"

허소산이 빙그레 미소를 지었다. 그러는 사이 봉우리 위에서 사라졌던 소사공이 다시 모습을 나타냈다. 그리고는 이번에는 제법 정중하게 입을 열었다.

"파 대협의 말대로 대야께 전서구를 보냈소."

"아주 잘하셨소이다. 자, 그럼 이제 기다리는 일만 남았군. 그런데 손님 접대가 너무 박한 것 아니오? 이렇게 서서 호천대야를 기다려야 하는 것이오?"

허소산이 불쾌한 듯 묻자 소사공이 재빨리 고개를 저었다.

"그럴 리가 있겠소? 손님 맞을 준비를 하라!"

소사공이 고개를 돌려 봉우리 아래 숲을 보며 명을 내리자 숲속에서 일단의 사람들이 몰려나오기 시작했다. 그리고 그들의 손에 의해 순식간에 야산 봉우리 위에 길게 탁자와 의자들이 놓였다. 그것만이 아니었다. 어디서 어떻게 준비했는지 탁자 위로 산해진미와 귀한 술들이 순식간에 올려지는 것이었다.

"자, 자리에 앉으시지요?"

산봉우리에 때아닌 잔칫상이 차려지자 소사공의 득의한 표정을 지으며 허소산에게 자리에 앉기를 권했다. 그러자 허소산이 고개를 끄덕이고는 다른 생사련의 고수들과 함께 동쪽 자리를 차지하고 앉았다.

"제대로 된 이야기를 나누려면 결국 대야께서 오셔야 하니 그전에 간단히 요기들이라도 하고 계시기 바라오. 먼 길을 왔으니 시장들 하실 것이오."

소사공이 넌지시 식사를 권했다. 그러나 생사련의 고수 중 누구도 선뜻 음식에 손을 대지 않았다. 이 자리가 때가 되었다고 식사를 챙겨먹기는 어색한 자리임이 분명했다. 더군다나 무림고수가 한 끼 걸렀다고 병에 걸리는 것도 아니었다.

생사련의 고수들이 음식에 손을 대지 않자 소사공이 재차 식사를 권했다.

"물론 이 자리가 잔치를 할 자리는 아니지만 그래도 요기들은 하셔야지 않겠소이까?"

소사공이 식사를 권하는 소리를 들은 허소산이 문득 질문을 던졌다.

"호천대야는 그러하고 다른 풍월령의 고수분들은 어디 계시오?"

생각해 보면 기이한 일이었다. 김류가 영웅맹을 맞을 준비를 하느라 늦는다 해도 소사공 이외에 풍월령의 고수들이 보이지 않을 이유가 없었다. 허소산이 질문에 소사공이 빙그레 미소를 지으며 대답했다.

"파 대협이 말했듯이 우리 풍월령의 사정은 썩 좋지 못하오. 해서 본령의 고수들은 모두 이 현황산 주변의 경계에 동원되어 있소이다. 마침 영웅맹도 출산을 했다니 어찌 조심하지 않을 수 있겠소이까?"

소사공의 대답에 허소산이 살짝 아미를 모았다.

"그 말은 곧 이 현황산이 풍월령의 고수들에 의해 용담호혈로 변했다는 말이구려."

"하하하, 용담호혈까지는 몰라도 단단히 준비를 하기는 했지요."

소사공의 말투에서 자신감이 엿보인다. 그의 말속에는 현황산에 들어온 이상 허소산 등이 자신들의 뜻을 거슬러 이곳을 빠져나갈 길이 없을 거란 의미가 들어 있었다. 그러나 소사공의 의도와는 다르게 허소산은 덤덤히 소사공의 말을 받아들였다.

"하하, 이거 어쩌면 재미있는 구경을 볼 수 있겠구만."

허소산의 말에 소사공이 의아한 표정으로 물었다.

"재미있는 구경이라니 무슨 말을 하시는 거요?"

"풍월령은 현황산에 용담호혈의 천라지망을 펼쳤고, 영웅맹은 이 기회에 풍월령을 멸절시키려 고수들을 출정시켰으니 오늘 싸움은 그야말로 용호상박에 향후 무림의 주인을 가리는 대전이라 할 수 있을 거요. 세상에서 제일 재밌은 구경이 싸움 구경이니 어찌 이 구경의 즐거움을 마다하겠소. 자자, 우린 육왕탑주의 말대로 요기를 합시다. 배가 든든해야 싸움 구경도 즐거울 것 아니겠소이까?'

허소산이 경계 어린 시선으로 주변을 살피고 있는 생사련의 고수들을 돌아보며 말했다. 그리고는 자신이 먼저 눈앞에 놓인 오리고기를 한입 베어 물고는 서슴없이 술을 들이켰다.

"커어! 좋구만!"

허소산의 호방한 행동에 소사공도, 생사련의 고수들도 당혹스런 표정을 지어보였다. 그런데 그런 허소산의 행동에 동조하는 사람이 있었다.

"그렇군요. 오늘 밤 싸움 구경은 무척 긴 놀이가 될 테니 어찌 요기를 거르겠어요. 모두 식사들을 하시지요."

무소향이었다. 무소향도 허소산을 따라 여인답지 않은 대범함을 보이며 역시 자신 앞에 놓인 음식을 먹기 시작했다. 그러자 잠시 망설이던 생사련의 고수들이 일제히 요기를 시작했다. 소사공은 그런 생사련 고수들을 깊은 눈으로 응시하고 있었다.

第九章
혈운이 드리우다

독경
讀經

　기이한 식사였다. 생사련의 고수들은 허소산을 따라 저녁
요기를 했다. 그사이 하늘은 핏빛으로 물들기 시작했다. 노을
이 지고 있었다. 그러자 현황산은 다시 옷을 갈아입었다. 하늘
에서 붉은 피가 쏟아지듯 그렇게 내려온 석양이 산과 강을 온
통 붉은색으로 물들였다.

　다른 때라면 이 장관에 탄성을 자아냈을 수도 있었다. 그러
나 오늘은 이 장엄한 석양이 오히려 사람들에게 두려움을 안
겨주고 있었다. 모든 것은 철저하게 안배되어 있었다. 오늘,
이 산에서 풍월령의 운명이 다할 거란 확신을 하고 있는 생사
련 고수들이었다. 그러나 하늘에서 내려오는 핏빛 노을은 그
런 확신을 먼 곳으로 밀어내고 불현듯 두려움을 일으켰다.

그러나 불안은 오래가지 않았다. 노을의 시간을 짧다. 그 처절한 아름다움이 새로운 세계로 가기 위한 관문이라면 짧은 것도 나쁘지는 않지만 그래도 여운은 길게 남았다.

노을이 사라진 자리는 어둠이 대신한다. 그러나 그 어둠 역시 길지 않았다. 노을이 진 그때부터 이미 달이 다른 세상을 준비하고 있었기 때문이었다.

어둠이 깃든다 싶었는데 어느새 달이 떠올라 산의 정상을 비췄다. 소사공은 풍월령의 무사들에게 불을 준비시켰다.

"불을 밝혀라!"

소사공의 명이 떨어지자 풍월령의 무사들이 산 정상 곳곳에 횃불을 일으켰다. 달빛과 어우러진 수십 개의 횃불이 장내를 대낮처럼 환하게 만들었다. 그리고 그즈음 허소산 일행의 기이한 저녁 식사도 끝이 났다.

타닥!

횃불이 타는 소리인 듯싶은 소음이 일었는데 이내 그 소리의 주인이 소사공 앞에 나타났다. 그리고는 나직하게 소사공에게 뭔가를 속삭였다. 그러자 소사공이 고개를 끄덕이고는 허소산을 보며 말했다.

"파 대협의 원대로 되었소."

"무슨 말씀이시오?"

"대야께서 오고 계시다 하오."

"호오! 그것 다행이구려. 난 식사도 끝나고 시간도 다 되어 가서 돌아가야 할 시간이 되었나 내심 안타까웠는데……."

허소산이 능글맞게 대답했다. 그러자 소사공이 허소산을 노려보더니 훌쩍 신형을 날려 뒤쪽으로 물러났다. 아마도 김류를 마중하러 간 모양이었다. 그런데 그렇게 소사공이 몸을 날리는 순간 허소산이 문득 주위를 돌아보며 말했다.

"모두 제 말대로 하셨습니까?"

허소산의 말에 남황성의 궁오공이 대답했다.

"그렇소이다. 술은 마시지 않았소. 모두 땅에 버렸소. 그런데 왜……?"

"독이 들었습니다."

그러자 궁오공이 고개를 갸웃하며 다시 물었다.

"물론 술을 마시지 말란 전음에 그러리라 짐작은 했지만……. 이상하구려. 난 이 술에서 어떤 독의 기운도 느끼지 않았는데……."

"평범한 독이 아닙니다. 그렇다고 무색무취의 무형독도 아니지요. 단지 아주 느리게 그 효과가 나타나는 산공독입니다. 이건… 야율거공이 오릉에서 쓴 것과 비슷한 종류의 독이라고 할 수 있지요."

"으음… 그렇소이까? 역시 그냥 넘어가지는 않는군."

궁오공이 고개를 끄덕였다.

"김류가 본심을 드러내기 전에는 독의 존재를 모르는 척 해야 합니다."

허소산의 당부에 사람들이 저마다 고개를 끄덕였다. 그러는 사이 산봉우리 저쪽의 숲이 소란스러워졌다. 그러더니 무복을 차려입은 김류가 장내에 모습을 드러냈다.

저벅저벅!

김류의 모습은 평소와 많이 달랐다. 평소 그는 곱게 늙은 학사의 모습을 하고 있었다. 청수한 그의 외모에 사람들은 자신도 모르게 공경심을 일으킬 정도였다. 그런데 오늘은 달랐다. 무복을 차려입은 김류는 전장을 호령하는 노장의 위엄이 넘치고 있었다.

'정말 전쟁을 치르려는 것 같군.'

허소산은 김류의 모습에서 오늘 이 현황산에서의 일전에 임하는 그의 마음을 읽을 수 있었다. 하긴 위기에 처한 풍월령을 구하기 위해선 반드시 오늘 이 땅에서 승부를 걸어야 하는 김류였다.

탁!

김류가 장검을 들어 탁자 위에 놓으며 자리에 앉았다. 그리고 물끄러미 허소산을 바라봤다. 허소산이 그런 김류의 시선을 담담히 받아냈다. 그러자 김류가 시선을 돌려 허소산 옆의 무소향을, 그리고 남황성의 궁오공을 차례로 살폈다. 그러다가 문득 고개를 갸웃하며 입을 열었다.

"구룡문은 오지 않았군."

인사치례도 없는 김류의 말투가 오만하기 이를 데 없다.

"바닷길이 멀어 그들은 오지 않았소."

"그래도 오늘의 회합에서 내린 결론을 받아는 들이겠지?"

말투가 역시 평소와 다른 김류다. 허소산을 아랫사람으로 대하는 듯한 김류의 말투는 어쩌면 계산된 것일 수도 있지만 다른 한편으로는 이미 허소산 일행이 자신의 손에 들어 왔다는 자신감 때문인지도 몰랐다.

"아마도 그럴 것이오."

허소산이 대답했다.

"좋아. 그럼 시작하지. 외부의 상황이 녹록치 않으니 거래를 빨리 끝내는 것이 좋겠지."

"생사련을 이곳으로 부른 이유가 뭐요?"

"설마 몰라서 묻는 것은 아닐 것이고. 또한 초대에 거절치 않고 이곳에 왔다는 건 나와 거래를 할 용의가 있다는 말이겠지."

김류의 말에 허소산이 빙그레 미소를 지었다.

"좋소이다. 나도 뭐 이리저리 머리를 굴리는 것은 마뜩치 않으니. 그래, 대야께서 내놓으실 거래는 뭐요?"

"생사련 각 파의 생존을 보장하지. 그리고… 파금검 그대에게는 일인지하 만인지상의 자리를 주겠다."

"일인지하 만인지상이라… 내가 강호의 권세 따위에는 관심이 없다는 것을 잘 아실 터인데…….."

"물론 그걸 모르는 것은 아니다. 하지만 작금의 강호 사정은 한가롭게 소요행을 즐기며 살 수 있지 못하다. 적과 아, 둘 중 하나만 존재해야 하는 시절이고, 난 그대들이 내 적이 되는 것을 원치 않는다."

김류의 강압적인 말투에도 허소산은 오히려 미소를 지었다.

"그 거래는 받아들일 수 없소."

웃는 얼굴에서 흘러나온 허소산의 대답이 단호하다.

"거절이라. 죽음을 원하는 건가?"

"글쎄. 지금의 풍월령에 그런 능력이 있는지 의문이오."

그러자 김류가 가늘게 눈꼬리를 떨더니 손을 들어 달빛에 푸른색으로 변한 현황산 일대를 가리키며 말했다.

"오늘 이 산과 강에는 풍월령의 천라지망이 펼쳐져 있다. 단언하건대 그 누구도, 나 김류의 허락없이 이 현황산을 벗어날 수 없다."

"물론 대야가 우리를 이곳으로 초대할 때에는 단단한 준비를 하셨으리라 생각했소. 하지만 우리가 그에 대한 대비도 없이 이곳에 왔겠소?"

"어떤 준비를 했는가? 그 패를 보고 내가 부족함을 느낀다면 물러나지."

김류가 큰 인심 쓰듯 말했다. 그러자 허소산이 고개를 저었다.

"그럴 수는 없소. 어느 바보가 자신의 패를 미리 보여주고 도박을 하겠소."

"도박?"

"그렇소. 사실 우리가 오늘 이 현황산에 온 것은 도박이나 마찬가지요. 풍월령의 천라지망에 영웅맹의 고수들까지 몰려올 테니, 자칫 패가망신하기 십상인 장소 아니겠소? 하지만 일이 잘 풀리면 얻는 것도 많은 자리요. 작게는 생사련 각파의 존립을 보장받을 수 있고, 크게는······."

허소산이 더 이상 입을 열지 않았다. 그런 허소산의 행동에 김류가 차가운 안광을 흘려내며 입을 열었다.

"설마 전부를 원하는가?"

"나서서 추구하는 바는 아니나 발아래 굴러들어 온 행운이라면 거절할 생각은 없소."

"생사련은 절대 천하를 얻을 수 없다."

김류가 단호하게 말했다.

"그야 모르는 일 아니오? 가끔 행운이란 놈이 길을 잃고 엉뚱한 사람에게 가기도 하니까."

허소산이 담담히 대답했다. 그러자 김류가 깊은 눈으로 허소산을 바라보다 물었다.

"좋아. 원하는 바를 말해보라."

사실 김류가 내어 놓은 조건은 이미 오래전 허소산에게 한번 거절당한 조건이었다. 그러니 일인지하로 들어오라는 요구가 받아들여지지 않을 것이란 건 이미 그 자신도 예상하고 있었을 터였다.

"생사련은 많은 것을 바라지 않소. 생사련은 그저 지금처럼 강호에서 자신들만의 문파를 이어가면 그뿐이오. 다시 말해 싸움을 걸어오지 않는 이상 생사련은 영웅맹과 풍월령의 싸움에 관여치 않겠다는 것이오."

허소산이 차분하게 말했다. 그가 말한 것은 이미 생사련이 탄생하는 순간 강호에 알려진 것들이었다. 그러나 허소산의 대답은 김류가 원하는 답이 아니었다. 김류가 원하는 것은 어떻게든 생사련을 이 싸움에 끌어들이는 것이었다. 이미 전세가 풍월령에 불리하게 돌아가는 상황이었기에 이를 극복하기 위해선 생사련의 힘이 필요했다. 그게 오늘 김류가 이 자리를 만든 이유가 아니던가.

"뒤로 물러나는 것 말고, 이 싸움에 개입하려면 어떤 조건이 필요한가?"

김류가 다시 물었다. 그러자 허소산이 고개를 저었다.

"다시 말하지만 우린 이 싸움에 관여할 생각이 없소."

허소산의 단호한 말에 김류가 살짝 눈살을 찌푸렸다. 그러면서 퉁명스럽게 말했다.

"그럴 생각이었다면 이 자리에는 왜 왔는가? 그저 초대를 거절하면 그뿐인 것을……."

김류의 말에 허소산이 고개를 저었다.

"초대를 거절하면 강호에선 우리 생사련이 풍월령을 두려워한다고 생각했을 거요. 대야 역시 그리 생각해 생사련을 압박하려 했을 것이고 말이오. 우린 우리에게 스스로를 지킬 힘과 의지가 있음을 밝히기 위해 이곳에 온 것이오."

허소산의 말에 김류의 표정이 좀 더 어두워졌다.

툭툭!

김류가 버릇처럼 손가락으로 탁자를 두드렸다. 그리고 얼마간의 침묵이 흐른 후 나직하게 물었다.

"정녕 생사련에 그런 힘이 있다고 생각하는가?"

"생사련은 강호팔황의 네 곳이 모인 세력이오. 더군다나 나 파금검도 있소. 장담컨대 강호의 그 어떤 세력도 생사련을 적으로 삼고는 강호를 제패하지 못할 것이오."

허소산의 단호한 말에 김류가 고개를 끄덕였다.

"그렇지. 그렇겠지. 팔황의 네 곳이나 모였는데… 그런데 과연 오늘 이 자리에서도 그 힘을 쓸 수 있겠는가?"

"무슨 소리요."

"알겠지만 난 이 현황산에 천라지망을 펼쳤다. 과연 그대들이 나의 허락없이 이곳을 벗어날 수 있을까?"

설득이 어렵다면 협박을 들이댈 수밖에 없는 김류였다. 그만큼 김류의 사정이 절박하다는 의미다.

"후후후, 지금 나 파금검을 협박하는 거요? 날 잘 아실 텐데……."

"물론 평소라면 절대 그대의 심기를 건드리지 않았을 것이다. 그러나 오늘은 특별한 날이지. 난 오늘 이곳에서 강호의 향배를 결정할 생각이니까. 모든 수단을 동원해서라도. 이곳을 벗어나려면 반드시 나의 허락이 필요할 것이다."

김류가 최후통첩을 하듯 말했다. 그런 김류를 묵묵히 바라보고 있던 허소산이 갑자기 빙그레 미소를 지었다.

"먼저 힘을 보여주시오."

"무슨 말인가?"

"과연 풍월령에 천하를 제패할 힘이, 우리를 제어할 힘이 있는지 확인해야겠다는 거요."

허소산의 말에 김류의 눈이 가늘어졌다. 그러면서 살기가 묻어나는 목소리로 물었다.

"지금 일전을 결하겠다는 것인가?"

김류의 말에 허소산의 어깨를 으쓱이며 말했다.

"굳이 내가 나서서 싸울 이유가 뭐가 있소. 조금 있으면 제대로 된 상대가 몰려올 텐데."

"영웅맹을 말함인가?"

"그렇소. 대야께서 오늘 영웅맹의 고수들을 패퇴시킨다면 대야의 조건을 긍정적으로 생각해 보겠소. 뭐, 그들을 막아내지 못한다면 풍월령의 운명은 오늘로 끝일 것이고……."

"후후, 어려울 때 도움을 주지 않고 기회를 엿보는 것은 훗날 생사련의 입지를 좁히는 행동일 수도 있다."

"신중함은 약간의 이득을 포기할 가치가 있는 것이지요."

허소산의 대답에 김류가 눈을 가늘게 뜨고 허소산을 노려보다 자리를 박차고 일어났다.

"좋아. 비록 최근 들어 본령이 영웅맹에 열세를 면치 못하고 있지만 오늘은 다를 것이다. 이유는 간단해. 우리는 오늘 이곳에 사즉생의 각오로 천라지망을 펼쳤지만 영웅맹은 전력을 기울이지 않았으니까. 그 차이가 오늘의 승패를 가를 것이다. 그리고 그 승리를 가지고 생사련에게 새로운 요구를 하겠다."

"무운을 빕니다."

허소산이 자리에서 일어나 정중하게 포권을 해보였다. 농락인지 진심인지 알 수 없는 모습이다. 그런 허소산을 김류가 날카로운 눈으로 살피고는 이내 자리를 벗어나며 소리쳤다.

"탑주는 손님들을 잘 모시게!"

"대야의 명을 받들겠습니다."

소사공이 얼른 달려 나와 김류에게 고개를 숙여보였다. 강호팔황 육왕탑의 탑주가 보이는 행동으로는 믿기 어려운 복종의 표시였다.

"가자!"

김류가 소사공에게 가볍게 고개를 끄덕인 후 장내의 고수들을 휘몰고 숲속으로 사라졌다.

기이한 침묵이 이어졌다. 방에서 불어오는 바람에 흔들리는 횃불만이 요란을 떨고 있었다. 물론 간간히 생사련의 고수들이 이야기를 나누기도 했지만 그 이야기들도 곧 침묵 속으로 사라졌다.

소사공은 김류가 장내를 떠난 후 단 한마디도 꺼내지 않았다. 그는 굳게 입을 다물고 생사련 고수들의 건너편에 앉아 산처럼 침묵을 지키고 있었다, 마치 생사련의 고수들이 도주하는 것을 막고 있는 것처럼.

그런데 그때 문득 먼 서북쪽 산야에서 불화살이 올랐다. 그리고 연이어 불화살들이 긴 줄을 만들며 산봉우리로 가까워졌다. 그러자 침묵을 지키고 있던 소사공이 자리에서 일어났다. 그리고는 허소산 등에게 머물렀던 시선을 돌려 최초로 불화살이 올랐던 곳을 응시했다.

"그들이 온 거요?"

소사공의 등 뒤에서 허소산이 덤덤한 목소리로 물었다. 그러자 소사공이 시선을 돌려 허소산을 보며 말했다.

"그렇소. 그들이 왔소."

"그대도 가보아야 하는 것 아니오?"

"나 하나 빠졌다고 문제가 될 풍월령이 아니오."

소사공이 고개를 저었다.

"하지만 육왕탑의 탑주라면 영웅맹의 고수들도 크게 경계를 할 것이오."

"이미 대야께서 만반의 준비를 해놓으셨으니 오늘의 싸움은 반드시 우리 풍월령이 승리할 것이오. 나야 손님 접대나 하면 그뿐!"

말이 좋아 손님 접대지 소사공이 남아 있는 이유가 생사련의 고수들을 감시하려는 것임을 모를 사람은 없었다.

"그런데 말이오."

소사공은 귀찮은 기색을 보였지만 허소산은 말을 계속 이었다.

"또 뭐가 궁금하시오?"

"음, 탑주께 말하고 싶은 것이 있소."

"말해보시오."

"세상에서 가장 재밌는 것이 싸움 구경이라는데 천하의 두 패자가 건곤일척의 대결을 벌이는 것을 보지 않으려니 좀이

쑤셔서 말이오."

"설마 지금 싸움 구경을 가겠다는 말이오?"

"그렇소. 여기 앉아서 시간을 죽이느니 가서 싸움 구경을 하는 것이 백배는 낫지 않겠소?"

"파 대협… 그대는 우리 풍월령을 너무 무시하는군."

"글쎄. 누가 누굴 무시하는 건지 정말 모르고 계시는 거요?"

탁!

허소산의 말에 소사공이 갑자기 탁자를 내려치며 대답했다.

"그대들 중 그 누구도 이곳을 벗어날 수 없다. 이곳에서 대야께서 승리하고 돌아오시는 것을 영접해야 할 것이다."

다분히 위협적인 말투는 생사련의 고수들을 이미 자신의 손아귀에 넣고 있다는 듯한 태도다. 일변한 소사공의 행동에 허소산이 한 줄기 미소를 지으며 물었다.

"탑주의 무공이 대단한 줄은 알았지만 생사련의 뭇고수를 홀로 상대할 만큼 대단한 줄은 몰랐소."

"경거망동하지 않은 것이 좋을 것이다!"

"하지만 어떡하겠소. 나 파금검은 반드시 그 싸움을 구경해야겠는걸!"

"이곳을 벗어나는 것을 허락할 수 없다 했다!"

"흐흐흐, 누가 감히 강호에서 나 파금검을 제약할 수 있단 말이냐? 탑주 그대가 정녕 죽고 싶은 모양이군."

허소산이 서늘한 음소를 흘리더니 한순간에 탁자를 뛰어넘어 소사공을 향해 날아갔다.

"죽기를 원한다면 죽여주마. 그동안 네놈의 행동이 마음이 들지 않았어!"

소사공의 자신을 향해 날아오는 허소산을 향해 일장을 쳐냈다.

웅!

강력한 진기가 깃든 소사공의 장력이 허소산의 가슴을 때렸다. 그러자 허소산이 재빨리 주먹을 말아 쥐고 닥쳐오는 소사공의 장력을 향해 마주 권장을 날렸다.

쾅!

장력과 장력이 격돌하면서 강력한 파열음이 일어났다.

"음!"

순간 소사공이 나직한 신음성을 흘리며 뒤로 물러났다. 그리고는 놀란 눈으로 허소산을 보며 소리쳤다.

"네, 네놈……?"

"후후, 왜 그러시오? 내가 산공독에 중독되지 않아 이상하오?"

"어, 어떻게 그걸……?"

"당신들은 큰 실수를 했어. 세상에서 날 중독시킬 수 있는 독이 없다는 걸 알았어야지. 그랬다면 김류가 이곳에 당신을 홀로 남겨두는 실수는 하지 않았을 텐데."

팡!

다시 허소산의 장력이 소사공의 심장을 노리고 터져 나왔다. 그러자 소사공의 홀쩍 신형을 날려 허소산의 장력을 피해냈다. 비록 허소산이 산공독에 중독되지 않은 것에 놀라긴 했지만 소사공은 강호팔황 육왕탑의 탑주였다. 허소산의 장력을 피한 소사공의 번개처럼 검을 뽑더니 사선으로 내리그었다.

촤악!

소사공의 검에서 뻗어 나온 검기가 채찍처럼 공기를 가르며 허소산을 베어왔다. 그러자 허소산도 검을 뽑았다.

차앙!

검기를 앞세운 소사공의 검이 허소산의 검에 밀려 방향을 틀었다.

"놈!"

단번에 자신의 초식을 흐트러뜨리는 허소산의 일초에 소사공이 노기를 발하며 재차 허소산을 향해 검을 휘둘렀다. 그러자 순식간에 여덟 개의 검영이 생겨나더니 사방에서 허소산의 전신을 난도질해 들어왔다. 팔방을 점하고 들어오는 소사공의 공격에 허소산이 한 발 뒤로 물러나는가 싶더니 갑자기 여덟 개의 검영을 향해 뛰어들었다.

"엇!"

무모해 보이는 허소산의 행동에 뒤에서 싸움을 지켜보고 있던 생사련의 고수들 중 일부가 놀란 음성을 토해냈다. 그런데 다음 순간 그들이 눈에 거짓말처럼 검영을 뚫고 지나가 소사공의 목에 일초의 검식을 꽂아 넣는 허소산의 모습이 들어왔다.

"헉!"

거짓말 같은 허소산의 반격에 소사공의 입에서 헛바람이 새어나왔다. 파금검으로 알려진 허소산의 무공이 대단하다는 것은 알고 있었지만 자신이 전개한 회심의 일초를 이렇게 간단하게 파훼할 줄은 예상치 못했던 것이다.

그러나 그렇다고 쉽게 자신의 목을 내어줄 수도 없는 소사공이었다. 그가 급히 검을 회수하며 허소산의 공세를 막으려 했다. 그러나 허소산은 소사공이 미처 검을 회수하기 전에 이미 옆으로 이동하며 그의 어깨를 베어내고 있었다.

팟!

붉은 핏줄기가 밤공기를 타고 터져 나왔다.

"음!"

소사공이 비틀거리며 사오 장 뒤로 물러났다. 허소산은 그런 소사공을 놓치지 않고 바로 따라붙었다. 그러자 소사공이 허공에 대고 큰 소리로 외쳤다.

"모두 제압하라!"

소사공의 명이 떨어지기 무섭게 숲에서 수십 명의 풍월령 고수들이 나타났다. 그리고는 생사련의 고수들을 향해 도검을 빼 들고 질주하기 시작했다. 순식간에 장내가 거친 생사혈투의 장으로 변했다.

"후욱후욱!"

상처를 입은 것치고 소사공은 허소산의 손 아래에서 제법 오랫동안 자신을 지켜냈다. 온몸이 피로 물들기는 했지만 소사공의 손에는 여전히 검이 들려 있었고, 눈빛은 형형했다. 그러나 그의 상세는 급격하게 악화되고 있었다.

피가 돌지 않는 몸은 나무토막과 같아서 검을 들고는 있지만 그 검을 허소산을 향해 휘두를 힘은 없었다. 더군다나 그런 소사공의 투기를 꺾어 내리는 일이 벌어지기 시작하자 소사공의 또렷하던 눈빛이 서서히 흐려지기 시작했다.

장내의 상황은 김류나 소사공이 생각했던 것과는 전혀 다른 양상으로 진행되고 있었다. 허소산의 경고로 생사련 고수들 중 산공독에 중독된 사람은 단 한 명도 없었다. 그러니 이 싸움의 승패는 애초에 결정된 것이나 마찬가지라고 할 수 있었다.

봉우리 주변에 있던 풍월령의 고수들은 생사련의 고수들이 산공독에 중독될 것을 계산하고 준비된 사람들이었다. 그런데 생사련의 고수들이 산공독에 중독되지 않았으니 절정고수의 반열에 오른 생사련 고수들을 풍월령 고수들이 당해낼 재간이 없었다.

"아악!"

"악!"

곳곳에서 풍월령의 고수들이 볏단처럼 쓰러져 나갔다. 그 모습을 보고 있는 소사공은 당연히 절망에 빠졌다. 그 스스로도 허소산을 감당할 방법이 더 이상 없었다.

"이제 보내주겠소. 편히 가시오."

허소산이 검을 들어 소사공을 겨눴다. 그러자 소사공이 성한 쪽 팔로 겨우 검을 들어 올리며 말했다.

"좋다. 내 목을 가져가라. 그러나… 오늘 이곳에서 너희들도 죽을 것이다. 대야께서 반드시 이 원한을 갚아 주리라!"

소사공은 여전히 김류에 대한 믿음이 굳건해 보였다. 그런 소사공을 보며 허소산이 고개를 저었다.

"당신의 충심은 감탄할 만하오. 그러나 아쉽게도 오늘 김류는 이곳에서 죽음을 맞을 것이오. 이 현황산을 선택한 것은 그지만 이곳을 그와의 악연을 끝내는 장소로 결정한 것은 나기 때문이오."

허소산의 말에 소사공의 눈을 가늘게 떴다. 자신의 죽음보다도 더 불길한 예감의 깃든 표정이었다.

"한 가지 묻자!"

소사공이 무겁게 입을 열었다.

"말해보시오."

허소산이 고개를 끄덕였다.

"왜 그렇게 대야의 제안을 거절했던 거지? 대야께선 그대와 천하를 양분할 생각조차 하셨는데……."

그러자 허소산이 이번에는 고개를 저었다.

"애초에 우리 두 사람은 함께 갈 수 없는 사이였소."

"이유가 뭐냐?"

"그건 바로 우리의 시작이 악연으로 시작되었기 때문이오."

"그대와 대야가 비록 뜻이 통한 것은 아니지만 악연이라고까지 말할 관계는 아니지 않는가?"

"탑주가 아는 것과 달리 우린 아주 오래전부터 시작된 인연이오."

허소산의 말에 소사공의 눈이 가늘어졌다.

"항주에 오기 전 이미 대야와 인연이 있었던가?"

그러자 허소산의 고개를 끄덕였다.

"만재방이 고려에서 금가의 술책에 빠져 멸문할 때, 그때 그곳에 나도 있었소!"

순간 흐릿해져가던 소사공이 눈빛을 번쩍였다

"그대는… 처음부터 만재방의 사람이었던가?"

"그렇소. 난 처음부터 그대들이 목표였소."

허소산의 말에 소사공이 당혹스런 표정을 지으면서도 고개를 끄덕였다.

"그렇군. 그래서… 이제야 너의 행동이 이해가 되는군. 그럼 오늘 이곳에서도……?"

"물론 이곳은 풍월령과 김류의 무덤이 될 거요."

순간 소사공의 동공이 흔들렸다. 그는 그제야 오늘 이곳에 천라지망을 펼친 것은 그들 풍월령이 아니라 생사련일지도 모른다는 생각을 하게 된 것이다.

비틀거리던 소사공의 몸이 천천히 바로 세워졌다. 그리고는 허소산을 향해 검을 겨눴다. 어디서 그런 힘이 다시 생겨났는지 신기할 다름이었다.

"본 문을 위해, 대야를 위해 널 죽이겠다."

"그대가 말하는 본문이 육왕탑은 아니겠군."

허소산의 대응에 소사공의 볼이 씰룩였다. 그러자 허소산이 다시 말했다.

"금문이란 곳… 한 번 가보고 싶은 곳이야. 어떤 사람들이 머물고 있는지!"

김류의 뿌리가, 소사공의 뿌리가 금문에 있다는 걸 알고 있는 허소산이었으므로 그 곳에 대한 호기심은 예전부터 있어왔다.

"넌 절대 본 문에 갈 수 없다. 오늘 이곳에서 죽을 테니까."

"아니, 죽는 것은 내가 아니오! 그대야말로 다시는 그대가 온 곳, 금문으로 돌아가지 못할 거요."

"놈!"

소사공의 입에서 노성이 터져 나왔다. 동시에 그의 검이 강력한 검기를 만들어내며 허소산을 향해 닥쳐들었다. 아마도 선천지기를 모두 끌어 쓴 일수일 터였다.

"잘 가시오!"

허소산이 벼락처럼 밀려드는 소사공의 검기를 보면서 담담하게 말했다. 그리고 그의 검이 가볍게 움직이더니 한순간 실처럼 가는 검기를 만들어냈다.

팟!

허소산의 검기가 빛의 속도로 소사공의 검기를 뚫고 들어갔다. 그런데 그 순간 거짓말처럼 소사공의 강력하던 검기가 허공에서 흩어졌다. 그리고 다음 순간 소사공이 있던 자리에 덩그러니 검만 떨어져 있고 그의 신형은 보이지 않았다.

"도주를?"

허소산의 입에서 나직한 목소리가 흘러나왔다. 그러나 의혹은 찰나에 지나지 않았다. 허소산의 신형이 이내 장내에서 사라졌다.

소사공의 몸이 날짐승처럼 숲을 갈랐다. 검을 버리고 도주하는 것은 육왕탑주라는 그의 명성에 어울리는 행동이 아니었지만 그는 도주에 자신의 모든 힘을 쏟아붓고 있었다.

"대야께 알려야 해. 놈들은 애초부터 우리와 거래할 생각이 추호도 없었다는 것을! 그렇다면 놈들은 오히려 영웅맹과 손을 잡았을 수도 있다. 실수야. 처음부터 만재방의 뿌리를 뽑았어야 하는 건데……."

바람처럼 밤 숲을 달리며 소사공이 중얼거렸다. 그런데 그가 막 집채만 한 바위를 뛰어넘으려는 순간 그 바위 위에서 한 줄기 빛이 그를 향해 폭사했다.

"헉!"

소사공이 갑작스런 공세에 놀라 훌쩍 뒤로 물러났다.

"그대는 김류에게 갈 수 없소."

소사공의 걸음을 멈추게 한 허소산의 목소리가 바위 위에서 낮게 들려왔다.

"음…!"

허소산에게서 벗어났다고 생각했던 소사공이 갑작스런 허소산의 등장에 나직한 침음성을 흘렸다. 그러나 다음 순간 소

혈운이 드리우다 273

사공이 갑자기 두 손을 허소산을 향해 쫙 펼쳤다. 그러자 열 개의 지력이 거미줄처럼 엉키면서 허소산을 덮쳤다. 순간 허소산의 검이 열십자를 그렸다.

좌아악!

소사공이 만들었던 지력의 그물들이 허소산의 검에 의해 한순간에 흐트러졌다. 연이어 허소산의 손이 소사공의 가슴을 가볍게 때렸다.

"컥!"

쓰다듬듯 닿은 허소산의 손길에 소사공이 예사롭지 않은 다급성을 토하며 쓰러졌다.

"으음!"

한쪽 무릎을 땅에 댄 소사공이 나직한 신음성을 흘렸다. 그리고는 힘겹게 고개를 들었다. 허소산이 삼사 장 떨어진 곳에서 그를 바라보고 있었다.

"끝인가?"

소사공이 허소산에겐지 혹은 자신에겐지 모를 소리를 중얼거렸다. 그러자 허소산이 가볍게 고개를 끄덕였다.

"잘 가시오."

허소산의 말에 이번에는 소사공이 고개를 끄덕였다.

"좋아. 가야 할 때인 것 같군. 깨끗하게 보내주어 고맙네."

"별말씀을…!"

허소산의 대답이 끝나자 소사공이 이번에는 고개를 들어 멀리 서북쪽 산야를 바라봤다. 어둠을 뚫고, 달빛에 묻어 아련한 외침이 들려오는 듯도 싶었다.

"아… 대야!"

소사공이 나직하게 김류를 불렀다. 그리고 그것이 소사공이 세상에서 마지막으로 본 풍경이고, 말이었다.

소사공은 마치 잠들듯 고개를 떨궜다. 의외로 그의 얼굴은 평온했다. 어쩌면 평생 대업을 위해 살아온 자에게 처음으로 찾아온 안식일지도 몰랐다.

"뭐가 옳은 것인가? 아니 뭐가 좋은 삶인가!"

허소산이 나직하게 탄식을 흘렸다. 소사공처럼 평생을 뭔가를 얻기 위해, 이루기 위해 살아온 사람도 있고, 혹은 깊은 산속에 은거해 평생을 버리기 위해 사는 사람도 있다. 또는 저자에 흘러 다니며 바람에 쏠리듯 허허롭게 사는 사람도 있다.

"알 수 없구나. 난 아직 어린가 보군."

허소산이 머리를 떨군 소사공을 보며 다시 한 번 중얼거리고는 장내에서 사라졌다.

"컥!"

남황성의 고수 궁오공의 검이 한 사내를 베고 지나갔다. 사내의 입에서 흘러나온 비명 소리를 끝으로 산의 정상에도 침묵이 찾아왔다. 싸움은 예상대로 생사련의 승리였다.

"끝났소이까?"

어느새 나타났는지 다시 파금검으로 돌아온 허소산의 장내에 모습을 드러내며 물었다. 그러나 무소향이 대답했다.

"한 사람도… 살려 보내지 않았어요."

자신들이 펼친 살수의 독함에 스스로 마음이 좋지 않은지 무소향이 딱딱한 어조로 말했다.

"그도 김류에게는 가지 못했습니다."

하소산이 말했다.

"그럼 일은 잘 되었군요."

"자, 이제 김류를 만나러 갈 시간이외다. 이곳에서처럼 쉬운 승부는 아닐 것이오."

"이미 각오는 되어 있소이다."

궁오공이 대답했다. 그러자 허소산이 고개를 끄덕이며 대답했다.

"일단 전장에 도착하면 양측의 전세를 살필 것이오. 백중세라면 우리가 나설 일은 없소. 영웅맹이 유리해도 나설 일은 없소. 하지만 김류가 단단히 준비를 했다니 필시 영웅맹이 고전을 하고 있을 거요. 물론 영웅맹은 이 현황산에서 강호의 일을 결정지을 생각이 없을 테니 손실이 많아지면 뒤로 물러날 거요. 그러면 김류는 승부의 쾌감으로 방심할 것이 분명하오. 그때 그를 칠 것이오."

허소산의 말에 장내의 고수들이 굳은 표정으로 고개를 끄덕였다. 사람들의 의지를 눈빛으로 확인한 허소산이 다시 입을 열었다.

"그럼 가봅시다."

허소산의 말에 생사련의 고수들일 일제히 신형을 날렸다.

살과 피가 튀는 싸움이 아름다운 달밤을 지옥으로 만들고 있었다. 풍월령과 영웅맹의 싸움은 예상보다 훨씬 치열했다. 현황산 서남쪽에서 흘러드는 세 개의 물길 중 가장 왼쪽의 지류 중간쯤에서 벌어지고 있는 싸움에 달빛 어린 강물이 붉게 물들고 있을 정도였다.

"후퇴한다!"

거친 도검의 충돌음 속에서 누군가의 목소리가 터져 나왔다. 그러자 영웅맹의 고수들일 일제히 신형을 돌려 북쪽으로 물러나기 시작했다. 순간 몸 곳곳에 피가 묻은 채 검을 휘두르던 김류가 시선을 돌려 누군가에게 고개를 끄덕였다. 그러자 그의 지시를 받은 자가 재빨리 물소뿔로 만든 피리를 불었다.

뿌우우!

어둠을 뚫고 길게 뿔피리 소리가 울려 퍼졌다. 그러자 멀리 강의 중간쯤에서 뿔피리에 호응한 다른 뿔피리 소리가 들려왔다. 그렇게 뿔피리 소리가 현황산을 휘감자 갑자기 강 중류에서 다섯 척의 배가 모습을 드러냈다.

어둠속에서 모습을 드러낸 배들은 재빨리 강의 저쪽에서 이쪽으로 건너와 배 안에 타고 있던 사람들을 어둠속에 쏟아냈다. 그렇게 배에서 나온 고수들이 숲을 횡으로 가로지르며 질주하기 시작했다. 그들이 향하는 곳은 영웅맹 고수들이 퇴각하고 있는 방향이었다.

"퇴로를 차단하겠다는 거군."

싸움을 지켜보고 있던 설도우가 입을 열었다. 그러자 허산왕이 곁에서 대꾸했다.

"마치 사냥꾼들 같군요. 본시 몰이사냥을 할 때도 저런 방법을 쓰지요."

"역시 허 엽사께서 그 이치를 알고 계시는군요."

"하하, 비록 홀로 사냥을 하는 편이지만 사냥술에 대해선 누구보다 잘 알고 있지요."

"그렇군요. 그래서 경주께서……."

설도우가 뭔가 더 말을 하려다 말고 입을 닫았다. 주위에 그들 외에도 생사련의 고수들이 많기 때문이었다.

"영웅맹이 쉽지 않겠어요."

이번에는 허소산 곁에 있던 무소향이 말했다. 그러자 허소산이 고개를 끄덕였다.

"싸움의 승패는 이미 갈렸고, 아마도 김류는 최대한 영웅맹에 타격을 주려 할 것이오. 그동안 입었던 손실을 확실하게 만회하고자 할 테니까."

"하면 지금 싸움에 관여해야 하지 않을까요?"

무소향의 말에 허소산이 고개를 끄덕였다.

"그래야 할 거요. 실기를 하면 오히려 풍월령의 기세가 오를 거요."

"그럼 지금 저들의 후미를 치죠."

무소향의 말에 허소산이 이번에는 고개를 저었다.

"아니오. 그들이 후미를 치는 것은 결국 전면전으로 이어져 우리의 피해도 커질 거요."

"하면……?"

무소향이 되묻자 허소산이 손을 들어 풍월령 고수들을 내려놓고 유유히 떠 있는 배 다섯 척을 가리켰다.

"저 배들을 공격하는 것이 나을 것 같소이다."

"배를요?"

무소향이 뜻밖이라는 듯 고개를 돌렸다.

"마침 사람들을 내려놓느라 뭍에 붙어 있으니 공격하기 수월할 것이오. 배가 없다면 호천대야가 이곳에 펼쳐 놓은 천라지망도 크게 구멍이 뚫릴 것이고, 그가 탈주할 수단도 줄어들 것이오."

"그렇군요. 이를 테면 발을 끊은 것이군요."

무소향이 고개를 끄덕였다.

"맞소이다. 자, 모두 갑시다!"

허소산이 먼저 신형을 날렸다. 그러자 생사련의 고수들이 일제히 허소산을 따라 숲을 가로지르기 시작했다. 흐릿한 달빛이 숲을 헤치는 고수들의 어깨에 내려앉고 있었다.

第十章
대호(大虎)사냥

독경
讀經

허소산과 생사련의 고수들이 강변에서 배를 지키고 있던 풍
월령의 고수들 앞에 불쑥 모습을 드러냈다. 풍월령 고수들을
처음에는 어둠속에서 나타난 자들이 자신들의 동료라고 생각
했다. 왜냐하면 풍월령의 천라지망이 펼쳐진 이 현황산에서
이렇게 자유롭게 움직일 수 있는 세력은 오직 풍월령 뿐이라
생각하고 있었기 때문이다. 그러나 허소산과 생사련의 고수들
은 그런 풍월령 고수들의 기대를 여지없이 깨뜨렸다.

콰앙!

한줄기 시린 검기가 날아와 다섯 척의 배 중 가장 앞쪽에 위
치한 배의 옆구리를 들이쳤다. 순간 검기를 맞은 배의 측면에
커다란 구멍이 뚫리면서 물이 쏟아져 들어가기 시작했다.

"적이닷!"

"조심해!"

그제야 숲에서 나타난 자들이 동료가 아닌 적임을 알아챈 풍월령 고수들이 혼비백산해서 도검을 빼 들었다. 그런 상대를 향해 생사련 고수들이 일제히 돌진했다.

영혼을 스치는 바람처럼 허소산은 풍월령 고수들 사이로 파고들었다. 그의 검이 달빛을 받아 번쩍일 때마다 풍월령 고수들이 쓰러졌다. 허소산의 무공은 장내의 고수들 중에서도 군계일학이라 그를 막아서던 풍월령 고수들이 두려움에 떨며 길을 열었다. 그런데 그런 허소산 앞을 초로의 고수가 막아섰다.

"멈춰라!"

잘 갈린 칼을 보는 듯한 느낌, 허소산은 한눈에도 상대가 고련을 거듭해 상승의 경지에 오른 검객이라는 사실을 알 수 있었다. 그리고 그가 중원의 사람과는 조금 다르다는 것도 알아챘다.

"왠 놈들이냐?"

초로의 고수가 차갑게 외쳤다. 주위에서는 여전히 생사련의 고수들이 풍월령 고수들을 베어 넘기고 있었다. 싸움을 멈춘 것은 오직 허소산뿐이었다.

"날 모르느냐?"

허소산이 짐짓 호기를 부리며 말했다. 그러나 초로의 노인이 눈을 가늘게 뜨고 허소산을 노려보며 말했다.

"내가 너와 같은 애송이를 어찌 알겠는가? 영웅맹의 종자냐?"

노인의 말에 허소산이 한 줄기 실소를 흘렸다.

"후후후, 이거 정말 서운하고 손님을 초대하고도 그 손님의 얼굴을 모르다니!"

"손님?"

"내가 바로 파금검이다!"

순간 허소산 앞을 막아선 노인의 얼굴이 차갑게 굳어졌다. 그리고는 자신도 모르게 고개를 돌려 허소산 등이 애초에 머물렀던 산봉우리를 바라봤다. 그러나 침묵의 봉우리가 그의 의문을 풀어주지는 못했다. 그런 노인을 보며 허소산이 말했다.

"그대들의 계책은 틀어졌어. 나 파금검과 생사련은 그리 녹록치 않거든."

"탑주는?"

노인이 어느새 흥분을 가라앉히며 낮게 물었다. 그런 노인의 심기에 허소산이 내심 감탄하며 대답했다.

"저승으로 갔지."

"음!"

허소산의 대답에 노고수가 낮게 침음성을 흘렸다. 그의 얼굴이 급격하게 어두워졌다.

"모든 일은 그대들의 손에서 벗어났다. 내가 생각하기에 오늘 이 현황산에 펼쳐진 천라지망의 중심은 아마도 그 산봉우리였을 것이다. 풍월령의 계획은 모두 나와 생사련의 고수들이 그 산봉우리에서 산공독에 중독되어 제압당할 것이라는 계산 하에 세워진 것일 테니. 그러나 우린 독에 중독되지 않았고, 산봉우리를 내려왔다. 그러니 풍월령이 펼친 천라지망은 그 중심이 허물어진 것이지. 이런 경우, 전력을 분산한 것이 오히려 풍월령의 가장 큰 패착이 될 것이다. 이럴 생각이야. 맹수가 양 떼를 사냥하듯 현황산에 퍼져 있는 풍월령의 종자들을 하나하나 사냥할 것이다."

허소산의 말에 노인의 얼굴에 근심과 노기가 함께 피어올랐다.

"풍월령이 겨우 너 따위에게 당할 것으로 보이느냐?"

"이미 몰락은 시작되었어. 육왕탑주가 죽었고, 생사련은 덫을 벗어난 맹수가 되었다. 그리고 이곳에서 배들이 불타면, 김류는 당황하겠지. 그는 물러날 수밖에 없을 거야. 그러면 영웅맹은 반격을 가할 것이고. 사방에서 풍월령의 고수들은 패퇴할 것이다. 그러나 그것으로 끝이 아니야. 풍월령은 오늘 이후로 발붙일 곳이 없을 것이다, 적어도 중원에서는!"

허소산의 경고에 노인의 눈이 다시 흔들렸다. 보지 않아도 앞으로 벌어질 일이 눈앞에 그려졌다. 그러나 이 참혹한 결말을 막을 방법이 전혀 없는 것은 아니었다. 눈앞의 이자, 어린 나이에 강호의 정세를 움직이는 이 파금검이라는 자만 베면 모든 것은 본래의 자리로 돌아갈 수 있다.

"널 베야겠군."

노인이 말했다. 그러자 허소산이 고개를 끄덕였다.

　"그게… 그대가 할 수 있는 유일한 길이며, 풍월령이 살아남을 수 있는 단 하나의 방법이겠지. 그러나 과연 날 벨 수 있을까?"

　허소산이 빙그레 미소를 지었다. 그러자 노인이 차가운 목소리로 말했다.

　"난 목초남이라고 한다."

　그러자 허소산이 고개를 갸웃했다.

　"내가 목씨와 인연이 많은 건가?"

　허소산이 떠올린 사람은 목인몽이었다. 그러나 노고수 목초남은 허소산의 말에 아랑곳 않고 말을 이었다.

　"난 내림 목산원의 사람이다. 들어보았는가?"

　순간 허소산의 눈빛이 번쩍였다. 어찌 모르겠는가? 내림 목산원이라면 해동오류의 일파로 만재방이 벽란도를 탈출할 때 끝까지 추격해 왔던 자들 중 한곳이 아니던가.

　"벽란도에서… 목검원이란 자를 보았었지."

　순간 목초남의 눈빛이 의아하게 변했다.

　"형님을 보았다고?"

　"그의 혈육이군."

　"나와는 사촌 형제간이지."

　"아쉽군. 그를 만났어야하는 건데."

　"형님을 만날 일은 없을 거다, 형님은 고려에 계시니……."

　"그럼 내가 그리로 가야겠군."

"너… 고려 사람이었던가?"

목초남이 허소산을 뚫어지게 바라보며 물었다. 그러자 허소산이 가볍게 고개를 끄덕였다. 그러자 목초남이 탄식을 흘렸다.

"슬픈 일이야. 고향을 떠나면 같은 동향이라는 것만으로도 형제의 의를 맺기가 다반사인데 우린 오늘 이 타향에서 생사를 갈라야 하니."

"물러난다면 베지 않겠다."

허소산이 말했다. 그러자 목초남이 고개를 저었다.

"그대가 말했듯이 오늘 그대를 베지 못하면 풍월령은 무너진다. 그러니 나로서야 물러날 수 없는 일이지."

"목산원과 풍월령의 관계는 뭔가?"

허소산이 그동안 궁금해하던 것을 물었다. 단순히 서로의 이익을 위해 힘을 합친 것인지, 아니면 애초에 목산원도 봉황문과 마찬가지로 금문의 한 지파로 세워진 것인지 궁금했기 때문이었다. 허소산의 질문에 목초남이 잠시 침울한 표정을 지었다가 대답했다.

"큰 인연은 없지. 단지… 검원 형님의 야망이 결국 우리를 이곳으로 이끌게 된 것이지."

"그렇군."

허소산이 고개를 끄덕였다. 이렇게 되면 고려에서의 일은 한결 수월할 수도 있었다. 풍월령이 무너진다면 고려의 내림 목산원은 자연스레 금가와 손을 끊을 가능성이 컸다.

"물러나 고려로 돌아가시오. 풍월령은 오늘 소멸할 것이오. 목산원의 고수들까지 피를 흘릴 이유는 없지 않소?"

허소산이 정중하게 권했다. 그러자 목초남이 고개를 저으며 대답했다.

"목산원은 본래 한 번 맺은 약속을 이득에 따라 파하는 법이 없다. 그게 목산원이지. 물론 검원 형님은……. 음! 검이나 겨루지."

목초남이 더 이상 말을 섞기 싫다는 듯 검을 들어 허소산을 겨눴다. 그 순간 허소산은 깨달았다, 목초남이라는 검객이 진정한 무인이란 것을, 그렇기 때문에 오늘의 싸움을 피할 수 없다는 것을. 허소산도 목초남을 향해 검을 들어 올렸다.

일격필살! 해동의 검에 군더더기가 없음은 익히 알려진 사실, 그럼에도 불구하고 목초남의 검식은 그야말로 간결하기 이를 데 없었다. 저릿한 파공음을 일으키며 움직이는 목초남의 검에 허소산도 긴장한 채로 풍로검을 펼쳤다.

날것과 날것이 만난 것처럼 꾸밈이 없는 두 개의 검식이 어우러져 만들어내는 무공은 그야말로 검술의 최고봉에 이른 것처럼 보였다. 그리하여 이미 장내를 거의 장악한 생사련의 고수들은 잠시 싸움을 멈추고 허소산과 목초남의 싸움에 눈길을 주기 시작했다.

차차창!

검의 격돌도 없이 서로의 빈틈을 베어 내던 두 사람이 드디어 서로의 검을 쳐대기 시작했다. 그러자 지금까지와 달리 싸움은 초식의 겨룸에서 공력의 겨룸으로 급변했다. 그리고 일단 싸움의 양상이 변하자 그 우열도 드러나기 시작했다.

천독공을 끌어올린 허소산의 공력은 나이 차이에도 불구하고 목초남을 압도했다.

투툭!

목초남이 계속해서 뒤로 물러났다. 그러나 그들이 싸우고 있는 장소는 너른 대지가 아니었다. 너비가 겨우 십여 장에 이르는 배의 갑판이었기에 목초남의 퇴로는 애초부터 막혀 있었던 것이나 마찬가지였다.

캉!

한순간 허소산의 검이 다시 목초남의 검을 때렸다. 그러자 목초남의 신형이 훌쩍 뒤로 밀려 배의 난간에 등을 부딪쳤다.

쿵!

"음……!"

목초남의 입에서 나직한 침음성이 흘러나왔다. 그는 이제야 이 젊은 고수가 왜 그렇게 김류의 심사를 어지럽혔는지 자신의 몸을 통해 깨달을 수 있었다.

"놀랍구나. 그 나이에 이런 공력이라니……."

"그대의 검술 또한 지금껏 보지 못한 것이오."

허소산도 목초남의 검술에 대해서는 여전히 감탄하고 있었다. 공력의 부족에도 불구하고 목초남의 검술은 백여 초가 넘을 때까지 스스로를 허소산에게서 지켜내고 있었다. 그러나

이 싸움이 더 이상 지속되기 어렵다는 것은 목초남 자신이 더 잘 알고 있었다.

"승부를 내야 할 시간이군."

목초남이 검을 들어 올리며 주변을 살폈다. 이미 풍월령의 다섯 척 배는 생사련의 고수들에게 완벽하게 장악되어 있었다.

"진정 목숨을 버리시려오?"

허소산이 안타까운 목소리로 물었다. 그러자 목초남이 미소를 지으며 대답했다.

"칼잡이가 칼에 죽는 것은 운명이지. 그대도 지금은 이렇게 강하지만 언젠가는 다른 누군가의 도검에 죽을 수 있다. 그게 무인의 삶이야. 그러니 날 동정하지는 마시게. 그대의 검에 죽는 것은 무인으로서 큰 영광이기도 한 것 같군. 그댄 내 목을 벨 자격이 있어! 그러나… 나의 마지막 초식을 이겨내야 날 벨 수 있을 걸세."

목초남이 차분하게 말을 하고는 검을 어깨 위로 올려 허소산을 향해 겨누었다. 기이한 기수식에 허소산도 경계심을 끌어올렸다. 그러자 다음 순간 목초남이 마치 검을 던지듯 쑥 검을 앞으로 내밀었다. 순간 정말로 검이 그의 손에서 벗어났다.

"엇?"

두 사람의 싸움을 지켜보고 있던 자들 중 일부가 자신도 모르게 당혹스런 음성을 흘렸다. 검객이 검을 던졌다는 것은 싸움을 포기한다는 의미와 같았다.

　그런데 사람들의 놀람과 달리 목초남은 결코 싸움을 포기한 것도, 검을 버린 것도 아니었다.

　슈우욱!

　주인도 없는 검이 허공에서 생명을 지닌 것처럼 움직였다. 검은 검신을 뒤흔들며 크게 원을 그려 허소산의 머리 위로 떨어져 내렸다.

　"엇?"

　"설마……!"

　사람들이 허공에 뜬 검의 움직임을 보고는 화들짝 놀라 탄성을 흘려냈다. 그리고 그중 한 명이 자신도 모르게 소리쳤다.

　"이기어검!"

　사람의 손이 아닌 오직 진기로서 검을 움직이는 검술 최고의 경지, 강호에 이기어검을 쓰는 자에 대한 소문이 수년에 한 번씩 돌기는 했지만 장내의 고수들 중 직접 눈으로 이기어검을 본 사람은 거의 없었다. 어쩌면 이기어검란 결국 소문으로나 전해지는 검술일 뿐, 실체가 있는 검이 아닐지도 몰랐다. 그런데 오늘 그 이기어검을 의심할 만한 검술이 사람들 눈앞에서 펼쳐지고 있었다.

　'완벽한 것은 아니다.'

　허소산은 날아오는 검을 응시하며 목초남이 시전한 검법이 이기어검에 가까운 초식이란 것은 인정했다. 그러나 목초남의 이기어검은 완벽한 것이 아니었다.

본래 이기어검이 무서운 것은 원거리의 적을 공격할 수 있다는 장점 외에도 진기를 머금은 검의 움직임이 빠르고 다변해서 막아내기가 어렵다는 점에 있었다. 그러나 지금 목초남이 날린 검은 빠르기는 했지만 심한 변화를 보이고 있지 않았다. 그건 곧 목초남의 이기어검이 완벽한 경지에 이른 것이 아니라는 것을 의미했다.

허소산은 목초남의 검이 자신의 머리 위까지 다가올 때를 기다렸다. 그리고 검이 일 장 안에 들어왔을 때 허소산의 검이 움직였다.

번쩍!

허소산의 검이 월광을 반사해 투명한 빛을 발했다. 그러자 한 줄기 검기가 사선으로 허공을 갈랐다.

창!

격렬한 소리와 함께 허소산을 향해 떨어지던 목초남의 검이 갈 길을 잃고 허공에서 정지했다. 그리고 다음 순간 허소산이 번개처럼 검을 틀었다.

깡!

허소산의 검에 횡으로 가격 당한 목초남의 검이 허공에서 뎅겅 부러져 나갔다.

"컥!"

연이어 오장 밖에서 목초남의 비명 소리가 터져 나왔다. 사람들이 시선을 돌려보니 목초남이 입에서 피를 흘리며 서서히 무너져 내리고 있었다. 아마도 이기어검을 펼치느라 과도하게 끌어올렸던 진기가 이기어검이 흩어지면서 오히려 그의 몸에 치명적인 내생을 입힌 듯싶었다.

쿠쿵!

목초남의 두 무릎을 배의 갑판에 꿇었다. 그의 입에서 흘러나온 피가 턱과 목을 지나 그의 적삼을 적셨다. 그러나 그럼에도 불구하고 그의 표정은 평온했다. 그가 천천히 고개를 들어 허소산을 바라봤다.

"훌륭했소."

허소산이 먼저 입을 열었다. 그러자 목초남의 미소가 좀 더 짙어졌다.

"고맙군. 나도 만족하네."

"지금이라도……."

"아니, 이대로 가겠네. 뭐, 더 산다한들 검을 잡을 수도 없을 것이고, 십중팔구는 자리나 보전하고 누워 시체처럼 살아야 할 터인데 나로서는 받아들일 수 없는 삶이지."

목초남의 말에 허소산은 아무런 대답없이 묵묵히 그를 바라볼 뿐이었다. 그러자 목초남이 다시 입을 열었다.

"만약 내 검이 완벽했다면 그대를 벨 수 있었을까?"

목초남의 물음에 허소산은 대답하지 않았다. 그러자 목초남이 갑자기 씁쓸해진 표정으로 중얼거렸다.

"표정을 보니 그렇다한들 날 이길 자신이 있다는 말이군. 아, 대야… 그리고 검원 형님, 당신들은 아무래도 때를 잘못만

난 것 같소. 허허허!"

목초남이 허허로움 웃음 흘리더니 천천히 고개를 떨궜다. 타향에서 맞는 쓸쓸한 죽음이었다.

허소산은 한 참 동안 목초남의 죽음을 바라보고 있었다. 그러자 그의 뒤에서 허산왕의 목소리가 들려왔다.

"소산!"

순간 허소산이 정신을 차렸다. 허소산이 고개를 돌리자 허산왕이 차분하게 말했다.

"아직 싸움이 끝난 것이 아니다."

허산왕의 말에 허소산이 고개를 끄덕였다.

"그렇군요. 이제 시작이군요. 모두 배에 불을 놓읍시다."

푸른 달빛 아래 노 검객이 신선처럼 검을 휘두르고 있었다. 그러나 그의 검 끝은 결코 선하지 않았다. 그의 검이 스치고 지나가는 자리에는 반드시 피가 솟구쳤다. 덕분에 그의 외양과 달리 그의 옷은 피로 물들어 있었다.

슉슉!

다시 한 번 바람 가르는 소리가 그의 검에서 일어났다. 그러자 어둠속에서 두 명의 적이 비명을 지르며 쓰러졌다. 그때 갑자기 두 줄기 검기가 좌우에서 노고수의 몸을 자르며 닥쳐들었다.

차앙!

노고수가 검으로 반원을 그리며 두 줄기 검기를 쳐냈다. 그리고는 재빨리 다섯 걸음 뒤로 물러났다.

"호천대야! 우리를 너무 핍박하시는구려."

검기의 주인들이 달빛 아래로 모습을 드러냈다. 그러자 노고수도 고개를 들어 달빛 아래 얼굴을 드러냈다. 김류였다.

"사지로 뛰어든 적을 어찌 살려 보낼까!"

호천대야 김류의 입에서 차가운 음성이 흘러나왔다.

"쥐도 궁지에 몰리면 고양이를 무는 법이오."

"후후, 쥐도 쥐 나름이지. 오늘 그대들은 나의 그물을 결코 빠져 나가지 못할 것이다."

"우린 팔황의 주인들이오. 비록 싸움에서 패배할지언정 이곳에서 목숨을 내놓을 사람들은 아니오."

"후후, 물론 상관악과 위춘추라는 이름은 그리 가벼운 이름이 아니지."

"우리가 누군지 알고 있었구려."

"내가 어찌 대종남파과 전통의 상관세가 가주를 모르겠는가?"

"역시 철저하구려. 물론 방비가 있을 거라고는 생각했지만 이렇듯 본 맹이 속절없이 당할 거라고는 예상치 못했는데 우리의 행보를 모두 살피고 있었구려."

"영웅맹의 기세가 하도 드세니 어쩔 수 있나. 소식이라도 빨리 알아야지. 하하하!"

김류가 호탕한 웃음을 터뜨렸다. 누가 보아도 장내의 상황을 장악한 자의 여유로움이었다.

"오늘의 싸움이 끝이 아닐 거요."

"아니, 오늘로 강호의 향배는 결정 난다. 이제 무림은 난 김류의 뜻에 따라 움직인다."

"오늘 이곳에 온 영웅맹의 전력을 맹의 삼할에도 이르지 않소."

"하지만 예기를 꺾은 이상 천하의 힘은 내게 모이게 되어 있어. 더군다나 난 오늘 이곳에서 생사련을 얻을 터이니 오늘이 지나면 무림에는 새 세상이 열리게 되겠지. 그대들도 늦지 않았으니 지금이라도 나의 사람이 되는 것이 어떤가?"

김류의 제안에 상관악과 위춘추가 어두운 표정으로 대답했다.

"그럴 수는 없소."

"이해할 수가 없군. 그대들은 전통 있는 강호 명문의 수장들인데 어째서 오랑캐인 야율거공에게 이렇게 충성을 다하는 거지?"

김류의 물음에 두 사람의 얼굴이 더욱 어두워졌다. 그러자 김류가 넌지시 물었다.

"분명 무슨 사정이 있을 것 같은데 내게 털어나 보시게. 혹시 아는가? 내가 그대들을 야율거공의 굴레에서 벗어나게 해 줄 수 있을지."

김류의 은근한 말에 상관악과 위춘추가 서로를 바라봤다. 위춘추가 문득 상관악에게 고개를 끄덕였다. 그러자 상관악도 마주 고개를 끄덕이고는 김류를 보며 입을 열었다.

"음… 사실 우리는 야율… 엇?"

김류에게 뭔가를 말하려던 상관악이 갑자기 김류의 뒤쪽을 보며 놀란 음성을 흘렸다. 그러자 곁에 있던 위춘추 역시 의구심 어린 시선으로 상관악과 같은 곳을 바라봤다. 당연히 김류의 시선도 두 사람의 눈길이 향한 곳으로 움직였다. 그러자 숲의 저쪽, 장강의 지류가 흐르는 곳에서 하늘 높이 치솟고 있는 불길이 눈에 들어왔다.

"무슨 일이냐?"

김류의 차가운 목소리가 흘러나왔다. 그러나 그의 곁에서 영웅맹 고수들을 몰아치고 있던 수하들 중 김류의 질문에 대답을 할 수 있는 사람은 없었다. 수하들의 대답이 없자 김류의 표정이 좀 더 어두워졌다. 그가 시선을 들어 다시 불길이 치솟는 숲 너머를 바라봤다. 장내의 싸움은 순식간에 멈췄다. 영웅맹의 고수도 풍월령의 고수도 모두 하늘 높이 솟구치는 불길에 눈길을 주고 있을 뿐이었다.

그때 한 줄기 검은 그림자가 숲의 저쪽에서 나타나더니 바람처럼 김류 앞에 부복했다.

"대야!"

"무슨 일이냐?"

"기습입니다."

"기습?"

"그렇습니다. 본령의 배 다섯 척이 전소되고 목산원의 목 노사를 비롯해 배에 남아 있던 형제들이 모두…….."

사내가 차마 말을 맺지 못하고 고개를 숙였다. 순간 김류의 얼굴이 얼음장처럼 차갑게 변했다. 잠시의 침묵이 장내를 휘어 감았다. 그러나 김류는 이내 침착함을 회복하고 입을 열었다.

"누구냐?"

"생사련의 고수들이었습니다."

"생사련?"

김류가 놀란 표정으로 되물었다.

"그렇습니다."

"그들이 어떻게… 하면 탑주는?"

김류의 시선이 자연스럽게 육왕탑주에 의해 제압된 생사련의 고수들이 있어야 할 봉우리를 바라봤다.

"그곳의 사정은 아직 파악하지 못했습니다. 하지만……."

사내가 더 말을 하지 않아도 김류 역시 알고 있었다. 생사련의 고수들이 나타나 풍월령의 배를 공격했다는 것은 곧 그들이 자신의 계획과 달리 그물에 걸리지 않았다는 것을 의미하는 것이었다.

"음……!"

김류의 입에서 침음성이 흘러나왔다. 그러자 그의 맞은편에서 상관악이 득의한 음성으로 입을 열었다.

"이거 안타깝게 되었소이다. 일이 계획대로 되지 않은 모양이구려. 하긴 강호의 일이란 게 한 치 앞을 내다보기 힘들지요."

조롱기가 어린 상관악의 말에 김류의 눈에서 노기가 스치고 지나갔다.

"그렇다 하더라도 너희들은 목을 가져가는 것은 어렵지 않아."

"후후후, 물론 우리 목을 가져갈 수도 있을 것이오. 그러나 그리되면 결국 풍월령과 대야의 삶도 이곳에서 끝이 날 거요. 생사련의 고수들이 온다면… 우리도 지금처럼 쉽게 당하지는 않을 것 아니오? 적의 적은 친구라… 생사련과 본 맹이 협공을 하면 이 현황산에 펼쳐놓은 그대의 천라지망도 결국 종잇장처럼 찢어지고 말 거요. 이쯤에서… 수하들을 거두고 물러가는 것이 어떻겠소? 설마… 이곳에서 스스로 죽을 자리를 찾지는 않겠지요?"

여전히 유들거리는 상관악의 말투였지만 김류는 쉽게 상관악의 말에 대응하지 못했다. 생사련이 후미를 친다면 상관악의 말대로 그는 이 자리에서 목숨을 잃을 수도 있었다. 더군다나 그들 중에는 자신조차 감당하기 힘든 파금검이 있지 않은가.

"음……!"

김류가 다시 나직한 침음성을 흘려냈다.

"그만 물러가시구려. 우리도 이젠 힘이 빠져 더 이상 싸울 힘이 없으니 영웅맹으로 돌아가리다. 이곳에서 서로 양패구상을 할 이유가 뭐가 있겠소?"

이번에는 위춘추가 진심을 담은 듯한 목소리로 말했다. 그러자 김류가 그런 위춘추를 노려보더니 차갑게 명을 내렸다.

"물러난다. 일선과 이선의 고수들도 거둔다. 삼선까지 후퇴하라 명을 전하라!"

"존명!"

김류의 명에 그 주변에 있던 수하 몇이 고개를 숙여보이고는 빠르게 숲속으로 사라졌다. 그러자 김류가 위춘추와 상관악을 보며 말했다.

"오늘은 운이 좋구나. 그러나 다음번엔 이런 행운이 다시없을 것이다!"

김류의 협박에 상관악 역시 미소를 지으며 대답했다.

"물론, 오늘 우린 제법 운이 좋은 날이라고 할 수 있을 것이오. 그러나 훗날의 우리를 걱정하기보다는 오늘 대야의 운을 먼저 걱정해야 하는 것 아니오? 생사련과의 관계가 틀어졌다면… 아시지 않소? 생사련에는 강호 팔황의 네 문파가 모였고, 더불어 그 괴팍한 파금검까지 있소. 그자는 성정이 기괴할 뿐아니라 무공만큼은 천하제일을 다투오. 그러니… 부디 옥체보중하시길!"

상관악이 가벼운 포권까지 해보였다. 그러자 김류가 눈을 가늘게 뜨며 대답했다.

"두고 보자, 천운이 과연 누구에게 닿을지. 가자!"

김류의 말에 영웅맹 고수들을 에워싸고 있던 풍월령의 고수들이 썰물처럼 빠져나가기 시작했다. 그러자 잠시 후 장내에는 지옥의 문턱에서 살아남은 영웅맹 고수들만이 남게 되었다.

"우리 명줄이 길긴 한가 보오."

풍월령 고수들이 모두 물러가자 상관악이 한숨을 내쉬며 말했다. 비록 김류를 대할 때는 호기를 부렸지만 그 역시 오늘 이곳에서 죽을 수도 있다는 두려움을 느끼고 있었던 것이 분명했다.

"맞소이다. 호천대야 김류, 정말 무서운 자요. 오늘 생사련과의 일이 틀어지지 않았다면 필시 우린 이곳에 뼈를 묻어야 했을 거요."

"이제 어쩌면 좋겠소?"

상관악이 물었다. 그러자 위춘추가 잠시 생각에 잠겼다가 입을 열었다.

"이미 저들은 사기가 꺾였소. 또한 생사련의 공격으로 저들이 이 현황산에 펼쳐놓은 천라지망도 찢어진 그물이 되었으니 저들을 추격합시다."

"이 상태로 가능하겠소? 우린 이미 전력의 오 할을 잃은 상태요."

"생사련이 있으니 걱정할 일은 아닐 것이오. 그리고 만약을 위해 맹에 사람을 보내 후군을 청합시다. 싸움이 길어지면 후군의 힘을 빌 수도 있을 것이오. 오늘… 이곳에서 풍월령을 완전히 사라지게 할 수도 있소. 그러면 결국 천하의 패권은 본맹에게로 돌아오게 될 거요."

"음, 결국 그리되긴 하겠구려."

상관악의 표정이 왠지 우울해 보였다. 천하를 영웅맹의 손에 넣을 수 있는 기회를 맞은 사람의 기쁨 같은 것은 느껴지지 않는 표정이었다. 그런데 그 모습을 보고 있던 위춘추 역시 상황에 어울리지 않게 탄식을 흘렸다.

"아, 천하의 모든 것이 맹의 품에 들어온다 해도 즐거워할 수가 없으니⋯⋯."

"그러게 말이오. 과연 그의 덫에서 벗어날 수 있을지 모르겠소."

"어쨌든 계속 방도를 구해보는 수밖에 무슨 수가 있겠소. 일단 오늘 할 일부터 합시다."

위춘추가 위로하듯 말했다. 그러자 상관악이 검을 고쳐 잡으며 대답했다.

"그럽시다. 일단 천하를 맹에 귀속시키면 훗날 그의 덫에서 벗어났을 때 우린 자연스럽게 천하의 주인이 될 테니 말이오."

"맞소이다. 이 일은 결코 그를 위해서만 하는 일은 아니오. 갑시다!"

위춘추가 맞장구를 쳤다. 두 사람은 이내 영웅맹의 고수들을 휘몰아 퇴각하는 풍월령 고수들을 추격하기 시작했다.

*   *   *

달빛 아래 고요했던 현황산 곳곳에서 불길이 일어났다. 강에 둘러싸인 곳이 아니었다면 필히 불은 현황산 인근의 산야로도 번졌을 터였다. 그 어둠과 불빛이 공존하는 현황산을 허소산과 생사련의 고수들이 무섭게 질주하고 있었다. 간간히 그들 앞을 막아서는 풍월령 고수들이 있었지만 그들은 모두 소수에 불과했으므로 이내 생사련 고수들의 도검에 쓰러졌다.

김류가 현황산에 펼쳐놓은 천라지망은 일단 한 번 무너지기 시작하자 오히려 풍월령을 급속하게 무너지게 하는 원인이 되고 있었다. 천라지망이라는 것이 사람을 가두는 그물인데 그 그물을 넓게 펼치기 위해서는 결국 사람을 분산해 배치할 수밖에 없다. 그런데 그물이 성할 때는 각각의 요처에 배치된 사람들이 서로를 호응하며 안에 가둔 자들을 제압할 수 있지만 일단 한 곳이 무너지면 오히려 전력이 분산되어 강적을 대적하는 데 치명적인 약점을 노출하게 되는 것이다.

그래서 허소산과 생사련에 의해 뚫린 현황산 풍월령의 천라지망은 이제 오히려 죽음의 덫으로 변해 풍월령 고수들의 발목을 잡고 있었다. 더군다나 전멸지경에 처했던 영웅맹 고수들까지 반격을 개시하자 풍월령의 고수들은 더 이상 버티지 못하고 곳곳에서 죽거나 도주할 수밖에 없었던 것이다,

"대야!"

푸른 달빛이 비추는 강변, 두 척의 배가 덩그러니 떠 있는 곳에 일단의 사람들이 나타나자 세 명의 사내가 배에서 뛰어

내려 다가오는 일행 앞에 부복했다.

"이곳의 배는 무사했군."

어둠속에서 모습을 드러낸 인물은 김류였다.

"어찌 된 일인지요?"

김류에게 질문을 하고 있는 인물은 금천장의 숨은 고수로 금천육웅이라 불리는 자들 중 맏이인 장묘익이다.

"일이 틀어졌다. 탑주가 생사련의 수뇌들을 제압하는 데 실패했다. 해서… 천라지망 전체가 흔들렸다."

"하면……."

장묘익이 놀란 얼굴로 되물었다.

"후퇴한다. 해문산으로 돌아가 향후의 대책을 세워야한다."

"알겠습니다. 그럼 배에 오르시지요."

장묘익의 말에 김류가 고개를 끄덕이고는 뒤를 돌아보며 육왕탑의 육왕 중 한 명인 주원사에게 말했다.

"자네는 잠시 남아서 형제들에게 해문산으로 퇴각할 것을 전하게."

"존명!"

주원사가 굳은 표정으로 허리를 굽혔다.

"그럼 가지."

김류가 자신이 먼저 신형을 날려 배에 올랐다. 그러자 주원사와 세 명의 사람만이 남고 나머지 풍월령 고수들이 일제히 김류를 따라 배에 올랐다.

"출발한다."

풍월령의 고수들이 모두 배에 오르자 배 안에서 장묘익의 목소리가 들려왔다. 그러자 두 척의 배가 빠르게 강의 중심으로 나아가 하류를 향해 내려가기 시작했다.

그런데 두 척의 배가 이십여 장 정도 전진했을 때 갑자기 후미에서 비명 소리가 터져 나왔다.

"악!"

"크악!"

두 마디 비명 소리에서 배에 타고 있던 사람들이 일제히 비명이 들린 쪽으로 시선을 돌렸다. 그러자 김류의 명을 받고 배에 타지 않은 세 명 중 두 명이 땅에 고꾸라지는 모습이 보였다. 그리고 어둠속에서 허소산과 생사련의 고수들이 튀어나와 이제 홀로 남아 있는 주원사를 에워쌌다.

"호천대야! 수하를 두고 혼자 도망을 가시려오?"

문득 허소산이 멀어지는 배를 향해 소리쳤다. 그러자 배 위에서 김류의 목소리가 터져 나왔다,

"파금검! 바로 네놈이로구나. 좋다. 내 오늘 너와 생사의 승부를 결하겠다. 배를 돌려라!"

김류의 서늘한 명이 강물위로 울려 퍼졌다. 그러나 김류를 태운 배는 뱃머리를 돌리지 않았다.

"뭣들 하는 것이냐? 배를 돌리지 않고!"

다시 김류의 호통이 터져 나왔다. 그러나 배는 여전히 뱃머리를 돌릴 기미를 보이지 않았다. 연이어 허소산 등에게 둘러

싸인 주원사가 배를 향해 소리쳤다.

"대야! 어서 가십시오. 이 몸을 걱정하실 필요는 없습니다. 부디 옥체를 보중하시어 후일을 도모하시기 바랍니다. 이 주원사 저승에서라도 대야께서 대업을 이루는 것을 지켜볼 것입니다."

"배를 돌리라지 않느냐?"

다시 배 위에서 김류의 노성이 터져 나왔다. 그러나 김류를 태운 배는 더욱 속도를 높여 강의 하류로 멀어질 뿐이었다.

"대야! 부디 대업을 이루시길!"

멀어지는 배를 보며 주원사가 중얼거렸다. 이미 배는 그의 목소리가 들리지 않는 지점까지 멀어져 있었다. 그러자 그의 뒤에서 허소산이 무거운 목소리로 말했다.

"그는 결코 이곳을 빠져나가지 못할 것이오."

그러자 주원사가 고개를 돌렸다. 그리고는 검을 들어 허소산을 겨누며 말했다.

"넌 대야를 알지 못해. 그분이 걸어온 길! 그분의 삶을 알지 못한다. 그걸 안다면 넌 아마도 두려움에 떨어야 할 것이다. 그분이 다시 네 앞에 모습을 보이시는 순간 너의 모든 것이 파괴될 것이다!"

말이 끝나는 순간 주원사가 허소산을 향해 신형을 날렸다. 그의 검에서 푸른 검기가 일어나더니 벼락 치듯 허소산을 향해 내리그었다. 순간 허소산이 산보하듯 걸음을 옮겼다. 그러

자 거짓말처럼 땅을 미끄러진 허소산이 주원산의 검기를 피해
내며 그의 앞에 다가섰다.

"홉!"

죽음을 각오한 주원사였지만 신비롭기까지 한 허소산의 움
직임에 다급성을 흘렸다. 순간 허소산의 손이 그의 가슴을 때
렸다.

쿵!

"컥!"

묵직한 타격음과 함께 주원사가 비명을 흘리며 허공을 날아
갔다.

풍덩!

야공을 가른 주원산의 몸이 강물 위에 떨어져 내렸다. 물속
에 나뒹군 주원사가 힘겹게 몸을 일으키려 했다. 그러나 그의
몸은 이미 자신의 의지를 벗어나고 있었다.

첨벙!

조금 일어서는 듯하던 주원사의 몸이 다시 물속으로 무너졌
다. 그리고 더 이상 움직이지 않았다.

"당신도 나의 삶을 모르지 않는가?"

허소산이 주원사의 등을 보며 나직하게 말했다. 그러자 그
의 뒤로 무소향이 다가서며 말했다.

"구룡문이 잘 해줄까요?"

"뭍이라면 모를까. 물 위에서라면 아무리 김류라 해도 구룡
문을 당해낼 수 없을 거요."

"그러나 김류의 무공이……."

"그가 있으니 괜찮을 거요."

"처음부터 궁금했는데 구룡문에 합류한 사람이 누구죠?"

"그런 사람이 있소, 김류에게는 천적과 같은 사람이."

허소산은 강초에 대해선 끝까지 입을 열지 않았다. 애초에 강초와의 약속이 추룡사에 대한 것은 누구에게든 비밀로 하자는 것이기 때문이었다.

"그래도 서둘러 가야지 않겠습니까? 만약을 대비하자면……."

설도우가 허소산을 보며 말했다. 그러자 허소산이 고개를 끄덕였다.

"그래야지요. 배를 따라잡으려면 힘을 좀 써야겠군요."

허소산의 말이 끝나자 허산왕이 앞으로 나섰다.

"길은 내가 열지요!"

허산왕이 훌쩍 몸을 날렸다. 야밤에 산길을 여는 것은 역시 허산왕만 한 사람이 없었다. 허소산은 그래도 걱정이 되는지 얼른 신형을 날려 허산왕의 뒤를 따랐다.

쿵!

김류가 손을 들어 배의 난간을 내려쳤다. 그러자 단단하던 배의 난간이 한순간에 소리를 내며 부서졌다.

"대야 고정하십시오."

장묘익이 곁에서 머리를 조아리며 말했다.

"파금검……! 애초에 놈을 살려두는 것이 아니었어. 처음부터 예감이 좋지 않은 놈이었어. 음……."

"대야……."

장묘익이 차마 대답을 하지 못하고 말꼬리를 흐렸다.

"여화… 그 아이만 있었어도. 아니, 목인몽 그 작자만 떠나지 않았어도……!"

김류가 다시 배의 난간을 움켜쥐자 한 움큼의 나무 조각이 그의 손에 뜯겨져 나왔다. 그는 아직도 목인몽이 허소산에게 제압된 것을 모르고 있었다. 그저 목인몽이 자신과 뜻이 달라 석인협에서 풍월령을 떠난 것으로 알고 있었다.

"흑수에서 다시 사람을 불러오면… 이번 패배를 만회할 수 있을 것입니다."

장묘익이 말했다.

"물론 그래야겠지. 그때가 되면 영웅맹이든, 생사련이든 아니면 그 파가 애송이든 모두 오늘의 빚을 피로 갚아야 할 것이다!"

김류의 눈에서 시퍼런 살광이 일어났다. 그 살기에 놀라 장묘익이 흠칫 뒤로 물러났다. 그런데 그때였다. 갑자기 배를 몰던 자가 큰 소리로 외쳤다.

"대야! 앞이 막혔습니다."

순간 김류와 장묘익이 놀란 얼굴로 시선을 돌리며 되물었다.

"무슨 소리냐?"

"뱃길이… 막혔습니다!"

사내의 말에 김류와 장묘익이 급히 배의 앞쪽으로 뛰어 나
왔다. 그러자 그들이 타고 내려가는 강의 하구를 기이한 대형
으로 가로막고 있는 열 두 척의 배가 눈에 들어왔다.

『독경(毒經)』10권에 계속…

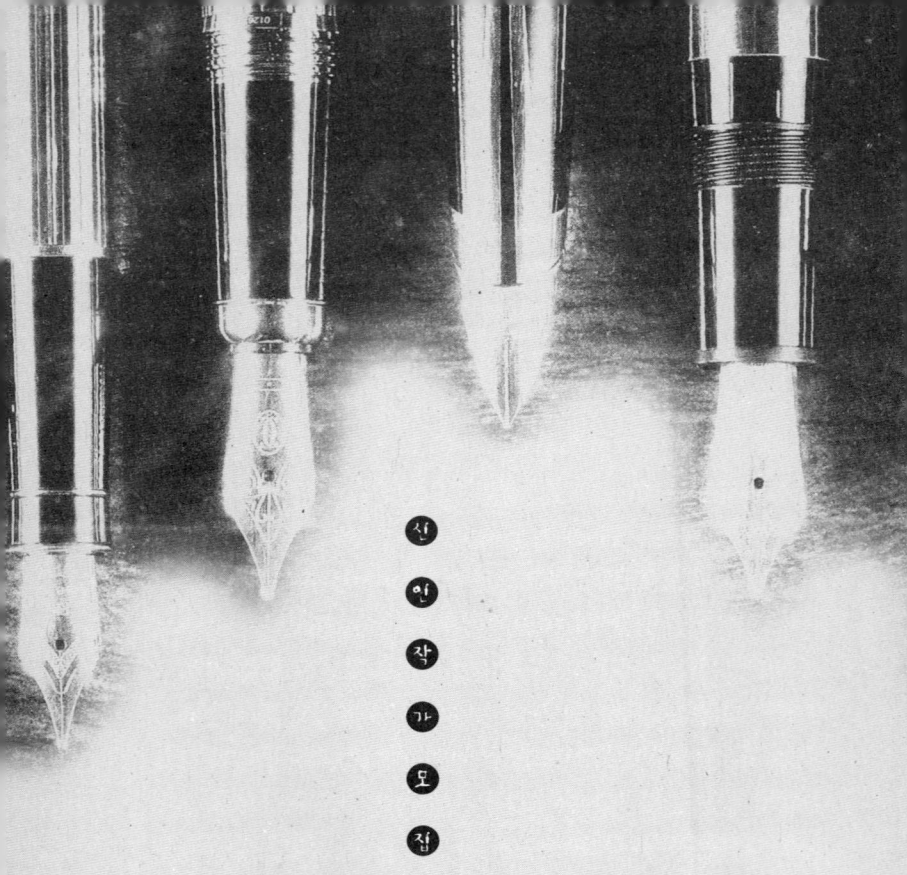

시작이 반이라고 했습니다.
작가의 길에 대한 보이지 않는 벽을 과감히 깨뜨리십시오!
청어람은 작가 지망생 여러분들의
멋진 방향타가 되어드리겠습니다.

저희 도서출판 청어람에서는
소설 신인 작가분들을 모집합니다.
판타지와 무협을 사랑하시는 분들의 많은 참여를 바랍니다.
소정의 원고(A4용지 150매)를 메일이나 우편으로 보내주시면
검토 후 출판 여부를 알려드리겠습니다.

주소:경기도 부천시 원미구 심곡2동 163-2 서경B/D 2F 우편번호 420-822
TEL:032-656-4452 · FAX:032-656-4453
http://www.chungeoram.com
e-mail:chungeoram@chungeoram.com

1월 0일

진호철 장편 소설

살아진다고 사는 것이 아니다.
스스로 살아야만 진정한 삶이다!

우주의 법칙마저 뛰어넘은 미증유의 힘, 반물질과의 만남.

1월 0일, 운명이 격변하는 날!
오늘은 새로운 삶의 시작이다!

Book Publishing CHUNGEORAM

유행이 아닌 자유추구 -
WWW. chungeoram.com

黃龍亢神

황룡난신

무황 新무협 판타지 소설

『무황학사』 일황 작가의
2012년 벽두를 여는 신작!

이백 년 만의 귀문. 그러나 그가 목도한 것은 폐허처럼 변해 버린 문파!
다시 돌아온 자운의 무공이 광풍처럼 몰아친다!

"누가 우리 황룡문을 이렇게 만든 것이냐!"
황룡문을 건드리는 자, 나의 검이 용서치 않을 것이다!

천하제일문! 승과 대사형의 꿈을 이루는 그날!
잠들었던 황룡이 다시 하늘을 뚫고 솟을지니.

부숴라, 답답한 지금을!
파괴하라, 앞을 막아서는 적들을! 날아올라라, 황룡이여!

Book Publishing CHUNGEORAM

유행이 아닌 자유추구 -
WWW.chungeoram.com

돈 빌려
드립니다

1

THE
LOAN
FOR
JUSTICE

돈 빌려 드립니다

FUSION FANTASTIC STORY
THE N 장편소설

돈 빌려
드립니다

THE N 장편 소설

친구를 위해서 끌어다 쓴 사채. 그로 인해 죽음에 내몰린 남자.
절망의 끝에서 만난 신비로운 목소리가 그의 삶을 새롭게 이끄노니...

세상의 모든 더러운 돈과 전쟁을 선포한
가장 밑바닥에서부터 기어오른
한 사내의 이야기!!

"그 돈, 제가 빌려 드리죠."

더러운 사채는 모두 사라져라.
이제 새로운 돈의 절대자가 탄생한다!

Book Publishing CHUNGEORAM

유행이 아닌 자유추구
WWW.chungeoram.com